절대종사

절대종사 1

송명섭 판타지 장편 소설

초판 1쇄 찍은 날 § 2003년 5월 1일
초판 1쇄 펴낸 날 § 2003년 5월 10일

지은이 § 송명섭
펴낸이 § 서경석

편집장 § 문혜영
편집책임 § 김희정
편집 § 장상수 · 박영주
마케팅 § 정필 · 강양원 · 이선구 · 김규진 · 홍현경

펴낸곳 § 도서출판 청어람
등록번호 § 제1081-1-89호
등록일자 § 1999. 5. 31
어람번호 § 제1-0368호

주소 § 경기도 부천시 원미구 심곡1동 350-1 남성B/D 3F (우) 420-011
전화 § 032-656-4452   팩스 § 032-656-4453
http://www.chungeoram.com
E-mail § eoram99@chol.com

ⓒ 송명섭, 2002

값 7,500원

ISBN 89-5505-646-X (SET)
ISBN 89-5505-647-8 04810

절대총사

송명섭 판타지 장편 소설

1 파괴신의 부활을 위하여

도서출판 청어람

CONTENTS

나에겐 이름이 없다.

아니, 이름이 없다기보다 변변한 이름으로 불린 기억이 없었다. 부모의 얼굴조차 기억 못하는 고아였기에 이것저것 부르는 사람들의 마음에 따라 편한 대로 불린 것 같았다. 지금 기억나는 것은 언제부터였는지 사람들이 나를 철검(鐵劍)이라고 불렀다는 것이다. 그리고 시간이 조금 더 흐른 뒤 철검이란 외호 뒤엔 무적(無敵)이라는 외호가 붙어 철검무적(鐵劍無敵)이라고 불렸다.

그러니까 언제였던가. 지금은 잘 생각도 나지 않는다. 아마도 내 나이 60이 되기 전이었던 것 같다. 무공이 어느 순간 나로서도 생각지 못한 수준에 이르렀다. 무공에 대한 진정한 깨달음을 얻었다고나 할까. 그런 깨달음을 얻고 몇 년 동안 이상한 일들을 경험했다. 아무리 천하제일(天下第一)의 무공을 얻었다 해도 65세가 넘는다면 점차 무공이 쇠

퇴해지는 것이 보통이었고 몸이 늙는 것은 당연한 자연의 순리인데 나에겐 그런 일들이 벌어지지 않았다. 정신은 20대 때보다 더욱 또렷하고 맑았으며 몸 안에서 흐르는 혈류 역시 마찬가지였다. 무공이나 내공 모두가 조금도 약해지지 않았다. 겉모습은 어디에서나 볼 수 있는 늙은이였지만, 몸과 마음, 그리고 정신은 더 더욱 맑아지고 건강해지는 것 같았다.

이상했다.

나 자신도 어째서 그런 일이 벌어진 것인지 도무지 알 수가 없었다. 하지만 그 이후 천하무림에서 나의 상대가 된 자는 오직 천하삼대고수인 '소림의 혜성 대사'와 '수왕교의 진천마인' 그리고 '마교 교주 흑살 천마' 이렇게 셋밖에 남지 않았다. 그러나 그것도 10여 년이 지나자 그 세 명이 연합 공격을 해도 나의 상대가 되지 않았다. 그것을 알고 난 후 나는 그동안 무림 최고의 고수가 되기까지 보살펴 준 화산파를 떠났다.

화산파에선 장문인조차 나를 이용할 뿐이었다. 최고의 고수를 소유했다는 그 이유 하나로 다른 문파를 핍박하고 여러 작은 문파를 은밀히 병합해 나갔다. 소림, 그리고 무당과 함께 무림을 이끄는 정파인 화산에서 그런 장문인이 나왔다는 것이 못내 씁쓸하고 아쉬웠지만, 화산을 떠나기 전까지 나는 장문인의 말을 단 한 번도 거역한 적이 없었다.

솔직히 나의 무공은 화산의 영향을 받지 않았다. 6세 때 화산에 들어온 이후 제대로 화산의 문도 취급조차 받은 기억이 없었다. 12세 때쯤인가, 화산 인근 어느 동굴에서 커다란 기연을 얻어 고수가 되었을 뿐이다.

발해국 출신의 고수가 무슨 일로 중원무림의 화산까지 오게 됐는지 알려주지 않았지만, 지금 생각해 봐도 당시의 그분과 대적할 수 있는 사람은 천하무림에 다섯 손가락도 되지 않을 것이다. 그 발해국 출신 고수의 지도가 지금의 나를 있게 했다고 나는 떳떳이 말할 수 있다.

후우, 말이 많아지는군. 지금 나는 장백산의 정상에 도착해 있다. 이곳에 온 지도 벌써 140여 년이 지나고 있었다. 무공의 극을 체험했다고 생각한 나는 이상한 허탈감으로 한동안 무림을 떠돌다 어느새 이곳에 도착했다. 수려한 경치와 맑디맑은 공기, 신선이 나올 것처럼 신비스런 산이었지만 나는 허탈감 속에서 빠져나오지 못했다.

그러나 나의 허탈감은 그리 오래가지 않았다.

내가 이곳 장백산에 도착하고 30여 년이 지난 어느 날이었다. 장백산의 분화구에서 엄청난 양의 붉은 용암이 하늘로 뿜어졌다. 화산 폭발이었다. 거대한 불줄기는 땅 그 자체가 터뜨리는 무서운 분노로 보였고 저 멀리, 보이는 곳의 끝까지 덮여 있는 어두운 운무는 마치 거대한 벽처럼 느껴졌다. 겨우 나는 간신히 화산 폭발로부터 도망칠 수 있었다. 무림에서 적을 찾아볼 수 없었던 무공의 소유자인 나였지만 저 처연한 자연 앞에서는 너무도 작고 힘없는 개미에 불과할 뿐이었다. 구사일생(九死一生)으로 화산 폭발로부터 벗어난 후 나는 분노와 좌절, 그리고 수치와 모멸을 느꼈다.

어느 것이든 그것의 끝은 존재하지 않는다. 이것을 깨닫기까지 140년이 걸렸다.

장백산의 화산이 다시금 조용해진 것은 3개월이라는 긴 시간이 흐른 뒤였다. 그 3개월간 나에겐 작은 땅의 울림조차 두려움의 대상이었다. 그러나 언제 다시 그 엄청난 것이 튀어나올지 몰라 전전긍긍하면서도 나는 장백산을 벗어나지 못하고 있었다.

화산 폭발로 인해 내 진정한 사부님이라고 할 수 있는 분의 모국인 발해, 해동성국(海東盛國)이라고 불리던 강력한 국가도 무너져 내렸다. 아무리 문화가 발전하고 강력한 군사력을 가지고 있다 해도 거대한 자연 앞에선 힘없는 존재일 뿐이었다. 하지만 나는 자연을 이기고 싶어졌다. 인간들은 감히 단언하건대 그 어느 누구도 나의 상대가 되지 않는다. 이미 오래전에 나는 무공의 끝이라고 불리는 '심검(心劍)'을 터득했다. 그리고 이곳 장백산에 와서는 단지 꿈에서나 실현이 가능하다는 '영검(靈劍)'마저도, 비록 수박 겉 핥기 식이었지만 터득할 수 있었다.

이 영검이라는 것은 내공으로 사물을 움직이는 능공섭물(綾空攝物)과는 또 다른 것으로써 단지 생각만으로 사물을 베어버릴 수 있는 무공이다. 그러나 이 무공은 내공의 소모가 너무도 극심하기 때문에 무림의 십대고수들조차 실행할 수 없지만 만약 실행한다면 그 자신의 내공을 모두 잃어버리게 되는 무서운 무공이었다. 그리고 나의 8갑자에 이르는 내공으로도 겨우 두 명을 벨 수 있을 정도일 뿐인 엄청난 무공이다.

내공을 쓰면서도 쓰지 말아야 하는 무공, 자신이 가지고 있는 모든 내공을 없애야 하지만 무한의 내공을 사용할 수 있어야 하는 무공, 모든 것을 버리는 것이지만 모든 것을 얻을 수 있는 무공, 그것이 바로 영검(靈劍)이다.

영검의 위력이 그 끝이 없는 무공이다. 이론적으로 따지면 지금의 나로서도 겨우 두 명 정도의 사람을 벨 수 있지만 그것을 극한까지 깨닫는다면 어쩌면 자연을 이길 수도 있을 것이다. 내 생에 남아 있는 마지막적인 자연을 이기려면 이 방법밖에 없다고 생각한 나는 장백산에 화산 폭발로 새로이 생겨 버린 커다란 천지(天池)의 한곳에서 다시금 영검을 완벽히 깨닫고 그것의 위력을 키우는 데 내 모든 역량을 쏟아 부었다.

그렇게 100여 년의 시간이 물처럼 흘러 버렸다. 어떻게 된 몸이 300년을 넘게 살아도 마치 20대 초반의 그것처럼 느껴졌지만 나에겐 다행한 일일 뿐이다.

그렇게 시간이 흐르고 난 드디어 영검(靈劍)을 극한 가까이 터득할 수 있었다. 환호했다. 이처럼 즐거웠던 때가 얼마 만인지 몰랐다. 저 하늘 높이 흐르는 거대한 크기의 구름조차도 나의 영검 앞에선 곧 두 조각이 되어버린다. 구름을 두 조각 내는 영검을 행하고도 나의 내력엔 아무런 이상이 없었다. 이런 경지까지 오는 데 300년이 걸렸지만 아무런 후회는 없었다. 영검을 극한까지 터득한 후 나는 다시금 장백산이 폭발하기를 기다렸다. 더 이상의 적은 없을 거라고 생각했던 나를 공포로 몰아넣었던 거대한 화산 폭발을 이번에는 이겨 보이고 싶었고 또 이길 자신도 있었다.

그러나,

장백산의 화산은 폭발 이후 100년이 지나도 폭발은커녕 폭발의 징후조차 보이지 않았다. 100년을 기다려도 화산이 폭발하지 않자 드디어 나는 결심을 굳혔다. 그것은 나 자신을 폭발시키는 것이다. 정확히 말한다면 내 몸을 폭발시키는 게 아니라 나의 절기인 영검으로 쓸 수 있는 무한대의 내공과 거대한 대자연의 기를 충돌시키는 것이다. 이것을 시행한다면 어떤 일이 벌어질지 알 수 없다. 하지만 내가 할 수 있는 길은 오직 이것밖에 남아 있지 않았으며 영검을 완전히 터득하고서 언젠가 반드시 한 번쯤은 해보고 싶은 일이었다.

죽을지도 모르지만 죽어도 상관없었다. 이미 후회없는 생을 보냈고 또 더 이상 할 수 있는 일이 없다는 것은 나에겐 죽는 것보다 더한 고통이기 때문이다.

이제 영검(靈劍)을 시행하기에 앞서 유서를 쓰니 누구라도 나의 글을 본다면 기억해 주었으면 좋겠다. 이 세상에 무공의 끝은 그 어디에도 없다. 자신이 최고라고 생각한 순간부터 그 자신은 그때부터 도태되기 시작할 것이다. 이것을 화산파의 문도들이 봤으면 좋겠지만 그 누구라도 상관없다.

그럼 이제 시작해야겠다.

나는 서서히 영검을 시행했다. 그 어느 때보다도 엄청나게 강한 영검이었다. 영검을 시행하자 내 주위로 보이는 수많은 구름들도 서서히 중앙에 커다란 원이 생기며 그 형체를 소멸해 갔고 거대한 장백산조차도 지진이 일어난 것처럼 심하게 요동 치기 시작했다.

이제 시작이다. 난 끝을 보고 싶다. 무엇이 끝일지 궁금하고 궁금할 뿐이다.

온 세상천지가 요동 치고 나의 무한대에 가까운 내공으로 보호되는 귀조차도 찢어질 듯이 아파오기 시작할 때 난 드디어 영검의 극한을 시행했다.

그때였다.

어디서부터인지 모르겠지만 저 높은 하늘의 어딘가로부터 순간적으로 눈이 보이지 않을 정도의 빛의 기둥이 나에게 쏟아져 내렸고 몇백 년 동안이나 겪어보지 못한 끔찍한 고통이 전신을 훑어가기 시작했다.

그렇게 한 시간이 지나고 이제 끝인가라고 생각한 순간 나의 의식이 멀어져 갔다. 마치 어딘가 그 끝이 보이지 않는 곳으로 빨려드는 느낌을 마지막으로 나의 의식은 사라져 갔다.

거대한 산맥으로 이루어지는 곳이라도 어디에든 약간은 평탄한 곳이 있게 마련이었다. 주위로 보이는 것은 모두가 실록으로 가득한 거대한 산들과 새파란 하늘뿐이었지만 높다란 산과 산 사이에 제법 넓은 평지가 있었다. 둥그런 형태의 그것은 대략 30여 평방미터 정도의 크기였으며 주위로는 나무들이 자라나는 대신 건장한 청년의 무릎까지 올라오는 풀들로 파랗게 뒤덮여 있었다. 마치 누군가 일부러 만들어놓은 것 같았지만 이런 깊은 산속에, 게다가 험한 산자락을 뚫고 위험한 동물들이 돌아다니는 이런 곳에 사람이 살 리 만무했다. 그리고 역시 사람의 모습은 어디에서도 찾아볼래야 찾아볼 수 없었다.

휘이이잉~

마치 지상 낙원을 연상하게 하는 듯한 이 평화롭고 아름다운 평지 위에 돌연 거대한 소용돌이가 나타나더니 무서운 기세로 몰아쳤다. 맑은 하늘을 비웃기라도 하듯 순간적으로 몰아치는 엄청난 기세의 소용돌이는 하늘 높이까지 치솟아올랐고 그 위력 앞에 하늘에 떠다니던 커다란 구름들이 순식간에 소멸해 가기 시작했다.

차지지지직~

귀청을 찢을 듯 몰아치는 소용돌이의 기세는 조금도 사그라질 기미가 보이지 않았다. 오히려 소용돌이의 주변으로 푸른색을 띠는 굵은 뇌전들까지 일어나며 그 위력을 점점 더하고 있었다. 소용돌이가 일어난 주변 500여 미터가 눈 깜짝할 사이에 초토화돼 버렸다. 셀 수 없이 들어찬 아름드리 나무들이 뿌리째 뽑혀 날아다녔으며 날아가는 나무들 사이로 미처 이 상황을 알지 못한 것 같은 수많은 동물들의 모습도 보였다. 너무도 순식간에 일어난 소용돌이였기에 피하지 못한 것이다.

휘이이잉~

소용돌이는 처음 나타난 곳에서 조금의 이동도 없이 그 위용을 한껏 뽐내고 있었고 주변은 마치 운석이 떨어진 것처럼 황폐하게 변해 버렸다. 아름답고 평화롭던 숲 속이 순식간에 지옥의 그것처럼 변해 버린 것이다.

휘이이…….

없어지지 않을 것 같던 끔찍한 소용돌이는 어느 순간 나타날 때처럼 감쪽같이 사라져 버렸다. 마치 아무런 일도 없었던 듯 사라져 버린 것이다. 모든 것을 날려 버렸던 소용돌이가 사라져 간 자리에는 한 명의 남자, 아니, 60대 중반으로 보이는 노인이 두 눈을 지그시 감은 채 서 있었다. 허리 아래까지 내려오는 은백색의 기다란 머리와 낡아 빠진 옷을 입은 노인이었다. 가슴까지 기르고 있는 하얀 수염, 눈가와 이마에 보이는 깊은 주름살. 주택들이 밀집해 있는 곳 어디에라도 볼 수 있는 노인이었다. 그러나 두 눈을 감고 있는 노인에게선 거리의 보통 노인들과는 다른 뭔가 신비스런 분위기가 풍겼다.

"으음……."

처음 소용돌이가 사라졌을 때 두 눈을 감고 있던 노인이 천천히 눈을 뜨고 조용히 주변을 살펴보기 시작했다.

"허허."

웃음소리가 아니었다. 노인의 웃음은 웃음이라기보다 너무도 놀라서 터뜨리는 것 같았다. 잠시 주위를 둘러보던 노인의 입에서 놀라움 가득한 목소리가 이어졌다.

"허허, 이럴 수가 있나. 여긴 중원이 아니지 않은가?"

노인은 바로 사람들에게 철검무적(鐵劍無敵)이라는 외호로 불렸던 사람이었다. 무림 역사상 그 유래를 찾아볼 수 없을 정도의 강자로 조금 전까진 장백산의 정상에 있었던 그였다. 그러나 그가 자신의 마지막 절기를 펼치고 눈을 떴을 때 그의 눈앞에 펼쳐진 광경은 절대로 중원의 그것이 아니었다.

"허어……!"

아무리 중원에 비밀스러운 장소가 많고 수많은 영약이 있고 영물이 산다 해도 지금 느껴지는 이상한 기운들은 그 어디에서도 느껴보지 못했던 것이다. 딱히 뭐라고 표현하지 못할 이질감으로 가득한 주변이고 대자연의 기운이었다.

"흐음, 대자연의 기와 충돌을 일으킨 것이 이런 결과를 초래한 것인가. 흐음, 마지막에 느껴졌던 그 빛은 또 무얼꼬?"

대자연의 무한대에 가까운 거대한 기와 그 자신의 무한대의 내공을 부딪치게 한 것이 공간의 이지러짐을 낳아서 이런 이상한 느낌이 드는 곳으로 온 것 같았지만 마지막에 하늘 높은 곳에서 뿜어진 빛의 기둥은 아무리 생각해도 설명이 되지 않았다. 자신의 내공과 우주의 기를 충돌시켜 생겼다고 하기엔 뭔가가 이상했던 것이다. 하지만 아무리 생각해도 좀처럼 그 이유를 알 수 없었다. 한동안 자신이 이곳에 오게 된 원인을 생각하던 노인은 곧 고개를 휘휘 저으며 그 생각을 지워 버리고는 주변을 살피기 시작했다.

"허어……."

주변을 둘러보던 노인에게서 탄식인지 감탄인지 모를 한숨이 흘러나왔다.

'안 되겠군.'

고개를 흔들며 노인은 이제 다신 대자연의 기를 대상으로 영검(靈劍)을 펼치지 않으리라 다짐했다. 다시 영검을 시행한다면 죽거나 혹은 또 다른 공간으로 갈 것이 분명할 것 같았다. 하지만 노인의 표정에선 지금 상황이 그리 불만스럽지 않아 보였다.

"이렇게 대자연의 기가 충만한 곳이 있다니… 이런 곳에서 수련한다면 중원보다 몇 배는 빨리 일류고수가 되겠구먼. 허허허."

묘한 이질감과 함께 어마어마하게 느껴지는 대자연의 기운, 역시 중원의 어디에서도 찾아볼 수 없는 기운이었다. 노인이 느끼기에도 이곳의 기운은 중원보다 몇 배는 충만했다. 이런 곳에서 수련한다면 노인의 말처럼 무공의 성취도 빨라질 것이 분명했다. 또한 이렇게 중원보다 몇 배는 충만한 대자연의 기운이 있는 곳이라면, 어쩌면 자신보다 강한 자를 만날 수 있을 것 같았다.

"나보다 강한 자라……."

어느새 노인의 뇌리에서 그를 이런 이질감이 가득한 곳으로 오게 한 빛의 기둥에 대한 생각은 사라져 버렸다. 묘한 허탈감으로 중원을 떠돌다 장백산의 화산 폭발로 새로운 희망을 얻었던 것, 그리고 다시 영검(靈劍)의 터득을 위해 혼신의 힘을 기울였던 것, 그 모두의 이유를 이제 알 것 같았다. 그것은 분명 자신보다 강한 사람, 아니, 사람이든 그 무엇이든 간에 자신보다 강한 무언가를 찾기 위해서였던 것 같았다. 그리고 이런 이상한 곳에 도착한 것이다. 아직 어디인지 정확히 알 수는 없었지만, 이런 곳이라면 분명 자신보다 강한 자가 있을 것 같았고 그 생각 때문인지 노인의 입가로 부드러운 미소가 걸려 있었다.

"응?"

작게 웃음을 터뜨리던 노인이 순간 의아한 표정을 지으며 먼 하늘을 향해 고개를 들었다.

"저건 또 무엇인고?"

그가 고개를 돌리고 바라보는 하늘 저편에서 노인이 있는 곳으로 커다란 물체가 날아오고 있었다. 그것을 바라보던 노인의 얼굴이 금세 감탄으로 물들었다.

"호오~ 대단한 영물이로고. 저런 하찮은 미물인 파충류 따위가 저다지도 기세가 좋다니… 허허허."

노인이 탄성을 터뜨리는 것도 이유가 있었다. 조금씩 자신에게 가까이 다가오는 커다란 파충류에게서 보기 드문 강력한 기운이 느껴졌기 때문이다. 하늘 높이 떠 있는 그것은 전체적으로 피처럼 짙은 적색을 띠고 있었으며 커다란 날개도 보였다. 육중한 몸도 몸이었지만 머리에서 꼬리까지의 길이가 이렇게 떨어진 곳에서 보기에도 700여 미터는 넘어 보였다. 그 자체가 뿜어대는 강렬한 기운도 대단했지만 보통 사람들이 본다면 보는 것만으로도 겁에 질릴 정도였다.

쿵.

[뭐라고 지껄였나, 늙은 인간이여.]

산을 온통 울리게·만들며 거대하고 시뻘건 물체가 노인의 앞쪽으로 내려섰다. 노인이 파충류라고 말하던 이 물체는 바로 흉악하고 포악하기로 유명한 레드 드래곤이었다. 레드 드래곤은 자신의 영역을 황폐화시키며 들어선 이상한 물체가 무엇인지 확인하기 위해서 이곳으로 날아오다가, 영역을 황폐화시킨 장본인인 소용돌이를 먼발치에서 발견했다. 그저 소용돌이겠거니 생각했던 레드 드래곤이었지만 소용돌이는 이내 사라졌고 그것이 사라진 곳으로 한 명의 인간이, 그것도 노인으로 보이는 인간이 눈에 들어오자 이렇게 급히 다가온 것이다.

레드 드래곤이 느끼기에도 소용돌이의 위력은 보통이 아니었다. 또한 강력한 소용돌이가 사라지며 초로의 노인이 나타나자 자신의 눈이 믿어지지 않아서 재차 확인하기 위해 가까이 다가온 것이다. 그런데 이미 6천 년을 넘게 살아왔고 에인션트 급을 넘긴 자신에게 이상한 말로 지껄이는 인간을 보자 드래곤은 의아한 마음이 들었다.

몇백 년 동안이나 인간 세상을 여행하며 자신이 모르는 인간의 언어는 없다고 자부했었는데 갑자기 노인의 입에서 이상한 언어가 흘러나오자 호기심이 생겼던 것이다. 레드 드래곤은 조용히 마법을 일으켜 늙은 인간의 말을 알아들을 수 있었다. 그런데 늙은 인간의 입에서 나온 말은 감히 드래곤 중에서 무적이자 최강의 전투력을 자랑하는 자신을 '파충류'라고 말하고 있었다. 영역을 망친 것도 이미 찢어 죽이고 말려 죽여야 할 판에 감히 언감생심 자신을 그 하찮디하찮은 인간보다 못한 파충류 따위에 비유하다니, 드래곤의 눈가로 진한 살기가 번들거렸다.

하지만 드래곤의 이런 생각을 아는지 모르는지 노인은 그저 작은 미소를 머금은 채 자신의 앞에 내려앉은 거대한 드래곤을 지그시 바라보고 있었다. 무시무시한 살기와 위압감을 풍기는 드래곤의 모습이었지만, 어떤 변화도 없는 노인의 얼굴은 흡사 신선의 그것처럼 고요하고 신비스러웠다

[하찮은 인간이여, 내 영역을 망친 것으로도 그대는 이미 백 번 죽어 마땅하다. 내게서 용서를 바라지 마라. 어떻게 죽일까. 크크크.]

노인을 바라보던 레드 드래곤의 거대한 입꼬리가 살짝 올라갔다. 어떻게 죽일지 생각하니 저절로 미소가 지어지는 모양이었다. 하지만 울려 퍼지는 드래곤의 말을 듣고도 노인의 얼굴에선 일말의 두려움도 찾아볼 수 없었다. 레드 드래곤의 공포스러운 말로도 노인의 고요함을 깨지 못했다.

"호오~ 보기 드문 영물이라서 그런지 사람의 말을 할 수 있나 보구나. 허허허, 내 평생 너 같은 영물을 보긴 처음이로구나."

[쿠워어어어어어어~]

노인의 감탄에도 불구하고 레드 드래곤은 포효했다. 순간, 보이지 않는 막강한 살기를 내재한 음파가 고스란히 노인에게 쏟아졌다. 드래곤 피어였다. 어떤 인간이라도, 아니, 그 어떤 생명체라도 단 한 번이라도 듣게 된다면 공포 때문에 움직이지 못하는 드래곤 피어였다.

"허허허."

무적을 자랑하는 레드 드래곤의 살벌한 드래곤 피어에도 노인의 온화한 표정은 조금도 변함이 없었다. 다시 한 번 레드 드래곤이 포효했다.

[크아아아아~ 나를 감히 영물 따위하고 비교하다니! 더 이상은 용서치 않겠다!]

말을 마치자마자 드래곤이 하늘 높이 솟구쳐 올라갔다. 순식간에 500여 미터 높이까지 올라간 레드 드래곤은 폭발할 듯한 살기를 머금고 하찮은 인간을 바라보았다. 이제 곧 저 하찮은 인간은 죽을 것이다. 그런 생각을 하자 레드 드래곤은 머리를 노인에게 향하고는 작게 입꼬리를 말아 올렸다. 드래곤이었지만 누가 보더라도 비웃는 표정이었다.

[벗어날 수 없는 공포를 보여주마. 지옥에서 참회하거라, 이 하찮은 인간이여.]

노인의 상공에서 천천히 선회 비행한 레드 드래곤의 입가로 붉은 불덩어리들이 넘실거렸다. 레드 드래곤만의 특기인 화이어 블레스를 준비하는 모양이었다.

[크으으으.]

혼신의 힘을 기울이려는지 블레스를 준비함과 동시에 레드 드래곤의 몸 주위로 강렬한 살기가 아지랑이처럼 퍼져 나갔다.

"호오~"

공포스럽고 강력해 보이는 레드 드래곤의 모습에도 노인은 그저 온화한 미소만을 머금은 채였다.

[죽어라!!]

노인이 감탄하는 사이, 레드 드래곤에게서 거대한 불기둥이 무서운 속도로 뿜어져 나왔다. 강렬한 불기둥이었다. 모든 스트레스를 풀듯이 레드 드래곤의 화이어 블레스는 노인을 향해 화산 폭발 같은 불기둥처럼 쏟아져 내렸다.

콰아아아아아아~

소용돌이 때문에 초토화돼 버렸던 주변이 이번엔 레드 드래곤의 화이어 블레스로 녹아내렸다. 대략 5분여 정도, 노인을 향해 화이어 블레스를 쏟아 붓던 레드 드래곤은 블레스를 멈추고 득의양양하게, 처절하게 녹아내렸을 인간의 흔적을 찾았다.

[크흐흐… 뼈도 녹아버렸을라나?]

조금 전 같은 화이어 블레스라면 노인의 흔적 따윈 있을 리 만무했다. 커다란 쇳덩어리라도 일순간에 흔적도 없이 녹여 버리는 화이어 블레스였다. 쇳덩이도 그럴진대 약하기로 소문난 인간의 뼈 따위가 남아 있을 리 없었지만 레드 드래곤은 입꼬리를 올리고는 녹아버린 흔적이라도 찾아 코웃음을 터뜨리려 했다. 그러나 그런 레드 드래곤의 입에서 나온 것은 콧방귀가 아니었다.

[헉!]

레드 드래곤의 경악에 찬 목소리가 비명처럼 터져 나왔다. 자신의 초강력 화이어 블레스는 거대한 산이라도 어렵지 않게 녹여 버릴 정도의 엄청난 파괴력을 자랑하는 것이다. 그런데 이미 녹아 없어져야 정상인 노인이 조금 전과 똑같은 표정으로 하늘을 올려다보고 있었다. 노인의 주위는 화이어 블레스의 영향으로 용암처럼 변해 있었다. 그런데 그 정가운데에 있는 노인은 조금도 타격을 받지 않은 모습이었다.

[이, 이럴 수가……! 어, 어떻게?!]

레드 드래곤은 마치 꿈이라도 꾸는 것 같은 듯 고개까지 흔들며 중얼거리고 있었다. 도무지 믿어지지 않는 모양이었다.

"정말 대단하구나! 이 정도일 줄은 몰랐는걸. 하지만 이 늙은이의 영검(靈劍)을 뚫기엔 한참 모자라는구나. 허허허."

레드 드래곤이 놀라는 것처럼 노인 역시 마찬가지인 것 같았다. 영검을 극한 가까이까지 터득한 노인이었기에 망정이지 다른 사람 같았으면 결코 죽음을 피하지 못할 정도의 블레스였다.

[크워어어~!]

한동안 경악에 물들어 있던 레드 드래곤이 하늘에서 커다란 포효를 터뜨렸다.

[그렇다면 이걸 받아보아라!]

분노를 이기지 못해 발버둥 치던 드래곤의 몸 주위로 수많은 불덩어리들이 소용돌이치며 모여들었다. 어림잡아도 수천여 개가 넘을 것 같은 어마어마한 숫자였다. 또한 불덩어리 하나하나가 내뿜는 기운은 조금 전의 파이어 블레스와 별 차이가 없을 정도로 강력하고 위력적이었다.

[네놈이 속임수로 나의 블레스를 막았다 해도, 설마 이 헬 파이어는 막지 못하겠지. 자 마지막이다, 이 사기꾼 늙은이야. 크하하하~]

슈아아아아아아~

레드 드래곤 몸 주변에서 생성되던 불덩어리들이 빠른 속도로 노인을 향해 떨어져 내렸고 이내 대지를 가득 메우는 굉음이 이어졌다.

쿠콰콰쾅~

귀청을 찢을 듯 끊임없이 이어지는 굉음이었다. 주변은 이미 본래의 모습과는 완전히 다른, 그야말로 지옥의 그것처럼 변해 버렸다.

[크크크.]

오랫동안 대지를 향해 불덩어리들을 날리던 레드 드래곤은 낮은 웃음소리와 함께 이번만큼은 죽었을 하찮은 인간을 찾았다. 물론 이 정

도로 많은 헬 파이어 속에서 시체가 온전할 리 만무했지만 그래도 찾고 싶은 레드 드래곤이었다. 그러나,

[어어억!!]

반경 몇백여 미터가 초토화돼 버렸고 드래곤의 불덩어리들이 스치고 지나간 곳에 살아 움직이는 생명체는 단 하나도 없었다. 아니, 없어야 정상인 일이었고 지극히 당연한 자연의 순리였다. 그러나 경악하는 레드 드래곤의 시선이 집중돼 있는 곳엔 여전히 부드러운 미소를 머금은 노인이 자리를 잡고 우뚝 서 있었다. 그 어마어마한 숫자의 헬 파이어마저 노인에게는 아무런 피해를 주지 못한 모양이었다.

"허어!"

삭막하게 변해 버린 주변을 둘러보던 노인이 나직하게 한숨을 내쉬며 드래곤을 향해 고개를 들었다.

"허어~ 조금 힘을 쓴다고 구경만 했더니… 쯧쯧. 이러다간 이곳에 있는 생물들이 모조리 죽어버리겠구나."

[어… 어어억!]

레드 드래곤은 마치 악몽이라도 꾸는 것처럼 경악한 채 제자리에서 조금도 움직이지 못하고 있었다. 노인이 천천히 말을 이었다.

"이거야 원, 아무래도 다른 이를 위해서라도 이 늙은이가 네 녀석을 없애야 하는 수고를 끼쳐야 하겠구나. 이대로 놔뒀다가는 큰일이 벌어져도 벌어지겠어."

[헉!!]

노인의 말이 끝난 순간 레드 드래곤은 공포에 사로잡혔다. 드래곤, 모든 생명체 중 최강을 자랑하고 그 어떤 것도 상대가 되지 않는 지상 최강의 생명체였다. 그런 드래곤이, 그것도 드래곤들 중 최강의 전투

력을 자랑한다는 레드 드래곤이 고작 인간의 말 때문에 공포에 사로잡
혀서는 움직이지도 못하고 있었다.

[어어… 어어.]

원래 공포란 것은 한번도 당해보지 못한 사람(?)에게 더한 법이다.
이미 에인션트 급을 넘어선 레드 드래곤에게 공포란 단어는 생각되지
도 않았고 또 생각할 이유 따윈 없었다. 그러던 레드 드래곤이 지금은
한낱 인간, 그것도 이제 햇빛이나 쐬며 조용히 아이들을 돌보아야 할
늙은 인간에게 공포에 질려 버렸다.

"너 같은 영물도 죽을 때가 되니 겁에 질리는 모양이로구나. 하지만
어쩌겠는고, 이곳엔 동식물들만이 아닌 다른 사람들도 있을 터. 모두
를 위한 일이니 어쩔 수 없구나. 이 늙은이의 손속이 심하다고 나무라
지 말거라."

[히이이익~!!]

노인의 무서운 말이 끝남과 동시에 정신을 차린 레드 드래곤은 서둘
러 몸을 돌리고는 도망치려 했다.

[어어억?]

"허허허, 그 녀석 참."

다시금 경악에 찬 레드 드래곤의 목소리가 터져 나왔다. 분명 몸을
돌려 날아가려 했는데 몸이 꿈쩍도 하지 않았다. 레드 드래곤이 노인
을 향해 고개를 돌렸을 때 자신의 꼬리 끝 부분을 잡고 있는 노인의 손
가락을 발견할 수 있었다.

[억!!]

너무도 놀랐는지 레드 드래곤은 말조차 꺼내지 못하고 거대한 입만
벙끗거리고 있었다. 분명 자신은 하늘 높이 떠 있었고, 노인은 지상에

있었다. 또한 둘 사이의 거리 역시 몇십여 미터 이상 떨어져 있었다. 그런데 언제 잡혔는지 자신의 꼬리가 노인의 엄지와 검지손가락 끝에 잡혀 있었다. 놀라운 건 고작 엄지와 검지에 꼬리의 극히 일부분이 껴 있는 것뿐인데도 몸이 움직이지 않았다.

[이이이익!!]

레드 드래곤은 머리 속으로 '이건 꿈이야' 라고 외치며 있는 힘껏 비행 마법을 실행했다. 그러나 아무리 마법을 쓰고 힘을 써대도 노인의 두 손가락에 잡혀 있는 자신의 꼬리는 빠질 생각조차 하지 않았다. 그때였다.

퍽!

[끄… 어… 어……!]

순간적으로 복부에 끔찍한 고통이 밀려들며 레드 드래곤은 눈앞이 하얗게 변하는 것을 느낄 수 있었다. 난생처음 느껴보는 지독하다는… 말로도 모자라는 끔찍한 고통이었다. 뭐가 때린 것인지 느낄 사이도 없었는데 고통이 밀려드는 순간 온몸의 힘이 빠져나가는 것 같았다.

쿵!

허공에서 잠시 몸을 부르르 떨던 레드 드래곤의 육중한 체구가 힘없이 대지 위로 떨어지며 커다란 꽝음을 터뜨렸다.

꾸르륵… 꾸륵.

머리 속에서 이상하게 울려 퍼지는 목소리가 아닌, 레드 드래곤의 커다란 입 저 안쪽에서부터 꾸륵거리며 하얀 거품이 새어 나오고 있었다. 너무나 고통스러운지 대자로 누워 팔과 다리를 하늘로 올리고는 전신을 부르르 떨고 있는 레드 드래곤이었다. 난생처음 겪어보는 끔찍한 고통에 비명조차 나오지 않는 모양이었다.

“허어, 그것참. 비록 1할이 안 되는 힘이었지만 그래도 죽을 줄 알았
는데 정말 미안하구나. 고통없이 보내주려 했는데 말이다. 그래도 대
단한 영물이로구나. 나의 절기인 영검(靈劍)은 아니었지만 그 정도를
버티다니. 허허허.”

[끄… 어… 어…….]

쓰러진 레드 드래곤은 움직일 수조차 없었다. 너무나 엄청난 고통이
었다. 마족 최강의 전사라는 ‘이클립스’ 와 대적해서도 호적수를 이뤘
고, 그 외엔 적이 없다고 생각하던 그이다. 그런 레드 드래곤이었건만
저 멀리서, 쓰러진 자신에게로 천천히 걸어오는 노인을 보며 레드 드래
곤은 또다시 공포에 사로잡혔다. 온화한 미소는 사라졌지만 그래도 전
체적으로 인자한 표정으로 걸어오는 노인의 모습이 레드 드래곤에겐
마치 저승사자가 걸어오는 것 같았다.

“본의 아니게 너에게 고통을 준 것은 정말 미안하구나. 설마 그 정
도를 견딜 줄은 내 몰랐다. 그것참, 이제 편히 쉬려무나. 이번엔 고통
이 없을 게다. 생명체를 대상으로 영검을 쓰게 될 줄이야.”

[아, 아우아, 아아아우아.]

“으응?”

노인의 공포스런 말을 듣자 레드 드래곤은 혼신의 힘을 다해 몸부림
을 쳤다. 어떻게든, 무슨 말이라도 하려고 발버둥 쳐댔지만 끔찍한 고
통 때문에 발버둥 치는 것도 그저 팔과 다리를 미세하게 떠는 것뿐이
었고 말이라고는 ‘아우아아아아’ 이것이 전부였다. 그러나 노인이 영
검을 멈추게 하기엔 충분한 모양이었다. 노인의 얼굴로 안타까움이 짙
게 피어올랐다.

“허어… 이것 참, 살고자 하는 영물을 죽여야 하는 이 늙은이의 심

정도 헤아려 주려무나. 약속하건대 이번만큼은 그 어떤 고통도 느끼지 못할 것이니라.”

[헉!!]

노인의 말에 레드 드래곤은 순간적으로 엄청난 속도로 자신의 뛰어난 머리를 굴렸다. 생명에 대한 본능은 역시 최강의 생명체라도 마찬가지인 모양이다. 잠시 후 레드 드래곤의 눈에 작지만 희망의 빛이 번득인 순간 희끄무리한 빛이 전신을 휘감았다.

슈우우.

“허어.”

레드 드래곤의 몸에서 순간적으로 이상한 빛이 퍼져 나가고 잠시 후, 거대한 몸집을 자랑하는 레드 드래곤의 모습이 사라지고 20대 초반으로 보이는 아름다운 붉은빛 머리결의 청년이 나타났다. 그러나 나타난 청년은 곧바로 땅바닥에 쓰러지며 비명을 질러댔다.

“으아앙~ 으아아아아~”

“허어, 내 평생 이런 영물을 보게 될 줄이야. 허허, 그것참.”

노인은 영검을 멈추고 고통에 차 신음하고 있는, 아름답게 생긴 청년을 바라보았다. 색목인(色目人)의 것과 비슷한 얼굴 형태지만 기나긴 역사를 자랑하는 중원에서도 최고의 미남으로 꼽히는 ‘반악’ 이나 ‘송옥’ 이 울고 갈 만큼 아름답게 생긴 청년이었다. 여자처럼 뾰족하고 알상한 턱선, 코끝에 스치는 붉은 머리카락, 적당한 굵기의 붉은 눈썹은 부드러운 호선을 그렸으며 기다랗고 무성한 속눈썹 역시 윤기가 흐를 정도였다.

“끄… 어……..”

“흐음.”

청년은 레드 드래곤이 인간으로 폴리모프한 모습이었다. 엄청난 고통이었지만 그래도 폴리모프라면 끔찍한 고통 속에서도 어느 정도 시행할 수 있었던 레드 드래곤이었고 또 인간으로 변한다면 눈앞에 악마처럼 서 있는 늙은 인간이 어쩌면 살려주지 않을까 하는, 드래곤이라면 절대로 생각하지 않을 것 같은 생각을 한 레드 드래곤이었다. 다행히 인간으로 폴리모프한 것이 효과가 있는지 어느 정도 고통이 사라져 갈 때까지 노인은 얼굴 가득 놀라운 표정으로 청년을 보고 있었다.

"하아, 하아."

조금 전까지 땅바닥에 누워 신음하던 청년이 어느 정도 안정을 취했는지 힘겹게 자리에서 일어나 앉자 노인이 인자한 표정과 함께 말했다.

"그래, 참을 만한 게야?"

"이!!"

청년으로 변한 레드 드래곤은 노인의 반말에 순간적으로 머리끝까지 화가 났다가 이내 그가 어떤 인간인지 깨닫고는 아무 말 없이 노인을 째려보았다.

"허허허, 미안하구나. 너 같은 영물이라면 이 할아비가 죽이려는 생각을 하지 않았을 터인데 말이다."

노인의 말에 레드 드래곤은 다시 한 번 머리를 굴렸다. 이대로 워프를 한다면 이 인간 같지 않은 인간에게서 벗어날 수 있을 것 같았다. 그때 노인의 입이 열렸다.

"허허허, 도망치려고?"

"히익!"

"네놈 얼굴에 다 써 있구나. 허허허."

"쳇."

　노인의 말에도 레드 드래곤은 워프를 해야겠다고 생각했다. 순간적으로 먼 거리를 이동할 수 있는 마법, 워프. 아무리 앞에 있는 노인이라도 워프를 한다면 괜찮을 것 같은 생각이 들자 레드 드래곤은 살며시 마법을 일으켜 워프를 시행했다. 아니, 시행하려고 했다.

　"어, 엇? 이, 이게 어떻게 된……?"

　워프를 시행하려던 레드 드래곤은 마법이 실행조차 되지 않자 자신의 주변을 살펴보며 경악했다. 주변에서 이상한 점은 아무것도 보이지 않았다. 오직 인자한 얼굴로 웃고 있는 노인만 있을 뿐이다.

　"허허허, 내 너의 몸에서 이상한 기운이 나오길래 미리 손을 써두었단다. 그러니 그리 놀라지 말거라."

　"허억, 다… 다, 당신, 저… 저, 정말 인간인가? 아니면 설마… 설마, 신?"

　꿈같은 일이 계속 벌어지자 청년으로 변한 레드 드래곤은 멍한 표정으로 노인을 바라보았다. 인간으로 폴리모프해도 마법만큼은 무한대로 쓸 수 있는 것이 바로 드래곤이었다. 그런데, 마법이 실행조차 되지 않았다. 아니, 실행은 되는 것 같았으나 무언가 보이지 않는 막에 부딪쳐 원점을 계속 맴도는 것 같았다. 노인은 분명 손을 써놨다고 하지만 노인에게선 그 어떤 마나의 흐름조차 느껴지지 않았다. 도대체 어떤 수를 썼기에 이런 말도 안 되는 일이 벌어진 것인지 레드 드래곤의 머리 속은 엉킬 대로 엉켜 버렸다.

　딱.

　"아야!"

　"이 녀석, 귀엽다 귀엽다 했더니 어른을 대하는 태도가 영 아니로구나. 어디서 그런 못된 말버릇을 배웠는고, 으응?"

　노인은 청년이, 그것도 한참 어린 나이로 보이는 청년이 반말짓거리를 해대자 그의 머리를 쥐어박았다. 그러나 노인의 얼굴에선 마치 손자를 대하고 있을 때 같은 인자한 웃음이 지워지지 않고 있었다.

"왜 때려… 요?"

"허허허."

　귀엽게 인상을 찡그리며 말하는―어디까지나 노인의 눈에―청년을 보며 노인이 너털웃음을 터뜨렸다. 이렇게 사람과 만난 지도 몇백 년이 지났던 노인이었다. 비록 영물이 변한 것이라도, 사람의 모습과 마주하자 어느새 노인의 마음이 따뜻해진 것 같았다. 잠시 웃어대던 노인이 약간 무서운 표정을 지으며 청년을 향해 입을 열었다.

"이 녀석아, 저 하늘 위에 구름이 보이느냐?"

"그… 런데… 요?"

"저 구름을 보거라. 한데 뭉쳐진 커다란 구름이지 않느냐?"

　노인의 어깨 너머로 정말 거대한 뭉게구름이 빠르게 움직이고 있었다. 지상에서 상당한 높이에 떠 있는 구름이었기에 보는 것보다 훨씬 두텁고 거대해 보였다.

"그런데… 요?"

　이 상황에서 노인이 구름에 대한 이야기를 꺼내자 레드 드래곤은 인상을 구기며 노인과 구름을 번갈아 보았다. 어째서 갑자기 구름에 대한 이야기를 꺼내는 것인지 귀찮고 짜증난다는 투였다. 자못 무서운 표정을 지으며 노인이 말을 이었다.

"아직도 한데 뭉쳐진 구름이냐?"

"허… 억!!"

　노인의 말이 끝남과 동시였다. 거대한 구름이 두 동강나더니 곧 네

동강, 다시 여덟 동강. 결국은 완전히 소멸해 가는 모습을 보고는 레드 드래곤, 아니, 청년은 경악하며 구름이 소멸해 버린 하늘과 노인의 사악한 얼굴—인자한 웃음을 머금고 있는—을 번갈아가며 보았다.

"어, 어떻게?!"

그 어떤 마법이나 행동이 없었다. 또한 아주 미세한 마나의 흐름조차 없었다. 그러면서도 눈앞에 있는 이 늙은 인간은 거대한 구름을 두부 썰듯이 잘라댔고, 결국엔 완전히 없애 버린 것이다. 청년의 경악한 얼굴을 보며 노인이 말을 이었다.

"내 말을 듣지 않으면 너도 저렇게 될 게다."

"뭐?"

노인의 말에 청년은 다시금 공포에 사로잡혀 버렸다. 그저 허허 웃으며 하는 말이었지만 그 내용이 너무도 살벌했고 또 눈앞의 늙은 인간에겐 그렇게 하고도 남을 힘이 있다는 걸 청년은 이미 뼈저리게 경험했다.

꿀꺽.

조각조각 나던 구름을 생각하자 어느새 마른침이 절로 넘어가고, 등 뒤로 식은땀이 흐르는 청년이었다.

"허허허."

경악하고 있는 청년을 보며 노인이 다시금 너털웃음을 터뜨렸다. 그가 이렇게 한 것은 이 세계에 대해서 아는 것이라곤 아무것도 없었기에 누구라도 길을 안내할 자가 필요했던 것이다. 그런데 운 좋게 이런 여러 가지 능력이 뛰어난 영물을 만났다. 이런 영물이라면 어느 정도 심하게 대해도 괜찮을 것 같았고 또 이대로 놔둔다면 다른 사람들에게 해코지를 할지 모르기에 겁을 줘서 당분간 데리고 다닐 생각이었다.

게다가 하는 행동이나 귀엽고 아름다운 얼굴이 마치 손자 같은 느낌이 들었던 노인이었기에 무서운 표정으로 말하다가도 금세 웃음이 터지는 것을 막지 못했다.

"그래, 이 녀석, 이름이 무엇인고?"

"리켄 리커이스인데… 요?"

이름을 물어보는 노인의 얼굴은 여전히 손자에게 말하는 것 같았고 그에게 자신의 이름을 할 수 없이 공손하게 대답하는 레드 드래곤, 아니, 리켄은 이미 모든 것을 체념한 듯 허탈한 표정을 보이고 있었다. 지지리 재수도 없지, 6천 년이 조금 넘게 살아오며 별의별 일을 겪었던 리켄이었는데도 지금처럼 어처구니없고 망신스런 일은 처음이었다. 레드 드래곤 일족의 망신이라고 생각하니 앞으로 어떻게 얼굴을 들고 다녀야 할지, 이 일을 다른 드래곤들이 안다면 어떻게 살아야 할지 눈앞이 막막해지는 리켄이었다.

"이간 리거이수? 허어, 그것참, 어렵고 묘한 이름이로구나."

"리. 켄. 리. 커. 이. 스. 라니까… 요!!"

자신의 이름을 바꿔 말하는 노인에게 리켄은 힘 줘서 또박또박 말해 줬지만 여전히 노인은 잘 모르는 건지 아니면 발음이 되지 않는 건지 사뭇 어려워하는 것 같았다. 한참 동안 리켄의 이름을 중얼거리던 노인이 웃으며 입을 열었다.

"허허허, 어려운 이름이로구나. 아무래도 이 할아비에겐 너무 어려우니. 음, 뭐가 좋을까? 그래, 네 녀석이 원래가 붉은색이고 귀엽게 생겼으니 '홍(紅)'이라 불러야겠구나. 그것참, 좋은 이름이로구나. 그렇지 않느냐, 홍아야?"

"남의 이름을 맘대로 바꾸면 어떻게… 요?"

울상이 된 리켄이었지만 어찌해 볼 상대가 아니었다. 투정스런 리켄의 말에도 손자의 재롱을 보는 듯한 노인의 웃음만 나올 뿐이었다.

"허허허~ 그 녀석 참, 부끄럼을 잘 타는구나."

"이익!! 난 6천 년이나 살아왔다고… 요!"

자꾸만 어린아이를 대하는 듯한 노인의 말에 울화가 치민 리켄은 자신이 6천 년이나 살아왔다는 걸 알리고 싶었다. 인간이 아무리 나이가 많더라도 자신과 비교할 순 없는 일이었다. 그런 리켄의 말에 노인은 약간이지만 놀란 얼굴이 되었다.

"호오, 대단한 영물이라고 생각했더니 그렇게나 오랜 세월을 살아왔구나. 허허허, 그래도 나는 사람이고 너는 영물이니 '0' 을 두 개 빼자꾸나. 그럼 60살이 되지? 이 할아비 나이가 400년이 훨씬 넘게 살았으니 너는 완전히 아이나 마찬가지로구나. 허허허."

"헉!"

말도 안 되는 계산을 하고 있는 노인을 보던 리켄은 어이없다는 표정이 돼버렸다. 엉망진창인 계산법보다 더욱 리켄을 놀라게 한 것은 바로 눈앞의 인간이 이미 400년을 넘게 살아왔다는 말이었다.

"400년이 넘게?"

"허허허, 우리 '홍' 아도 놀라운 게로구나."

"어, 어떻게… 어떻게 인간이 400년을 넘게 살아온 거… 죠?"

"허허허, 이 할아비인들 그걸 어찌 알겠느냐. 그저 어떻게 살다 보니 어느새 400년을 넘게 살아온 것이지."

"그, 그런 말도 안 되는……!"

리켄의 놀라움은 경악으로 변해갔다.

'설마 리치? 아냐, 리치라면 상대가 안 되지, 암.'

인간이 아무리 많이 산다고 해봐야 100년을 조금 넘길 뿐이라는 건 산천초목이 다 아는 사실이었고 그것은 당연하고 순리적인 대자연의 법칙이었다. 비록 리치 같은 이상한 짓을 하는 인간들이 있기는 하지만 요리조리 뜯어보고 고쳐 봐도 눈앞의 노인은 리치가 아니었다. 게다가 아무리 리치라도 해도 레드 드래곤인 자신에겐 한 주먹감도 안 되는 것이다.

"얘, 홍아야."

'음, 뭘까. 도대체 뭐지? 신계에서 내려온 신인가? 신계라는 곳이 있었나? 아니, 신이 이렇게… 인간 세상에 나올 리 없지. 그럼, 뭐지?'

딱!

"아야~"

불러도 대답없이 생각에 잠겨 있던 리켄을 노인이 웃으며 가볍게 머리를 쥐어박았다. 머리를 맞고 난 후 정신을 차린 리켄은 '어떻게 이런 일이 나에게' 라는 생각과 동시에 노인 쪽을 바라봤다. 불렀는데 다시 대답이 없다면 별이 보일 만큼 아픈 머리 쥐어박기를 맞을 것이라는, 드래곤이라면 절대로 하지 않을 생각에 어쩔 수 없이 고개를 돌린 것이다.

"이 녀석, 무슨 생각을 그리 많이 하는 게야?"

"에이 씨, 왜… 요?"

"허허허, 이곳이 어디인고? 도통 어디가 어디인지 알 수가 있어야지."

"여기가 어딘지도 모르고 온 건가… 요?"

"허허허, 그 녀석 참. 모르니까 묻고 있는 게 아니겠느냐?"

"이곳은 산속이… 죠. 하하~"

꽁.

“악! 왜 또 때리는 거야… 요?”

“이 녀석 말버릇하고는. 산속인 줄은 할아비도 눈이 있어 알고 있다, 이 녀석아. 그러지 말고 이 세계가 어떤 곳이고 또 사람들은 어떻게 사는지 모르느냐?”

“그건 또 왜… 요?”

“허허허, 이 녀석아. 그건 내가 아무래도 다른 공간에서 온 것 같아서니라. 그러니 바른대로 말하거라.”

“에!!”

다른 세계에서 왔다는 노인의 말에 리켄은 약간 놀란 얼굴이 되었다.

“그럼 그 세계에선 인간들이 모두 당신처럼 강한가… 요?”

이것이 지금의 리켄에게 가장 궁금한 것이었다. 공간이 다른 곳에서 왔다면 어쩌면 그럴 가능성도 배제하지 못할 것 같았기 때문이다. 노인이 인자한 미소를 지으며 다시 한 번 리켄의 머리를 쥐어박았다.

“허허허, 그럴 리가 있겠느냐. 어쩌다 보니 이렇게 된 게지. 그러니 시간 낭비 하지 말고 어서 말해 보려무나.”

“제, 젠장.”

머리를 쓰다듬던 리켄의 얼굴이 울상이 되었다. 역시 공간이 달라도 인간은 인간이었다. 그런데 어떻게 이런 곳에 이따위 인간이, 게다가 하필이면 자신의 영역으로 오다니. 리켄은 자신의 불같은 성미를 어떻게든 고쳐야겠다고 다짐하고 또 다짐했다.

꽁!

“악!”

“이 녀석, 홍아야. 이 할아비를 계속 기다리게 할 작정인고? 어서어서 말해 보라는데도 그러는구나.”

“에이~ 씨.”

인간으로 폴리모프해도 어느 정도의 힘은 충분히 막을 수 있는 그였고 또 자동적으로 방어 마법이 실행되었는데도 눈앞의 늙은 인간이 가볍게 쥐어박는 주먹엔 그 어떤 방어 마법조차 실행되지도 않았을 뿐더러 눈물이 핑 돌 정도로 아팠다.

“우이 씨, 아파.”

머리를 쓰다듬으며 리켄은 이 공간에 대해서 말해 갔다.

리켄의 말에 따르면 이곳은 거대한 하나의 대륙으로 이루어져 있는 곳이었다. 이 대륙의 특징이라면 중앙부터 시작하는 거대한 산맥이 대륙의 여기저기로 거미줄처럼 뻗어 있는 것으로 노인이 있는 이곳은 중앙산맥의 가장 남쪽에 위치한 산속이라고 했다. 그 밖에 사람들의 생활상이나 여러 국가들에 대해서도 말해 주었다. 그런 것을 자세하게 알 수 있었던 것도 오래전이지만 인간 세상을 오랫동안 여행했던 리켄의 경험에 의한 것이었다.

“허허허, 그것참.”

리켄의 말을 들으면 들을수록 노인은 점점 더 이 이상한 세계에 대해 호기심이 일었다. 무엇이든 처음 접한다는 것은 그에겐 색다른 경험이었고 또 이렇게 중원보다 몇 배나 넓은 땅덩어리라면 분명히 자신보다 강한 상대가 있을 것이라는 기대감에 의해서이다.

노인이 한참 즐거운 상상에 사로잡혀 있을 때 리켄은 자리를 털고 일어나 떠나려고 했다.

“그럼 저는 이만 가볼게… 요.”

“이 녀석, 그렇게는 안 된다고 말하지 않았느냐?”

“에이 씨, 왜… 요?”

“허허허, 이 녀석. 너는 내 길 안내를 해야겠다. 이곳에 대해선 나보다 네 녀석이 훨씬 견문이 넓으니 그렇게 해야 하는 게 당연한 게지. 이 할아비를 이대로 내버려 둘 참이냐?”

“그, 그게 무슨 말이야… 요? 그냥 대충 가다 보면 인간들이 사는 곳이 나올 것이고 거기서 찾는 게 낫지… 요.”

리켄은 어떻게 해서든 인간 같지 않은 늙은 인간에게서 벗어나고 싶었다. 겉으론 인자한 얼굴이지만 이 인간의 힘 앞에선 자신은 어린애밖에 되지 않았다. 게다가 지상 최강의 생명체인 자신이 한낱 늙은 인간에게 끌려 다니는 것이 다른 드래곤에게 발견이라도 된다면 그때부터 자신은 얼굴을 들고 다닐 수 없을 것이다. 그러나 노인의 뜻은 리켄과 달랐다. 자신이었기에 망정이지 다른 사람들이라면 지금 앞에 있는 영물을 절대로 이기지 못할 것이 확실했다. 또한 무림에서 난다 긴다 하는 고수가 오더라도 리켄이 원래의 모습으로 돌아간다면 상대조차 할 수 없을 것이었다. 그렇기에 다른 사람들을 위해서라도, 그리고 흉포한 성격을 함께 다니며 고쳐 주고 싶었던 것이다. 리켄이 어떻게든 자신에게서 벗어나려고 주절주절 말하는 것을 본 후 무서운 얼굴로 변한 노인이 말했다.

“허허허. 이 녀석, 같이 갈 테냐. 아니면 아까 그 구름처럼 될 테냐?”

“이… 이, 씨.”

리켄은 결국 고개를 푹 숙이며 절망의 구렁텅이로 빠져들었다. 빼도 박도 못하는 상황이란 것이 드래곤인 자신에게 생길 줄이야.

“허어, 이 녀석이 대답이 없는 걸 보니 같이 가고 싶지 않은 모양이구나. 으응?"

"히익~ 누, 누가 그래요? 같이 간다고요! 같이 가고 싶어요. 같이
가… 빌어먹을, 같이 갈게요. 젠장."

"허허허, 진즉에 그렇게 나올 일이지. 자, 그럼 어느 쪽으로 가볼까.
이 녀석, 홍아야. 어디로 가는 게 나을 것 같으냐?"

노인과 레드 드래곤인 리켄은 느린 속도로 북쪽을 향해 걸음을 옮기고 있었다. 리켄과 처음 만났던 곳이 대륙의 최남단이라고 들었던 노인이었기에 북쪽을 선택한 것이다.

"허어, 경치가 장관이로세. 으음."

흰색의 긴 옷을 입고 있는 노인은 60대 중반의 할아버지들 걸음처럼 뒷짐을 진 채 느릿느릿, 아주 느린 속도로 걸어가며 주변 풍경을 감상하고 있었고, 그의 한 걸음 뒤에서 오만상을 찌푸린 리켄이 궁시렁거리며 노인을 따라가고 있었다. 모르는 사람이 본다면 잘 어울리는 할아버지와 손자 같았다. 그러나 그것은 어디까지나 외형적인 모습이고 리켄은 정말 죽을 맛이었다. 앞으로 대륙을 모두 돌아볼 때까지 늙은 인간을 따라다녀야 하는 것이다. 도망칠 수도 없는 상황에서 한순간이라도 빨리 벗어났으면 하는 리켄이었지만 느릿느릿 걸어가는 노인을 보자 짜증부터 났다.

"이봐요. 너무 느리잖아요. 이렇게 가다가 언제 대륙을 다 돌아볼 거예요?"

"허어! 이놈아, 할아비한테 '이봐요'가 뭐고?"

"에이 씨, 언제 이름이나 알려줬나요?"

"허허허, 그것도 그렇구나. 내 이름은 철검(鐵劍)이란다. 사람들이 그렇게 불렀으니 너도 그리 부르려무나."

"철… 검? 후헤헤~ 무슨 사람 이름이 그래요? 검도 아니고."

"사람들이 철검이라고 불렀으니 철검이지, 그럼 뭐라고 하겠니? 그리 이상하면 우리 홍아가 편하게 부를 만한 걸로 하나 지어보려무나."

'남의 이름을 부르기 어렵다는 이유로 맘대로 바꿔놓고, 이번엔 자기 이름을 지으라니 이름이 뭐 쓰고 싶을 때 맘대로 바꾸는 건가. 쳇'이라고 투덜거리면서도 리켄은 머리 속으로 부르기 편한 이름을 열심히 생각하고 있었다.

꽁.

"악! 왜 때려요?"

"이 녀석아, 다 들린다."

"에이 씨, 내 나이 6천 살이 넘었는데 애들도 아니고 막 때리면 어떻게… 요?"

6천 살이 넘었다는 말이 이상할 정도로 리켄의 행동은 어린 손자의 그것 같았다. 그런 리켄의 행동을 보자 노인에게서 다시금 너털웃음이 흘러나왔다.

"허허허, '0'을 두 개 빼야 한다니까 그러는구나."

"에이, 정말."

머리를 쓰다듬으며 투덜거리면서도 철검이라는 이상한 이름보다 부르기 쉽고 편한 것을 생각하는 리켄이었다. 한참 동안 생각에 잠겨 걸어가던 리켄이 뭔가가 생각났는지 눈빛을 빛내며 입을 열었다.

"이스. 어때요? 이거라면 부르기도 쉽고. 안 그래요? 강철로 된 검이라는 뜻을 우리 드래곤들의 언어에서 앞 글자만 딴 건데, 어때요, 쉽고 편하지 않아요?"

"흐음, 이스라… 허허허, 괜찮은 이름이로구나. 말하기도 편하고… 우리 홍아한테 그런 재주가 있었구나."

"헤헤헤, 겨우 그 정도 가지고 뭘 그렇게까지… 엇?!"

노인, 아니, 이스의 칭찬에 얼굴까지 붉히며 좋아하던 리켄의 표정이 순간 뚝 하는 소리가 들리는 것처럼 멈춰 버렸다. 자신은 드래곤이었다. 그것도 최고의 전투력을 자랑하는 무적 레드 드래곤이었으며, 거기에 6천 년을 넘게 살아 드래곤들 중 몇 안 되는 최강의 존재 중 하나였다. 그런데 지금은 분명히 이스의 인질이나 마찬가지로 끌려 다니는 것이다. 이런 상황을 잊은 채 고작 가벼운 칭찬 몇 마디에 마냥 기분이 좋아지자 절로 미간이 일그러졌다.

'허이구, 6천 년이나 살다 보니 내가 어떻게 된 건가? 저따위 늙은이에게 칭찬받았다고 좋아하다니. 크흑, 나도 이제 죽을 때가 된 건가.'

단지 생각만 할 뿐이었다. 지금의 생각을 입 밖으로 냈다가는 분명 또다시 머리를 쥐어박힐 것이라는 전혀 드래곤답지 않은 생각을 하며 리켄은 초인적인 인내심으로 입이 움직이려는 것을 꾹 참았다. 그렇게 몇 걸음을 걸었을 때였다.

"하하하."

이스와 리켄의 앞쪽 나지막한 언덕 쪽으로 둥그런 타원형의 검은 기운이 순간적으로 나타나더니 한 명의 인물이 쑥하고 튀어나와 커다란 웃음을 터뜨렸다.

머리부터 발끝까지 온통 검정색 일색의 남자였다. 대략 20대 초반쯤으로 보이는 모습이었으며 리켄과 마찬가지로 균형 잡힌 몸매와 눈부시도록 아름다운 얼굴의 미남자였다. 허리까지 내려오는 흑발은 윤기가 자르르 흘렀고 옷과 망토 모두가 상당한 고급스러움이 묻어났다. 역시 리켄과 마찬가지로 인간의 모습이긴 하지만 인간으로선 흉내조차 낼 수 없을 강인함이 은은히 풍기는 그런 남자였다

"하하하, 어이, 리켄 리커이스. 그 나이를 해 가지고 아직도 인간 세상으로 여행을 떠나는 건가? 이제 철이 좀 들 때도 된 거 아닌가?"

"이런 빌어먹을, 네놈이 뭘 안다고 까부는 거냐, 이클립스!"

역시 리켄과 검정색 일색의 청년 '이클립스' 라는 이름으로 불린 미청년과는 서로 안면이 있는 사이인 모양이었다.

"이봐, 늙은이! 저놈은 드래곤이라고. 그것도 흉악하고 포악한 거라면 최고인 레드 드래곤. 어서 정신 차리고 도망치는 게 얼마 남지 않은 인생 편하게 사는 길이야. 그러니 어서어서 꺼지라고."

리켄의 발악에 가까운 외침이 있었지만, 이클립스는 우아한 몸짓으로 고개를 돌려서는 이스를 불쌍하다는 표정으로 바라보며 리켄의 신상에 대해 말해 줬다. 이클립스는 말을 하면서 조금 강하게 기운을 뿜어냈다. 이 정도의 기운이라면 아무리 늙은 인간이라도 느낄 수 있을 것이다. 아니, 지금 정도의 기운이라면 오금이 저리고 소름이 끼치며 등 뒤로 식은땀이 길게 흘러내릴 것이고 며칠 동안 악몽에 시달릴 것이다. 그러나 이클립스에게서 은연중에 풍겨 나오는 가공할 기운 따윈 안중에도 없다는 표정으로 이스가 혀를 차며 입을 열었다.

"허허, 그놈 참. 예쁘장하게 생긴 귀여운 녀석이 입은 험하구나. 자고로 '노소장유(老少長幼)는 천분질서(天分秩序)니 불가패리이상도야(不可悖理而傷道也)' 라고 해서 사람은 언제나 어른을 공경하라 했거늘(明心寶鑑명심보감 遵禮篇준례편), 어찌 노인에게 그리도 험한 태도인 것인고?"

이스의 말은 모두가 해석이 되어 상대방에게 전달됐다. 리켄이 걸어 놓은 마법 때문에 의사 소통에는 문제가 없었고, 이스의 입에서 나오는 목소리가 둘 사이의 공간에 걸려 있는 마법을 거치며 들리는 것이기에 조금의 문제도 없었다.

"홍, 이 돼먹지 않은 늙은이가 미쳐도 단단히 미쳤군. 내 오래간만에 리켄을 만나러 와서 살려주려 했더니만."

자신이 은연중에 내뿜는 기운을 무시한 것보다 어이가 없을 정도로 말하는 이스의 태도에 이클립스의 미간이 절로 일그러졌다. 겉모습이야 어쨌든 간에 이클립스 역시 오랜 세월을 살아온 마족이었다. 또한 최고의 공격력을 자랑하는 레드 드래곤과 싸워도 지지 않는 실력자였다. 그런데도 눈앞의 늙은 인간이 자신을 무시하는 듯한 발언을 하자 순간 머리끝까지 분노가 치밀어 올랐다.

"재수없는 인간."

잠시 어이없다는 표정으로 말을 잇지 못하던 이클립스가 잔인한 미소와 함께 슬쩍 손을 휘저었다. 순간 그의 손에서 검은 기류가 눈 깜짝하는 사이에 생성되더니 끔찍한 소리와 함께 이스를 향해 쏘아져 갔다. 빛살처럼 빠른 속도였으며 위력 역시 대단했다.

퍼퍼펑~!

이스는 조금도 움직이지 않고 고스란히 검은 기운을 맞이했고 이내

지축을 울리는 거대한 폭발음이 터져 나왔다. 이스가 있던 주위의 나무며 흙더미들이 순식간에 폭발과 함께 사라질 정도로 강력한 폭발이었다.

"쯧, 그렇게 명을 재촉하지 말아야… 헉!"

고개를 흔들며 혀를 차던 이클립스의 두 눈이 폭발과 함께 솟아오른 흙먼지가 사라짐과 동시에 찢어질 듯 커다랗게 확대됐다.

"무릇 하찮은 미물이라도 저마다 존재의 이유가 있어 해하려 할 때에는 수십 번을 생각하고 결정해야 할 일이거늘, 어찌 이리도 험하게 움직일 수 있단 말인가. 허어, 어찌 된 곳이 이 녀석이나 저 녀석이나 만나는 녀석들마다 성질머리가 고약하기 짝이 없구나. 예쁘장하게 생겨서 마음씨도 고울 줄 알았더니만, 사람은 겪어보지 않으면 모른다는 옛말이 하나도 틀림이 없구나."

순식간에 주위 수십여 미터를 초토화시킨 폭발이었지만 이스의 모습은 처음과 조금도 변함이 없었다.

"어, 어떻게?!"

이클립스는 자신의 입속으로 다량의 먼지가 들어가는 줄도 모르고 경악한 표정으로 이스를 바라보고 있었다. 그가 조금 전 이스를 향해 날린 것은 아무리 리켄이라도 최고의 방어 마법을 펼쳐야만이 막을 수 있는 가공할 위력을 자랑하는 것이었으며, 최상급 마족만이 펼칠 수 있는 마법이었다. 그런 엄청난 위력의 마법을 정면으로 맞고서도 그저 씁쓸한 표정으로 고개를 흔드는 이스를 보자 말을 잊은 이클립스는 어떻게 된 일인지 알려달라는 눈빛으로 리켄에게 시선을 주었다. 그러나,

"이스, 저놈 아주 나쁜 놈이에요. 저 녀석은 사람 죽이기를 숨 쉬듯 하는 놈이거든요. 혼내주세요, 이스."

이클립스가 도움을 요청하는 시선을 보냈지만 리켄은 도리어 인간 같지도 않은 인간에게 개구쟁이 같은 표정으로 말하고 있었다.

"허어! 이 녀석, 홍아야. 저 녀석은 너랑 알고 있는 사이 같은데, 친구 사이에 그런 말을 해야 쓰겠느냐?"

"에이~ 알기는 무슨. 재수없는 놈이에요. 얼마나 잘난 체를 하는 놈인데요. 그냥 혼내주라니까요, 이스."

리켄의 말에 씁쓸한 표정이었던 이스의 얼굴로 인자한 미소가 피어올랐다.

"허허허, 우리 홍아가 하는 말이니 틀림없겠지. 그렇지 않아도 내 저 녀석이 내뿜는 기운이 이상하긴 했단다. 하는 행동이나 가지고 있는 힘으로 볼 때 이번 기회에 아무래도 할아비가 후환을 없애야 하는 수고를 끼쳐야겠구나."

잠시 멍한 표정으로 이스와 리켄의 대화를 듣고 있던 이클립스의 얼굴로 공포가 어리기 시작했다. 아무리 뜯어보고 고쳐 봐도 인간이 분명했다. 그것도 그 어떤 마나도 느껴지지 않는 늙고 힘없는 인간이 틀림없었다. 그런데 리켄이 말하는 걸 보면 보통 인간이 아닌 것 같았다.

레드 드래곤이 무엇인가. 최강의 전투력과 함께 누구도 따라올 수 없는 자존심의 소유자였다. 게다가 저 늙은 인간은 이미 리켄이 레드 드래곤이라는 걸 알고 있는 것 같았다. 가까운 거리에서 엄청난 위력의 마법을 직격당하고도 끄떡없는 인간, 게다가 자존심 강한 레드 드래곤이 꼬박꼬박 존댓말까지 붙여가며 부탁하는 상대. 하지만 그 어떤 마나도 느껴지지 않는 인간. 이클립스는 도무지 갈피를 잡지 못했다.

"흐음, 그럼."

인자한 표정으로 잠시 리켄과 말을 나누던 이스가 천천히 이클립스에게 시선을 주었다. 그 순간이었다.

픽!!

"끄억!"

쾅~

동시에 세 개의 커다란 소리가 울려 퍼졌다. 제일 처음의 것은 이클립스의 몸에 무엇인가가 직격하는 소리였고, 두 번째 것은 이클립스의 입에서 터져 나온, 듣는 이가 오히려 끔찍해할 만한 고통에 찬 비명 소리였으며 마지막 것은 이클립스의 몸이 30여 미터나 떨어져 있는 커다란 바위를 부수며 났던 음향 효과였다.

"끄… 어… 어……."

처음 리켄이 이스에게 직격당한 때와 거의 비슷한 소리가 이클립스의 입에서 흘러나오고 있었다.

"역시 우리 홍아에게 했을 때와 힘의 안배를 비슷하게 조절했더니 별 효과가 없네그려. 허허허."

이클립스의 몸이 부딪친 커다란, 웬만한 4층짜리 건물만한 바위는 완전히 가루처럼 변해 주위에 널브러져 있었으며 주변 모두가 마치 산사태가 일어난 것처럼 변해 버렸다.

"어… 억……."

쓰러져 제대로 비명조차 지르지 못하고 있는 이클립스를 등 뒤로 자신을 향해 걸어오며 중얼거리는 이스의 말에 리켄은 입을 다물지 못했다. 자신과 이스라는 노인과의 거리는 10여 미터도 되지 않았다. 물론 이 정도 거리라면 리켄이나 이클립스에겐 없는 것과 마찬가지였다. 그러나 리켄은 이클립스를 저 정도까지 이르게 했던 이스의 움직임을 전혀 볼 수 없었다. 아니, 이스에게선 움직임 그 자체가 없었다. 그저 뒷짐만을 진 채 이클립스를 바라보고 있었다. 그리곤 이스의 헛기침과 함께 세 개의 음향이 들렸던 것이다.

"이, 이스. 도, 도대체 어떻게 한 거예요?"

전혀 움직임이나 그 어떤 기운도 느껴지지 않았는데 마족 최강의 전사라는 이클립스를 저 지경으로 만든 이스에게 리켄은 놀라움을 넘어서 경악에 찬 표정으로 물었다.

"허허허, 그저 능공섭물이란 것에다 이 할아비의 절기를 약간 응용해 만든 거란다."

"능공……? 그게 뭔데요?"

이제는 자연스럽게 존댓말을 하고 있는 리켄이었지만 그 자신은 조금도 느끼지 못하는 듯 존댓말에 거리낌이 없어 보였다.

"허허허, 말해 봐야 모를 것이니라. 그런 것이 있다는 것만 알면 되는 것이지."

"칫."

이스의 말에 리켄은 삐친 표정으로 대(大)자로 누워 여전히 전신을 부르르 떨고 있는 이클립스에게 시선을 돌렸다.

"근데, 이스? 저 녀석, 안 없앨 거예요?"

"허허허, 이 녀석, 홍아야. 저 녀석은 너와 이미 알고 지내는 사이가 아니더냐? 어찌 그리도 무섭게 말을 하는 것인고?"

"알긴 뭘 알아요? 그저 옛날에 한 판 싸우고 나서 가끔씩 찾아오는 놈인데요. 더럽게 잘난 척만 하고, 꼴좋다. 후헤헤."

"허허허."

리켄의 말에 이스는 웃으며 천천히 이클립스에게 다가갔다. 이클립스의 몰골은 말이 아니었다. 두 눈에선 마족도 눈물이 있다는 걸 알려

주듯이 눈물이 길게 흐르고 있었고 입에선 게거품이 꾸역꾸역 솟구치고 있었다.

"끄… 어… 헉!"

끔찍한 고통 속에서도 누군가 다가오는 기척을 느꼈는지 이클립스는 혼신의 힘을 기울여 조금이지만 감았던 눈을 떠 상대를 확인했다. 그런 그의 눈으로 조금 낡긴 했으나 순백색의 깨끗한 옷과 가슴까지 기른 수염의 노인이 들어왔다. 순간 이클립스는 무슨 수라도 쓰려고 몸을 움직이려 했지만 돌아오는 건 지독한 고통뿐이었다.

"끄어어어… 어어어."

일격을 가하고 리켄에게 다가갔을 때와 똑같은 반응을 보이는 이클립스를 보며 이스는 '허허허' 하고 웃었고 리켄은 자신도 얼마 전까지 저랬다는 생각이 났는지 '쯧쯧쯧' 하며 고개를 저었다. 사실 이스도 이클립스를 죽일 생각까진 하지 않았다. 보아하니 리켄과 알고 지내는 사이인 것 같았기에 잠시 버릇만 고쳐 주려 했던 것이다.

"이 녀석, 어서 일어서지 못할까?"

절망의 눈빛으로 자신을 바라보는 이클립스를 향해 조금이지만 엄한 표정으로 이스가 말하자 부들부들 떨리는 손으로 땅을 짚으면서 간신히 일어나 앉는 이클립스였다. 나름대로 엄한 얼굴을 한다고 생각은 했지만, 이스의 얼굴엔 감추지 못하는 웃음기가 배어 있었다.

"허어억, 끄윽… 하아… 하아……."

조금씩 고통이 사라져 가는지 이클립스의 입에서 나오는 비명 소리가 점차 부드럽게 변해갔다. 이스가 그의 머리를 살며시 쥐어박으며 천천히 땅에 마주 앉았다.

"허어, 엄살이 심한 녀석이로구나."

"끄억."

가볍게 쥐어박는 이스의 손길이었지만 몸이 울리는지 이클립스의 입에서 다시금 고통에 찬 비명이 터져 나왔다. 어느새 이스에게 바짝 다가온 리켄이 재수없다는 표정으로 말했다.

"이 녀석이 원래 엄살이 좀 심하긴 하죠. 게다가 잘난 척도 엄청 심하다고요."

리켄의 비아냥거림에 이제는 어느 정도 고통이 사라진 이클립스가 두 눈을 부릅뜨고 리켄을 노려보았다. 그 순간 다시 이스의 손이 움직였다.

꿍.

"악!! 이!!"

강하게 때리지 않아 그리 아프진 않았지만, 머리를 쥐어박힌다는 것은 마족 최강의 전사인 이클립스에겐 모멸이고 수치였다. 순간적으로 이빨을 갈며 고개를 돌리긴 했지만 상대는 이스였다.

"허어, 이 녀석이 아직 혼이 덜 난 게로구나?"

"히익~ 아, 아니."

이스가 어떤 인물인지 깨달은 이클립스는 광속에 가까운 스피드로 불쌍한 표정으로 얼굴을 바꿨다. 그런 이클립스의 표정에 이스가 허허 웃으며 입을 열었다.

"이 녀석, 내 아무리 봐도 네가 사람 모양새를 하고는 있지만 사람은 아닌 것 같구나? 그렇지 않니?"

"난, 마족 최강의 전사인 이클립스인데… 요."

역시 마족이라도 생명에 대한 본능이 있는 모양인지 이클립스는 뒷말을 살며시 높이며 어떻게 이 상황을 개척해야 할지 엄청난 속도로 머리를 굴리고 있었다.

"허어, 이곳에도 마교가 있는 건가? 아니지, 아니야. 네 기운은 절대 사람의 것이 아닐진데… 허어, 괴이한 일이로구나. 무슨 기운이 이다지도 지독할꼬?"

이클립스에게서 풍겨져 나오는 기운은 보통 사람들과는 차원이 다른 것이었고, 드래곤인 리켄과도 현격히 차이가 있었다. 이스가 중원에 있을 당시의 마교인들과 비슷하긴 했지만 이클립스의 기운은 사람으로선 흉내조차 낼 수 없을 정도로 지독한 것이었다. 리켄이 이스를 보며 말했다.

"이스, 마족이란 건 이 공간이 아닌 마계라는 공간에 살면서 이 공간을 왔다 갔다 하는 미친놈들이에요. 서열이 높을수록 인간의 모습을 하고 있는 녀석들이 많긴 한데, 절대 인간이 아니죠. 그곳은 원래가 마왕의 영역인데 저 녀석은 그 마왕하고 힘이 비슷할 정도로 엄청난 놈이에요. 게다가 저 녀석은 서열도 마왕 다음으로 높은 놈이라 언제든 마계와 이 공간을 왔다 갔다 할 수 있는 능력이 있는 거고요. 서열이 높은 마족 놈들만 그런 능력이 있고 나머진 아니죠."

"허허허, 우리 홍아가 아는 게 많아서 다행이로구나."

리켄의 친절한―마치 진짜 손자같이―해설에 이스는 어느 정도 이해한다는 듯 허허 하는 웃음을 터뜨리며 리켄의 머리를 한차례 쓰다듬어 주었다.

"헤헤, 뭐 이 정도 가지고. 헤헤헤~"

자신의 처지를 잊은 채 머리를 쓰다듬어 주는 이스의 손길을 느끼며 리켄은 얼굴까지 붉히면서 헤프게 웃어댔다. 그 모습에 이클립스가 죽일 듯한 표정으로 눈을 부릅뜨며 리켄을 노려보았다.

"이 자식!"

꽁.

"억!!"

"허허허, 이 녀석 좀 보게. 친구 사이에 어찌 그리도 눈빛이 매서운
고?"

무서운 눈초리로 자리에서 벌떡 일어난 이클립스는 한차례 머리를
쓰다듬은 후 슬쩍 손을 휘저었다. 그러자 그의 옆쪽으로 타원형의 기
다란 검정색 기운이 빠르게 나타났다. 마족들 중 최상급에 속하는 마
족만이 할 수 있는 차원 이동 홀이었다.

"이 자식, 두고 보자! 내 오늘 일은 결코 잊지 않을 것이다!"

말을 마치자마자 이클립스는 한차례 이빨을 간 후 훌쩍 차원 이동
홀 속으로 몸을 날렸다. 그때였다.

"억?"

털썩.

차원 이동 홀 속으로 들어가려던 이클립스의 몸이 계단을 잘못 디딘
사람처럼 휘청하며 다시금 땅바닥으로 쓰러졌다. 어찌 된 일인지 이클
립스의 몸이 막 차원 이동 홀에 닿으려는 찰라 그것이 순간적으로 사
라져 버린 것이다.

"허허허, 그것참, 이상한 능력이 있는 녀석이로구나."

이스에 의해 차원 이동 홀이 없어졌다. 역시 아무런 기운도 없었으
며 그 어떤 행동도 취하지 않은 상태로 차원 이동 홀을 없애 버린 것이
다.

"와와, 우와~ 이스, 정말 대단해요. 마족들 중에서 최고급 마족만
이 사용하는 차원 이동 홀을 없애다니!"

눈으로 보고도 믿기지 않는 모양인지 리켄의 호들갑 떠는 목소리가 사뭇 커다랗게 들리고 있었다. 하지만 리켄의 놀라움은 이클립스에 비할 바가 아니었다.

"어… 어떻게……?"

한동안 바닥에 쓰러져 정신을 차리지 못하던 이클립스가 경악에 찬 눈초리로 이스를 바라보았다. 차원 이동 홀이란 것은 시행한 마족만이 없앨 수 있는 것이었다. 또한 아무리 서열이 높은 마족이라도 다른 마족의 차원 이동 홀을 없애지 못하는 것은 마족이라면 누구나 알고 있는 사실이었다. 그런데 마계 서열 2위이자 마왕과 동등한 힘의 소유자인 자신의 차원 이동 홀이 바로 눈앞에서 없어져 버린 것이다. 이클립스는 좀처럼 정신을 차리지 못한 채 입만 벙긋거리고 있었다.

"후헤헤, 이 허영덩어리 이클립스 녀석아, 이스 앞에서 그런 조잡한 게 통할 것 같으냐? 일찌감치 포기하고 어서 무릎 꿇고 용서를 빌거라."

자신의 처지를 완전히 잊은 채 이스를 흉내 내는 리켄이었지만 이클립스의 패닉 상태에는 조금도 영향을 주지 못했다.

"허허허, 더 보여줄 재주가 있느냐?"

눈가에 많은 잔주름들을 만들며 이스가 다가와 비스듬히 바닥에 앉아 있는 이클립스의 머리를 쓰다듬었다.

"허억!!"

부드럽게 머릿결을 쓰다듬는 이스의 손길에 정신을 차린 이클립스는 곧 이스의 얼굴을 발견하고는 화들짝 놀라 앉은 채로 뒤로 어기적거리며 물러섰다.

"후하하, 꼴 좋다, 저 표정. 후히히히~"

이클립스의 우스꽝스런 모습에 리켄이 눈물까지 흘리며 웃음을 터뜨렸다. 땅바닥에 앉은 채 뒤로 몇 걸음 정도 물러선 이클립스는 마치 어린아이가 무서운 괴물을 본 것처럼 온몸을 사시나무 떨듯 떨고 있었다. 자존심이라면 리켄에 뒤지지 않았고 언제나 우아한 몸짓으로 행동하는 그였기에 리켄은 좀처럼 웃음을 그치지 못했다.

"허… 이, 이런 세상에!!"

패닉 상태의 이클립스는 오래지 않아 정신을 수습하고는 어떻게 이 상황을 벗어나야 할지 고심했다.

"아!"

한동안 생각에 잠겨 있던 이클립스의 뇌리로 순간 번뜩이는 무언가가 스쳐 지나갔다. 바로 '위치 이동'이었다. 이것은 마족 중 최고에 속하는 것으로 워프와 비슷하지만 마법을 필요로 하는 것이 아니었다. 인간들과 다른 생물들이 살고 있는 이 공간에서 마계로 순식간에 이동할 수 있다는 점에선 워프와 비슷하지만 위치 이동은 마계에서 이클립스가 정해놓은 한 장소로만 갈 수 있는, 오직 마왕과 이클립스만의 능력이었다.

'두고 보자, 이놈들.'

위치 이동을 생각한 순간 이클립스는 미간을 한껏 찡그리며 리켄과 이스를 노려본 후 위치 이동을 실행시켰다. 다시 두고 보자라는 말을 한다면 눈앞의 늙은 인간이 뭔 짓을 할지 모르는 일이었기에 후일을 기약하며 곧바로 실행시킨 것이다.

"앗!!"

갑작스레 이클립스의 모습이 감쪽같이 사라지자 그때까지 죽을 듯이 웃어대던 리켄이 깜짝 놀란 표정으로 주변을 두리번거렸다. 하지만 그 어디에서도 이클립스의 흔적이나 기운은 느껴지지 않았다.

"앗차."

잠시 주변을 둘러보던 리켄이 아쉽다는 듯, 손가락을 소리나게 퉁기며 기다란 탄식을 내뱉었다. 마족 중 오직 마왕과 이클립스만이 한다는 위치 이동이 뒤늦게 떠오른 모양이었다.

"허허허."

커다란 보물을 바로 목전에서 놓친 사람처럼 아쉬워하는 리켄과는 달리 이스는 그저 뒷짐을 진 채 허허 웃고만 있었다. 리켄이 불만 가득한 얼굴로 이스를 향해 투덜거렸다.

"에이 씨~ 이스, 왜 그렇게 웃고 있어요, 남은 아까워 죽겠구만. 어떻게 안 돼요?"

"그리 보채지 말고 잠시 기다려 보려무나. 허허허."

"에?"

투덜거리던 리켄의 얼굴에 의아함이 나타났다. 뭔가 뉘앙스를 풍기는 말이었다. 그렇다면 분명 뭔가가 있을 것이라고 리켄은 생각했다. 이스라면, 인간 같지도 않은 이스라면 분명 뭔가를 했을 것이라는 묘한 기대감이 들었다.

"흐음, 뭘까?"

아무리 생각해도 이스가 뭘 했을지 떠오르지 않았다. 어떤 행동도 기의 흐름도 없었다. 하지만 이스가 거짓말을 할 리 없었다. 자신도 그런 일을 몇 번이나 겪었기에 분명 이스의 말이 맞을 것이겠지만, 조금 의심이 드는 것은 어쩔 수 없었다.

팟.

리켄이 의구심과 기대감이 교차하는 얼굴로 고민하기를 십 분여. 사라졌던 이클립스가 돌연 이스와 리켄 앞쪽에 나타났다.

"허억, 허억! 도, 도대체 나한테 무슨 짓을 한 거… 요?"

이클립스의 몰골은 말이 아니었다. 입고 있던 고급스런 옷은 마치 검에 의해 베어진 것처럼 수십 수백 조각으로 잘려져 걸레처럼 흔들리고 있었으며, 마족도 땀을 흘린다는 걸 보여주듯 전신이 비가 흠뻑 맞은 것처럼 땀으로 번들거리고 있었다.

"도, 도대체 무슨 짓을 한 것이기에?"

마치 귀신을 본 사람 같은 표정으로 이클립스가 이스를 보며 경악하고 있었다. 역시 본능적으로, 초인적인 정신력으로 간신히 존댓말을 붙이는 그였다.

"허허허."

"크하하~ 이스, 웃지만 말고 어떻게 한 건지 알려줘요."

이클립스의 몰골을 보고는 한참 동안 죽을 듯이 웃어대던 리켄이 간신히 웃음을 멈추며 물어보자 이스가 예의 인자한 미소와 함께 말했다.

"허허허, 내 혹시나 하는 마음에 저 녀석에게 내 절기(絶技)인 영검(靈劍) 응용한 것을 걸어놓았단다. 이것은 나에게서 저 녀석이 일정 거리 밖으로 나가면 실행되는 것인데, 온몸을 검기가 둘러싸고 나에게 가까이 올 때까지 겁을 주는 게다. 허허허, 그러다 어느 정도의 거리 이상을 넘어가면 위협이 아니라 완전한 살기를 띠고 목표된 자가 죽을 때까지 공격을 멈추지 않는 것이지. 허허허."

"그… 그, 그, 그런……!"

이미 지독하게 고생할 대로 고생한 이클립스였기에 이스의 말은 사형 선고처럼 들리고 있었다. 이클립스는 위치 이동을 통해 이스에게서 벗어나 마계까지 도망갔었다. 그런데 마계에 도착한 순간 어디서 나타났는지 갑자기 수많은 검기들이 나타나더니 맹렬하게 그를 위협해 댄 것이다. 그러나 이클립스는 당황하지 않았다. 마계의 주인인 마왕과 그 힘에 있어서 조금도 떨어지지 않는 그였으며 마계 역사상 최고의 전사라는 말까지 듣고 있었다. 그런 자신이 고작 검기 따위에 당할 것이 아니었기에 무수한 검기들의 위협을 보면서도 이클립스는 표정 하나 바꾸지 않고 거만하게 있었다. 그런데 그게 아니었다. 하나의 검기가 몸을 스치듯 지나가자 곧 어마어마한, 조금이라도 깊이 베었으면 어쩌면 소멸당할 뻔한 지독한 고통이 몰려들었다. 그 이후 대략 110여 분 동안이나 이클립스는 어떻게든 자신을 둘러싸고 있는, 전혀 사라지지 않고 무식하게 공격해 대는 검기들로부터 도망치려 했었다.

그렇지만 그것은 어디까지나 그의 희망이었을 뿐이다. 인간계와 시간적으로 차이가 있는 마계에서의 110여 분 동안 이클립스는 자신을 둘러싸고 공격해 대는 검기에 대항해 처절하게 투쟁을 벌였던 것이다. 그러나 아무리 시간이 가도, 아무리 먼 곳으로 가도 둘러싸고 있는 무수하고 끔찍한 검기들은 조금도 사라질 기미가 보이지 않았다. 오히려 일정 거리 이상 넘어가자 도저히 막을 수조차 없을 정도로 공격이 거세졌다. 그렇게 처절한 마계에서의 110여 분이 지난 후 이클립스는 모든 것을 포기하고 이스에게 올 수밖에 없었다. 모든 것의 원인이 이스에게 있을 것이라고 확신했었고 이스와 리켄이 있는 곳에 도착하자 그의 생각처럼 모든 검기가 사라져 버렸다.

하지만 검기에서 벗어났다고 끝난 게 아니었다. 이스의 말은 지독하게 공격하던 검기들보다 더욱 이클립스를 절망의 구렁텅이로 몰아넣었다. 이스에게서 일정 거리 이상 벗어날 수 없다는 말은 곧, 언제나 이스와 함께 있어야 한다는 말이었기 때문이다.

"어어."

110여 분 동안의 지독하고 끔찍한 경험과 이스의 말에 이클립스는 온몸에서 힘이 빠지는지 그만 털썩 하고 바닥으로 허물어졌다.

"후하하하~ 쿠하하하~ 우캬하하~!"

절망에 빠진 표정으로 허탈하게 주저앉는 이클립스의 모습에 리켄은 배꼽을 잡고 바닥을 뒹굴면서 죽을 듯이 웃어댔다. 언제나 거만함과 잘난 척만 하던 이클립스의 이런 모습에 웃음을 참을 수 없는 모양이었다. 그런 리켄을 잠시 말없이 바라보던 이스가 나직한 목소리로 입을 열었다.

"허허허, 너도 웃을 때가 아니니라. 이미 홍아, 네 녀석에게도 저 아이에게 걸려 있는 기술을 오래전에 걸어놓았느니라."

뚝 하는 소리가 들릴 정도로 리켄의 웃음소리와 동작이 이스의 말이 끝남과 동시에 멈춰졌다. 그 상태에서 잠시 허공을 허탈한 눈빛으로 바라보던 리켄이 벌떡 자리에서 일어나 이스에게 달려들었다.

"에이 씨이이~ 어떻게 나한테까지 그런 걸 걸어놓을 수 있어요? 지금까지 친절하게 길 안내한 게 누군데요! 너무하잖아요! 어서 풀어줘요, 어서!"

죽일 듯이 달려들기는 했지만 리켄은 이스의 옷자락만을 붙잡은 채 항의했다. 힘으로나 마법으로 어떻게 할 수 있는 상대가 아니었던 것이다.

"허허허. 이 녀석, 홍아야. 모든 일에는 안배가 철저해야 하는 게야. 그러니 할아빌 너무 나무라지 말거라."

"에이 씨~ 아이구, 정말 내가 어쩌다가 이런 꼴을 당하게 된 건지… 이 착한 리켄이 무슨 죄를 지었다고~ 어이구~"

　망연자실한 표정으로 바닥에 주저앉아 있는 이클립스의 옆으로 나란히 앉으며 리켄이 허탈한 듯 신세 한탄을 해댔다. 리켄과 힘이나 방어 능력에 있어서 거의 차이가 없는 이클립스였다. 이클립스와 리켄은 몇 번이지만 싸운 적이 있었기에 서로가 서로의 실력에 대해선 잘 알고 있었다. 그런 이클립스가 저 지경까지 당한 모습이 이제는 남의 일이 아닌 것처럼 가슴에 와 닿는 리켄이었다. 솔직히 리켄은 지금까지 이스와 동행하면서 호시탐탐 도망칠 궁리를 했었다. 그런데 보이지 않는 족쇄가 걸려 있는 것이나 마찬가지였으니 도망쳤다면 지금의 이클립스와 똑같은 꼴을 당했을 것이고, 그건 생각만 해도 소름 끼치는 일이었다.

　“이건 꿈이야~ 어이구, 내 신세야. 어이구~”

　어떻게 자신 같은 초강력 드래곤에게 이런 말도 안 되는 일이 벌어진 것인지 리켄은 하늘이 무너지는 것 같은 표정으로 끊임없이 중얼거리고 있었고, 그 옆에서 이클립스 역시 반쯤 입을 벌린 상태로 멍하게 하늘만 바라보고 있었다.

　“허허허, 이 녀석. 네놈도 나와 함께 길을 가야 할 것이니라.”

　인자한 미소를 머금고 오랫동안 두 미청년을 바라보던 이스가 다가가며 말하자 이클립스가 기계적으로 대답했다.

　“왜… 요?”

　이미 혼백이 나간 것 같은 이클립스에게 이스의 말은 더 이상의 충격을 주지 못하는 듯했다. 이스의 말에 이클립스는 자다 깨어난 것처럼 아무 감정 없는 목소리로 대답했다. 그러자 허허, 웃으며 이스가 말을 이었다.

　“아무래도 네 녀석처럼 못된 녀석을 그냥 놔뒀다간 여러 사람들이 피해를 입겠구나. 그러니 이 할아비와 함께 다니며 사람 사는 도리와 이치에 대해 조금씩 알아가는 것이 좋을 것 같구나. 어찌할 테냐, 이 할아비랑 같이 가겠느냐?"

"맘대로 하… 하세요."

이스의 말이 무슨 뜻인지 생각지도 않고 대답하는 이클립스였다. 여전히 그의 초점없는 눈동자는 허공에 닿아 있었다. 이미 어떤 물음에 대한 의미나 생각 같은 것을 할 정신이 없는 모습이었다.

"착한 아이로구나. 암, 그래야지. 앞으로도 이 할아비의 말을 잘 들 거라. 그것이 너에게도 좋은 일이 될 것이니라. 허허허."

얌전한 아이처럼 대답하는 이클립스의 머리를 한차례 쓰다듬어 준 이스가 아직까지 신세 한탄을 하고 있는 리켄을 향해 고개를 돌렸다.

꽁.

"아, 아야. 또 왜 때려요? 내가 뭘 잘못했다고 맨날 때리고 그래요, 정말?"

갑작스레 머리를 쥐어박힌 리켄이 잔뜩 골난 표정으로 자리에서 일어서자 이스가 웃으며 말을 이었다.

"허허, 이 녀석, 홍아야. 언제까지 그렇게 있을 것인고? 어서 서둘러 길을 가야지, 이곳에서 잠을 청할 샘이더냐?"

지금까지 며칠 안 되는 여정이었지만 이스와 리켄은 노숙을 했었다. 깊은 산이었기에 여관이나 적당히 묵어갈 집 같은 것이 있을 리 만무했던 것이다. 이클립스에 의해 황폐하게 변해 버린 주변이었기에 이스는 이곳을 벗어나고 싶은 모양이었다.

"제발 머리 좀 그만 때려요, 그렇지 않아도 나쁜 머린데."

궁시렁거리긴 했지만 리켄은 곧 자리를 털고 일어나 몇 걸음 앞쪽에서 뒷짐을 지고 걸어가는 이스의 뒤를 따랐다.

"참, 경황이 없어 이름을 잊어버렸구나."

몇 걸음 걸어가던 이스가 돌연 뭔가가 생각난 표정으로 이클립스에게 다가갔다. 아직까지도 이클립스는 제자리에서 멍하게 하늘만 바라보고 있다 이스의 물음에 기계적으로, 언제나 자신을 칭할 때 즐겨 사용하던 미사여구를 아무런 생각 없이 대답했다.

"명예로운 마족의 전사, 어둡고 어두운 암흑 속에 영원히 빛을 발하리. 위대하고 위대한 그 이름. 마족 최강의 전사, 이클립스."

"허이구, 이 상황에서도 그런 말이 나오냐? 저놈은 죽을 때도 저렇게 잘난 척이나 할 거야. 내참, 어이가 없어서."

언제나 자신과 만날 때면 말하던 이클립스의 습관과 같은 말투에 리켄은 어이가 없다는 표정으로 비아냥거렸다. 그러나 이클립스에겐 리켄의 비아냥거림 따윈 들어오지 않는다는 얼굴이었다.

"허허허, 우리 홍아처럼 어렵고 힘든 이름이로구나. 이구입수라… 아무래도 이 할아비가 너에게 걸맞는 이름 하나 지어야겠구나? 괜찮겠느냐?"

"마… 음대로."

이름을 바꿔준다는 말에도 이클립스는 아무 생각 없이 벙끗벙끗 대답했다. 인간에게, 그것도 아무런 힘조차 없어 보이는 노인에게 처절하게 당했다는 사실이 여전히 믿어지지 않는 모양이었다.

"어이구, 착한 녀석, 점점 착한 아이가 되어가는구나. 허허허. 그래야지, 암. 흐음… 뭐가 좋을꼬? 음, 그래. 네 머리색이 검정색이니 '진(黰)'이라고 불러야겠구나. 이 할아비가 지은 이름이 마음에 드느냐, 진아야?"

"마… 음… 대로."

"마음에 든다니 다행이로구나. 허허허. 그럼, 이제 길을 재촉해 볼까."

기계적인 이클립스의 대답에 이스는 한차례 너털웃음을 흘리고는 몸을 돌려 걸음을 옮기기 시작했다. 말이 길을 재촉하는 것이지 이스의 걸음은 여느 노인들의 그것과 별반 차이가 없어 보였다. 그렇게 느릿느릿 걸어가는 이스를 선두로, 신세를 한탄하며 주절주절 투덜거리는 리켄이 뒤를 따랐고 어느새 자리에서 일어난 이클립스가 좀비처럼 두 팔을 흐느적거리며 이스를 따라 걸음을 옮겼다.

"허허허, 그것참, 특이하게 생긴 집이로구나. 내 평생 이런 집을 보게 될 줄이야."

"에이, 저게 뭐가 특이해요? 지저분하고 더러운데, 인간들이 사는 큰 도시에 가면 더 놀랄 거예요, 이스."

"후훗, 이스님께서는 다른 공간에서 오셨으니 당연한 거네, 리켄군."

보름 동안이나 걸어서야 겨우 집 한 채를 발견한 일행이었다. 그동안 여러 가지 변화가 있었다. 이미 모든 것을 포기한 리켄과 역시 같은 마음의 이클립스는 어느새 이스와 함께하는 것이 당연한 것처럼 행동하고 있었다.

"허허허, 정말 특이하구나. 이 할아비가 살던 곳의 그것과는 너무도 다르구나. 저렇게 집을 짓는다면 많은 사람들이 들어갈 수 있겠어."

이스가 감탄하는 것은 그의 앞에 이상하지만 숲 한가운데 4층으로 만든 벽돌집을 발견해서였다. 직사각형으로 된 회색 빛의 건물은 여기저기 금이 가고 조금씩 부서져 있었지만, 그래도 넓이가 한 층에 백 명이라도 들어갈 만한 넓은 크기였다. 이런 것을 처음 보는 이스였기에 감탄하는 것은 어쩌면 당연하다고 볼 수 있었다.

"하지만 이상하지 않아요, 이스? 이런 산속에 저런 집이 있다는 게?"

숲 한가운데 집이, 그것도 4층짜리 건물이 달랑 하나만 들어서 있다는 건 리켄의 말처럼 이상한 일이라고 생각했는지 고개를 끄덕이며 긍정을 표하는 이스였다.

"후훗, 그렇게 이상하다면 들어가 살펴보면 알 수 있겠지. 그렇지 않습니까, 이스님?"

"그래, 나도 알고 있었어. 잘난 척 좀 그만 해라. 으이구, 밥맛. 저놈을 한동안 안 봐서 속이 시원했었는데."

허리까지 내려오는 길고 윤기 넘치는 머리를 우아한 손짓으로 넘기며 말하는 이클립스의 행동에 배알이 뒤틀리는 표정으로 침을 퉤 하고 뱉는 리켄이었다. 그런 리켄의 말과 행동에 이클립스의 미간이 스르륵 일그러졌고, 리켄 역시 살기 띤 표정으로 이클립스를 노려보았다. 그러자 이스가 나섰다.

꽁, 꽝.

"악."

"윽."

자못 엄한 표정으로 두 청년의 머리를 쥐어박은 이스가 곧 인자한 미소를 지으며 말했다.

"허허허, 이 녀석들. 홍아야, 진아야. 너희들은 언제까지 싸우기만

할 겐고? 어찌하여 툭탁하면 서로 못 잡아먹어서 안달이 난 것처럼 그러는 게냐. 친구끼리 그러면 못 쓰느니라."

"에이 씨, 친구는 무슨 친구예요. 저따위 잘난 척만 하는 재수없는 녀석이!"

꽁.

"악! 우이 씨."

"죄송합니다, 이스님. 앞으로 주의하겠습니다."

대들었다가 한 대 더 맞는 리켄을 보며 순식간에 미간을 편 이클립스가 우아한 몸짓으로 허리를 숙였다. 역시 그에게도 머리를 쥐어박히는 것은 피하고 싶은 일인 모양이다.

"허허허."

성격이 극과 극을 치달리는 이클립스와 리켄. 둘과 함께 지내다 보니 이스의 얼굴에선 웃음이 끊이지 않았다. 장백산에서의 몇백 년 동안 단 한 명의 사람도 만나지 못한 이스였다. 그러다 이 공간에 와서 만난 두 청년이 하나는 거대한 드래곤이었고 다른 하나 역시 사람이 아닌 마족이었지만, 이스에겐 마치 두 사람(?)이 손자처럼 느껴지는 모양이었다.

"웬 놈들이냐!"

이스가 잠시 웃음을 터뜨리고 있을 때였다. 앞쪽 건물과 숲으로부터 갑작스레 많은 사람들이 쏟아져 나왔다. 어림잡아도 백 명은 훌쩍 넘을 것 같은 많은 숫자였으며 모두가 험악하고 우락부락한 사내들뿐이었다.

"허허허."

하나같이 험악하고 잔인해 보이는 얼굴들에 저마다 각양각색의 날카로운 무기를 잡고 있는 모습이었지만, 이스는 그저 뒷짐을 진 채 웃음을 머금고 있었고 리켄은 '뭐야, 저 떨거지들은?' 하며 투덜댔으며 이클립스는 마치 벌레를 보는 듯한 얼굴로 자신들을 둘러싼 사람들을 시큰둥하게 바라보고 있었다. 세 명은 이미 사람들의 존재를 알고 있었던 듯한 표정이었다.

"하!! 이거 참, 내가 2천 년 전에 나왔을 때랑 어떻게 레퍼토리가 하나도 변하지 않았냐? 그렇게 개성들이 없어서야. 쯧쯧쯧."

한동안 투덜거리던 리켄이 한심하다는 듯 한숨을 터뜨리며 고개를 저었다. 일행들을 막고 선 백여 명의 사내들은 누가 보더라도 산적이었다. 깎지 않은 거친 수염에 덕지덕지 때가 묻어 있는 얼굴, 여행자들에게서 뺏었을 것이 확실해 보이는 전혀 매치가 되지 않는 옷차림들. 산적의 모습에 정석이라는 것을 고스란히 보여주는 무리들이었다. 그런 산적들의 모습에 리켄이 새를 쫓듯 손을 휘저으며 입을 열었다.

"에이 정말, 훠이이~ 물러가거라. 훠이~"

"이보게, 리켄 군. 자네를 볼 때마다 난 자네가 정말 에인션트 급을 넘긴 건지 의아하다네. 어떻게 그런 유치한 발상과 행동을 할 수 있는지… 하긴 천 년 전이나 지금이나 같은 행동인 걸 보면 치매가 왔다고 볼 수 없는 것 같아 다행한 일인 것 같기도 하지만……."

어린아이 같은 리켄의 행동에 이클립스가 한쪽으로 내려온 머리칼을 매만지며 비웃었다. 순간 리켄이 얼굴을 잔뜩 일그러뜨리고 이클립스를 향해 고개를 돌려 바락 화를 내려 했을 때였다. 리켄의 입에서 목소리가 터지기 전에 어딘가에서 간드러지는 여자의 웃음소리가 들려왔다.

"호호호."

"엥? 이건 또 뭔 소리?"

온통 우락부락한 산적들 사이로 간드러지는 여자의 웃음소리가 들리자 언제 인상을 찡그렸냐는 듯 리켄이 의아한 표정으로 산적들을 주욱 돌아보았다. 그런 리켄의 시야로 몰려 있던 산적들이 우르르 길을 터주며 한 여자가 나타나는 모습이 보였다.

"호호, 정말 잘생겼는걸!"

풍만하고 탄력이 넘치는 가슴을 출렁이며 나타난 여자는 가느다란 몸매와 까무잡잡한 피부의 30대 초반으로 보이는 느끼하게 생긴 여자였다. 두터운 입술에 조금이지만 처진 눈매, 지나치게 짙은 속눈썹. 제법 예쁘장하게 생기긴 했지만 허스키한 목소리와 징그러운 눈웃음이 느끼함을 더하고 있었다. 이스 일행을 살피던 여자가 뒤를 돌아보며 산적들을 향해 외쳤다.

"늙은이는 죽이고 나머지 잘생긴 오빠들은 내게 데려오도록."

"네, 두목."

여자의 명령에 놀랍게도 백여 명의 산적들은 '두목' 이라는 호칭을 쓰며 대답했다. 다른 산적들 모두가 커다랗고 두터운 무기들을 들고 있는 반면, 여자는 지나치게 짧은 스커트 옆으로 두 쌍의 쌍검을 차고 있었다. 하지만 이렇게 많은 산적들이 두목이라고 대답하는 걸 보면 실력이 만만치 않은 모양이었다.

"잡아라!"

대답과 동시에 백여 명의 산적들이 커다랗게 고함을 외치며 위압적으로 이스 일행에게 돌진해 갔다.

"아, 지겨워. 그냥 헬 파이어로 모조리 날려 버릴까나?"

"이보게, 리켄 군. 이 상황에선 자네의 무식하기 짝이 없는 헬 파이어보다 나의 고풍스럽고 우아한 힘이 필요치 않을까?”

“허허허.”

백여 명의 산적들이 우르르 몰려들고 있는 상황에서도 이스 일행 누구도 위축되거나 겁에 질리지 않았다. 오히려 리켄은 쩍 입을 벌려 한숨을 해댔고, 이클립스는 얼굴 가득 한심하다는 표정으로 고개를 저으면서 혀를 찼으며 이스는 그저 허허 웃고만 있었다.

“이야아앗!”

산적들이 고함을 지르며 일행들 가까이 다가왔다. 몇몇 산적은 이스에게 검을 휘두르려 했고 다른 산적들은 리켄과 이클립스의 머리를 쳐 기절시키려 했다. 순간 이클립스의 손이 마치 파리를 쫓는 것처럼 허공으로 살며시 흔들렸다.

쿠콰콰콰~

아주 가볍게 이클립스의 손이 흔들린 순간, 이스 일행을 중심으로 둥그런 바람이 일더니 순간 공기를 가르는 소리와 함께 사방으로 뻗어 나갔다.

“우아아악!”

원형으로 둥글게 몰려들던 백여 명의 산적들 모두가 이클립스의 가벼운 한 번의 손짓에 의해 순식간에 하나의 점이 되며 하늘로 멀리멀리 날아가 버렸다.

“저래야 되는 건데.”

“그 말엔 절실히 동감을 표하는 바이네, 리켄 군.”

날려가는 백여 명의 산적들을 바라보던 리켄과 이클립스는 이스를 보며 아쉬운 표정을 드러냈다. 인간이라면 마땅히 날아가는 산적들처럼 한 번의 가벼운 손짓으로 없어져야 지극히 당연하고 순리적인 자연의 법칙이었다.

"하아, 어쩌다 내 신세가 이렇게 됐을까."

"휴우~"

그동안 잠시 잊고 있었던 자신들의 진정한 모습이 떠오르자 또다시 허탈감이 밀려드는지 리켄은 다시금 신세 한탄을 해댔고, 이클립스는 기다란 한숨을 토해냈다.

"어어… 억!!"

허탈해하는 리켄과 이클립스의 앞에서 도발적인 옷을 입은 두목이라는 여자가 벌벌 떨며 이스 일행을 보고 있었다. 자신의 눈으로 똑똑히 봤음에도 마치 꿈을 꾼 것 같은 표정이었다. 이스는 그러나 여자 두목에겐 눈길 한 번 주지 않은 채 이클립스를 보며 입을 열었다.

"이 녀석, 진아야."

"네, 이스님."

이스의 얼굴에서 자못 노기가 보이자 이클립스는 긴장하며 곧바로 정중히 고개를 숙였다. 좀처럼 보기 힘든 이스의 엄한 얼굴이었다.

"진아야, 어찌 사람들을 그리 아무렇지도 않게 해하는 게냐. 생명이란 무릇 그 하나하나에 나름대로의 의미가 있는 것이라고 일찍이 이 할아비가 말하지 않았느냐?"

이스의 말은 조금 전에 이클립스에 의해 날아가 버린 백여 명의 산적들을 가리키는 것이었다. 정파의 기둥 중 하나인 화산파에서 많은 시간을 지낸 것도 그렇지만, 많은 여행과 오랜 세월 동안 산속에서 동식물들을 보며 지낸 것이 이스를 작고 하찮은 생명이라도 모두가 나름대로의 귀중한 의미가 있는 것이라고 생각하게 한 것이다.

"이스님."

이스의 지적에도 불구하고 이클립스는 우아한 미소를 머금었다.

"이스님, 조금 전에 인간들을 날린 기술은 제가 쓰는 마법 중에 하나인데 인간들을 죽인 것이 아니라 그저 멀리 날려 보낸 겁니다. 날려갈 땐 비록 빠르게 날아가지만 땅에 도착할 땐 무사히 내려앉을 겁니다. 걱정 마십시오. 이미 그것까지 생각해 두었습니다."

"허허허, 우리 진아가 점점 더 기특해지는구나. 암, 그래야지. 그동안 같이 다닌 보람이 있네그려. 내 비록 화산파를 떠나 이런 몸이 되었지만 그래도 명색이 정파의 사람이라고 할 수 있는데 함부로 사람들을 해쳐서야 어디 면목이 서겠느냐. 앞으로도 손을 쓸 땐 몇 번씩 생각하고 생각해 봐야 하느니."

"네, 이스님. 명심하겠습니다."

"체, 까짓것. 저 정도 몇 명 죽인 것 가지고……."

얼굴 가득 인자한 웃음을 머금으며 이클립스의 어깨를 토닥여 주는 이스의 모습에 리켄이 입술을 쭉 내밀고 투덜거렸다. 그러자 이스가 리켄에게 다가가 가볍게 머리를 쥐어박았다.

꽁.

"에이 씨, 농담이에요, 농담. 농담도 못해요. 그리고 때린 데 좀 그만 때려요. 아파서 죽을 것 같단 말예요!"

아직까지도 멍한 표정으로 이스 일행을 보고 있는 여자를 두고도 이스나 리켄, 이클립스 모두 두목 여자에겐 관심조차 없는 듯이 행동했다.

스윽. 스윽.

오랫동안 정신을 차리지 못하던 두목 여자가 어느새 제정신이 들었는지 조금씩 뒤로 물러서고 있었다. 발자국 소리가 거의 들리지 않았고 행동도 조심스러웠다. 그렇지만 이스 일행들의 이목을 피하긴 애시당초 틀린 일이었다. 두목 여자가 고작 두 걸음 뒤로 물러섰을 때 이스에게 칭얼거리던 리켄이 빠르게 고개를 돌려서는 버럭 소리쳤다.

"이게 어딜 도망가려고?!"

"헉!"

리켄의 고함 소리가 터진 순간, 은근슬쩍 뒷걸음으로 도망치려던 두목 여자의 움직임이 순식간에 멈춰졌다. 아니, 저절로 몸이 멈춘 것 같았다. 두목 여자는 어떻게 해서든 도망쳐야겠다고 생각했지만 그것은 생각뿐이었다.

"뭐?"

그저 목소리를 들었을 뿐인데도 몸이 말을 듣지 않자 깜짝 놀란 두목 여자가 앞쪽으로 시선을 주었고 리켄의 눈동자와 정면으로 부딪쳤다.

"히익."

리켄의 눈과 마주친 순간 여자 두목은 알 수 없는 두려움에 전신을 부르르 떨어댔다. 미간을 조금 찡그렸을 뿐, 아름다운 붉은빛을 띠는 맑은 리켄의 눈동자였다. 그런데도 리켄의 눈동자를 보자 도망쳐야겠다는 생각조차 순식간에 사라질 정도로 엄청난 두려움과 공포가 물밀듯이 밀려들었으며 전신에 소름과 함께 식은땀까지 흘러내렸다.

"아… 아으… 으……."

여자 두목은 이제 이빨까지 따다닥거리며 심하게 전신을 떨고 있었다. 리켄의 눈동자가 그녀의 눈에는 점차 몇 층짜리 건물보다 더욱 크게 보이기 시작했다. 그저 노려보는 것뿐인데도 잠시 바라보고 있자 어느새 리켄의 눈동자가 시야를 온통 가리는 것처럼 커진 것이다.

꽁.

이스가 리켄의 머리를 쥐어박으며 일을 수습(?)했다.

"에이 씨, 또 왜 때려요?"

"이 녀석, 홍아야. 네 녀석 때문에 저 처자가 겁에 질렸지 않니? 어찌 사람을 그리도 무섭게 보는 것인고?"

리켄은 그저 여자를 살짝 노려본 것뿐이지만 이스는 리켄의 시선에 담겨 있는 지독한 살기를 느낄 수 있었다. 보통 지독한 살기가 아니었다. 이스가 중원에 있을 당시의 십대고수라는 사람들조차 리켄의 시선에 담겨 있는 살기를 감당하지 못했을 것이었기에 그가 직접 말리고 나선 것이다.

"에이, 정말! 저게 도망치려고 그랬단 말이에요! 칭찬을 못해줄망정 맨날 때리기나 하고. 그리고 머리 나빠지니까 그만 좀 때리라고 했잖아요!!"

주절주절 변명하는 리켄의 말은 끝까지 듣지도 않은 채 이스는 느린 걸음으로 여전히 움직이지 못하고 벌벌 떨고 있는 여자에게 걸어갔다.

"허허허, 이제 괜찮을 것이니 너무 무서워 마시오. 그래, 어째서 이런 못된 짓을 하며 살아가는 것이오? 이런 못된 짓 말고도 얼마든지 할 만한 일이 많을 터인데?"

이스의 부드러운 목소리에도 두목 여자는 여전히 이스 뒤쪽으로 보이는 리켄만을 공포에 질린 눈초리로 바라보고 있었다. 리켄은 이미 여자에게 시선을 떼고는 이클립스와 말다툼을 벌이고 있었지만, 좀처럼 공포가 없어지지 않는 모양이었다. 검은 머리의 미청년과 티격태격하고 있는 지금의 리켄은 그저 아주 잘생긴 청년일 뿐이었다. 이상한 느낌이나 공포는 느껴지지 않았다. 하지만 조금 전 자신이 보았던 그

무시무시한 공포를 주는 눈초리는 분명 리켄이라는 붉은 머리 미청년
의 것이었다. 이제 두목 여자에게 리켄은 사람처럼 보이지 않았다. 리
켄의 모습만 봐도 절로 공포에 질리고 있었다.

"허허허, 이보시오?"

"아, 네?"

다시 한 번 부르는 이스의 말에 그제야 정신을 차렸는지 두목 여자
가 더듬거리며 고개를 돌렸다. 처음 리켄과 이클립스의 황홀할 정도로
아름다운 외모에 혹해서 제대로 이스를 살피지 않았던 여자의 눈동자
가 미세하게 떨렸다. 순백색의 기다란 옷차림에 뒤로 하나로 묶어 허
리 아래까지 늘어뜨린 하얀 머리와 역시 하얀 긴 수염을 기른 이스의
모습이 어딘가 신비스러운 느낌이 드는 것이다.

"어찌 아녀자의 몸으로 이리도 험한 일을 하는 게요? 이 늙은이가
볼 땐 상당한 검술을 익힌 것 같은데 그 정도의 능력을 어찌 화적질을
하는 데 쓰는 겐지 이해가 가지 않는구려."

이스는 여전히 존대로 두목 여자를 대했다. 비록 그의 나이가 훨씬
많기는 했지만 처음 보는 사람이었으며 많은 산적들을 이끄는 두목이
었기에 존대로 대하는 것이다. 두목 여자와는 달리 이클립스와 리켄에
게 하대를 하는 것은 처음 만나자마자 지독한 공격을 했었고, 둘 모두
사람이 아닌 영물이라고 생각했기에 자연스레 말을 낮춘 것이었다.

"아… 그, 그……."

부드러운 이스의 말에 대답하려던 두목 여자의 눈길이 자꾸만 뒤쪽
에 있는 리켄에게 옮겨갔다. 어느 정도 마음이 안정된 상태인데도 계
속 신경이 쓰이는 모양이었다. 허허, 웃으며 이스가 입을 열었다.

"허허허, 저 아이에 대해선 걱정하지 않아도 될 것이오. 그래, 어찌

하여 이런 험한 일을 하는 게요? 요즘 세상이 어렵게 돌아가는 게요? 그리고 이곳에 대해서도 좀 알려주시오."

"아… 그, 그러니까……."

이스가 이렇게 집요하게 물어보는 것은 이 이상한 공간에 와서 처음으로 만나는 사람이었기 때문이다. 리켄에게 들어 어느 정도 이 공간에 대해서 알고는 있었지만 리켄의 말은 이미 2천 년 전의 일이었기에 지금과는 사뭇 다를 것으로 생각한 것이다.

"그러니까."

이스의 물음에 한동안 뭔가를 골똘히 생각하며 머뭇거리던 두목 여자가 천천히 말해 나갔다. 그녀의 말에 따르면 이곳, 이 대륙의 이름은 '세이트란' 대륙이라고 했으며―이 부분에서 이스는 새이두란 대륙? 재미있는 이름이로고… 하며 미소 지었다―넓이는 빠른 말을 쉬지 않고 타고도 끝에서 끝까지 석 달이 넘는 거리라고 했다. 이 정도면 중원 대륙의 세 배가 넘는 거리였다.

"허허허."

두목 여자에게 이야기를 듣던 이스에게서 낮지만 만족스러움이 가득한 웃음이 흘러나왔다. 대륙의 거대한 넓이 때문이었다. 이 정도로 어마어마하게 커다란 땅덩이라면 분명 뛰어난 사람도 많을 것이고 어딘가 자신보다 강한 사람이 있을 거라 생각되자 이스의 얼굴에 주름이 가득 생기며 웃음이 나온 것이다. 여자의 말은 계속됐다.

"그러니까… 제가 살던 곳의 영주는 아주 못된 자였는데, 글쎄 세금을 못 낸다는 이유로 사람들을 죽이고, 으흐흑, 할 수 없이 이런 산적질이라도 해먹어야 살 수 있었어요. 그러니 한번만 용서해 주세요, 어르신. 다시는 이런 일 하지 않고 착하게 살아갈게요."

　슬픔이 복받친다는 표정으로 주르륵 눈물을 터뜨리는 두목 여자였다. 그런 두목 여자의 눈물 가득한 애원에 이상하게도 이스의 눈매가 조금이지만 가늘어졌다.

　"이런 싸가지없는 인간을 봤나? 어디서 거짓말을 하는 거야, 앙? 다른 사람은 몰라도 이게 어디 드래곤을 등쳐먹으려고? 콱, 그냥!!"

　이클립스와 티격태격하던 리켄이 여자의 말을 듣고 있었는지 빠르게 다가와서는 불끈 쥔 두 주먹을 보이며 두목 여자를 위협했다.

　"히익!"

　리켄의 행동에 다시금 공포에 젖은 두목 여자는 엉거주춤 바닥에 주저앉아 버렸다.

　"이보게, 리켄 군!! 드래곤만 속일 수 없는 게 아니라네. 우리 위대한 마족 중에서 이제는 두 명밖에 남지 않은 위대한 왕족의 피를 이은 이 몸도 속일 수 없다네. 항상 자넨 중요한 사실을 빼먹는군. 쯧쯧쯧."

　어느새 다가왔는지 리켄과 두목 여자 사이로 이클립스가 끼여들었다. 흐느껴 울던 여자는 우스꽝스런 몸짓으로 말하는 리켄과 이클립스를 보며 다시금 공포에 사로잡혀 버렸다. 리켄과 마찬가지로 지금 보니 검은 머리의 이클립스라는 청년에게서도 알 수 없는 이상한 공포가 밀려들었다. 하지만 그런 것은 지금의 두목 여자에게는 들어오지 않았다. 리켄에게 부드러운 목소리로 말한 이클립스 때문이었다.

　"히익!! 드, 드, 드, 드래곤!! 마, 마, 마족!!"

　마족과 드래곤이라는 말에 두목 여자의 두 눈이 찢어질 것처럼 커다랗게 변해 버렸다. 소름 끼치는 눈빛과 은연중에 다가오는 지독한 공포. 혹시나 하는 마음이 없었던 것은 아니었지만 그래도 설마 했던 여자의 눈에서 주르륵 눈물이 흘러내렸다.

드래곤이라는 것은 세이트란 대륙에 살고 있는 사람이라면 누구나 알고 있었다. 천 년 전, 그리고 2천 년 전 거대한 도시 몇 개가 드래곤에 의해 초토화됐던 기록은 많은 저서로 사람들에게 알려져 있으며, 현재 많은 종교 단체에서조차 드래곤과 만나면 절대 드래곤의 심기를 거스르는 일은 하지 말라고 가르치고 있었다. 그리고 마족. 흑마법사들의 위력적이고 파괴적이며 잔학무도한 마력은 대부분 마족과의 계약에 의해서 얻게 되는 힘이라고 세이트란 대륙 사람들은 생각했으며, 음험하고 잔인한 군주들이나 귀족들이 마족과의 계약을 통해 많은 힘을 얻었다는 기록 역시 음유 시인들과 역사 학자들에 의해 퍼져 나갔다. 또한 마족이 출현했다는 소식이 들리면 항상 셀 수 없을 정도로 많은 사람들이 죽어 나갔다. 아주 오래전 천계와의 싸움에서 모두 소멸했다는 전설이 나돌기는 했지만 그것은 전설일 뿐, 실상은 신관들에 의해 마족이 발견됐다는 소식이 끊임없이 들리고 있었다. 결국 드래곤이든 마족이든 결론은 하나, '결코 죽음을 피할 수 없다' 이다.

"으으윽… 흐윽……."

너무도 공포에 질렸는지 두목 여자는 주저앉은 채 눈물을 흘리며 오줌까지 싸고 있었지만 본인은 그것을 느끼지 못하는 듯 겁에 잔뜩 질린 눈초리로 이클립스와 리켄을 보고 있었다.

"이 녀석들, 진아야, 홍아야. 네 녀석들 때문에 이 처자가 겁을 먹지 않았느냐? 네 녀석들은 저리 멀찌감치 떨어져 있거라."

이스가 나서서 이클립스와 리켄을 멀찌감치 물리고는 여전히 벌벌 떨고 있는 두목 여자에게 다가가 부드럽게 등을 토닥여 주었다. 하지만 두목 여자의 모습은 조금도 변하지 않았다. 할 수 없이 이스는 조용히 내력을 일으켜 여자의 마음을 안정시켰다.

"허허허, 이제 괜찮은 게요? 어느 정도까진 거짓이 아닌 것 같으니 더 이상 그걸 가지고 뭐라 하지 않을 게요. 그러니 이제 그만 마음을 잡으시오."

급격하게 뛰던 심장과 멍할 정도로 몽롱하던 정신이 스르르 눈 녹듯이 사라졌다. 그녀의 등 뒤에 이스가 손을 얹어 부드럽게 내력을 사용했기에 가능한 일이었다.

"히익, 살려주세요, 잘못했습니다. 한 번만 살려주세요. 으흐흑, 제발, 무슨 일이든 하겠어요. 살려주세요, 어르신!"

정신을 수습하긴 했지만 생명에 대한 본능이 다시 눈을 뜨는 모양이었다. 제정신으로 돌아오자마자 두목 여자는 이스의 옷깃을 잡고 살려달라고 애원했다. 지금 앞에 있는 노인이 누구인지 알 수는 없었으나 드래곤과 마족이 함께 있으니 분명 둘 중에 하나임에는 틀림없다고 생각했다. 또 인정이 넘치는 얼굴과 부드러운 목소리를 생각해 보면 노인에게 매달리는 것이 살 수 있는 확률을 높일 것이라 판단한 것이다.

"허허허, 저 아이들 말은 신경 쓰지 마시오. 그리고 무슨 일이 있어도 처자를 해하는 일은 없을 것이오. 그러니 그만 진정하시오."

"가, 감사합니다. 으흐흑, 감사합니다. 이 은혜는, 이 은혜는 결코 잊지 않고 앞으론 착하게 살겠습니다. 어르신, 정말 감사드립니다. 으흐흑."

다행스런 이스의 말에 눈물을 흘리면서도 두목 여자는 연신 머리를 숙이며 감사를 표했다. 드래곤과 마족을 만나서 살아난다는 것이 꿈만 같은 표정이었다.

"허허허, 내 처자께 뭐 하나 물어보고 싶은 것이 있는데, 이번엔 사실을 알려주었으면 좋겠소이다."

어느 정도 안정을 되찾은 두목 여자에게 이스가 말하자 바람 소리가 날 정도로 고개를 끄덕이며 두목 여자가 대답했다.

"뭐, 뭐든지 말씀만 하세요. 제가 아는 것이라면 무엇이든 대답해 드리겠습니다, 어르신."

두목 여자는 이번이 살 수 있는 처음이자 마지막 기회라고 생각했다. 드래곤, 그리고 마족과 함께 있다면 분명 사람은 아니었다. 또 살려준다고는 하지만 드래곤이나 마족이 사람과의 약속을 제대로 지킬 리 만무했다. 아니나 다를까, 노인은 뭔가의 답변을 요구했다. 분명 노인의 물음에 제대로 대답하지 않는다면 자신은 죽은 목숨이나 다름없다고 생각하며 필사적으로 고개를 끄덕이는 여자였다.

"허허허, 뭐 대단한 건 아니올시다. 그저 이 땅에서 누가 가장 강한지, 어떤 사람이 가장 강한지 그것을 알려주었으면 좋겠소. 처자께서는 산적으로 있으니 정보에 대해서도 민감하지 않소이까? 아는 대로 알려주시겠소?"

소수의 산적이라면 모를까, 백 명 이상의 산적을 거느린다면 정보는 아주 중요한 역할을 한다는 걸 이스도 알고 있었다. 또 이스가 중원에서 활동할 당시 큰 녹림도들은 관과도 어느 정도 유착이 되어 중앙 관료들의 감찰 시기 등을 알 수 있었고, 그 대가로 상당한 뇌물 등을 관료들에게 건네주는 일이 비일비재했었다. 그것 외에 각종 정보는 산채를 이끌어가는 두목으로선 중요한 것이기에 언제나 정보에 대해 귀를 열어놓는 것이 상례였다.

"네?"

어찌 보면 간단하고 쉬운 질문이었다. 하지만 두목 여자의 얼굴에 나타난 의아함이 곧 망설임으로 변했다. 겉모습은 인자하고 마음씨 좋

을 것 같은 노인이었지만 분명 사람이 아닌 드래곤이나 마족일 가능성
이 높았다. 그런데 노인이 최고로 강한 사람을 찾고 있다면 분명 좋지
않은 일이 생길 것이라고밖에 달리 생각할 것이 없었다. 아무리 산적
으로 살고 있었지만 드래곤이나 마족들이 나타났다면 웬만한 도시 하
나쯤은 눈 깜짝할 사이에 없어지는 것이 보통이다. 법대로 사는 것이
싫어 산적질을 하고는 있지만, 그렇게 많은 사람들이 죽어가는 걸 두목
여자는 바라지 않았다.

"야!!"

이스의 물음에 오랫동안 망설이는 두목 여자가 못마땅했는지 멀리
떨어져 이클립스와 노닥거리고 있던 리켄이 소리 지르며 달려왔다.

"이게 어디서 우물쭈물거리는 거야? 오줌도 못 가리는 게. 우리 한
번 죽어볼까, 앙? 노인이 물어보면 얼른얼른 대답해야지! 헤헤헤, 이스,
나 잘했죠?"

꽁.

"악! 에이 씨, 정말!! 도와주는데 왜 때려요!?"

"이보게, 리켄 군. 자네는 그 입을 다물어주는 것만으로도 정말 말로
표현할 수 없을 만큼 도와주는 거라네. 쯧쯧."

어느새 이클립스가 다가와서 리켄의 아이 같은 행동에 혀를 차며 고
개를 흔들어댔다. 뿌득 이빨을 갈며 리켄이 이클립스의 멱살을 붙잡아
올렸다.

"이 거지 같은 마족 놈이! 혀를 차? 진정한 공포를 보여줄까, 앙?"

"뚫린 입이라고 잘도 나불대는군, 치매 파충류가."

이클립스와 리켄 사이에 살벌한 살기가 오가자 쯧쯧 혀를 차며 이스
가 나섰다.

꽁. 꽝.

언제 으르렁거렸냐는 듯 이클립스와 리켄은 서둘러 쥐어박힌 머리를 손으로 쓰다듬었다. 이번엔 제법 아픈 듯 리켄의 눈에는 한 방울 눈물까지 맺혀 있었다.

"이 고얀 놈들. 한 번만 더 이런 못된 짓거리를 하면 할아비에게 정말 혼찌검이 날 것이니라. 알겠는고?"

"명심하겠습니다, 이스님. 앞으로 주의하겠습니다."

"알았어요, 쳇."

잠잠해지는 리켄과 이클립스에게서 시선을 돌려 이스가 다시금 두목 여자에게 앞서 질문했던 똑같은 내용을 물어보자 두목 여자는 겁에 질린 표정으로 한차례 이클립스와 리켄을 본 후, 울면서 말하기 시작했다. 다른 도시야 어찌 됐든 지금 중요한 건 역시 자신의 생명이었다.

"으흐흑, 잘은 몰라요. 쿠르디르드 제국에 있다는 드래곤 나이트인 마르키드 대공이 젤 강하겠죠. 흐흑, 그는 3천 년이 된 다크 드래곤과 10분을 견뎌서, 결국은 그 다크 드래곤과 친구가 됐다고 들었으니까, 제일 강하겠죠."

"엥?"

두목 여자의 말을 듣고 있던 리켄이 말도 안 된다는 표정으로 다가왔다.

"야, 야! 정말, 듣자 듣자 하니까 못하는 소리가 없네. 그놈이 쌔긴 뭐가 쌔! 웝 급을 넘긴 다크 드래곤이라면 '슈티악' 그 녀석밖에 없겠네. 그 녀석 오백 년 전에 내 영역으로 들어왔던 걸 울면서 빌길래 살려줬는데, 그게 뭐가 강하냐? 빙신이지! 드래곤 망신이나 시키는 녀석이."

"허어, 우리 홍아가 아는 아이인 게로구나?"

리켄이 아는 것 같자 이스의 얼굴로 궁금함이 나타났다. 으쓱한 표정으로 리켄이 대답했다.

"히히히, 알다마다요. 그놈, 그거 드래곤도 아니에요. 빙신이 3천 살이나 먹어가지고 제대로 할 줄 아는 게 하나도 없다니까요. 그 마르키든지 뭔지 하는 인간 녀석을 10여 분 동안에도 죽이지 못한 녀석이에요. 그 따위가 드래곤이라고… 어쩌다 드래곤 일족에 그런 망종이 나왔는지, 쯧쯧쯧."

으쓱대며 말하는 리켄을 의미심장한 표정으로 지켜보는 이클립스였지만 리켄은 보지 못했다. 궁금한 얼굴로 리켄의 말을 듣던 이스의 표정이 어두워졌다.

"허어, 그것참. 내 상대는 어디에도 없단 말인가. 대지에 충만한 기로 봤을 땐 얼마든지 있을 것 같았는데. 허어, 그것참."

기다란 탄식을 토하며 이스는 한쪽에 있는 작은 바위로 다가가 앉았다. 그런 이스의 얼굴에선 힘이라곤 조금도 찾아보기 힘들었다. 공간이 다른 이곳에서도 자신의 상대가 없다고 생각하니 허탈한 마음이 커져 가는 모양이었다.

처음 이곳에 왔을 때 중원의 그것보다 두 배가 넘는 충만한 기에 이스는 기대감에 부풀어 올랐었다. 게다가 처음 만났던 것이 중원 어디에서도 찾아볼 수 없을 정도로 강한 기를 내뿜고 있던 레드 드래곤, 리켄이었다. 하찮은 영물도 이런 엄청난 기운을 내뿜을 정도라면 그보다 더욱 강한 상대는 분명히 차고 넘칠 것이라 생각했었다. 그러나 리켄의 말을 들어보니 깊은 한숨만 나올 뿐이었다.

"그러니까, 이스가 너무 강한 거라니까, 에이~"

이스의 깊은 한숨을 듣던 리켄의 얼굴 역시 어두워졌다. 그 역시 이스가 원하는 것을 지금까지의 여행 도중에 간간이 들었기에 안타까워하는 모습이 어딘지 측은한 모양이었다.

"정말 강한 상대를 원하십니까, 이스님?"

깊은 한숨을 쉬며 고개를 흔드는 이스를 오랫동안 말없이 바라보던 이클립스가 천천히 그에게 다가가며 입을 열었다. 신중한 모습으로 말하는 이클립스에게 시선을 주는 이스의 표정엔 어디서나 볼 수 있는 노인의 모습이 고스란히 드러나 있었다.

"허허, 글쎄… 그런 상대가 있을려고?"

허허, 웃으며 반문하는 이스에게선 기대감이라곤 조금도 보이지 않았다. 비록 웃는 얼굴로 이클립스를 대하고는 있었지만, 힘이라곤 조금도 느껴지지 않는 허탈한 웃음이었다. 이클립스가 눈빛을 빛내며 대답했다.

"네, 이스님. 제 생각엔 아무리 이스님이라 해도 대적할 수 없는… 그야말로 최강의 상대라고 생각합니다. 이 대지를, 아니, 전 우주를 파괴시킬 만한 파괴적인 힘을 가진 자가 분명 있기는 있습니다, 이스님."

"호오, 그래? 그게 누구더냐? 어디에 살고 있지?"

허탈하고 씁쓸하던 이스의 얼굴로 다시금 생기가 감돌았고 두 눈도 반짝이며 이채를 발했다. 이클립스의 입가로 슬며시 미소가 나타났다. 인질이나 다름없이 끌려 다니는 처지보다 이스의 씁쓸한 표정이 왠지 참기 힘든 이클립스였다.

"파괴신입니다, 이스님. 파괴신을 부활시키는 겁니다."

"파괴신?"

이상한 이름이라고 생각했는지 이스가 궁금함을 가득 담고 다시금 반문하려 할 때였다. 이스보다 먼저 리켄이 튀어나오더니 이클립스의 멱살을 붙잡아 올리며 커다랗게 고함을 터뜨렸다.

"야! 이 미친 마족 놈아! 그걸 지금 말이라고 하는 거야? 파괴신을 부활시키자고? 이거 완전히 미친 또라이 아냐. 너 생각이 제대로 박힌 마족이냐, 앙? 파괴신을 부활시켜? 아예, 우주를 폭파시키는 게 낫지! 그렇게 하면 언젠가는 별이 생길 테니까! 파괴신? 아예 모든 흔적조차 없앨 생각이냐? 앙? 그놈을 부활시키면 마계도 안전할 것 같아? 미친 마족 놈이 완전히 미친 것 아냐, 이거?"

폭포수처럼 쏟아 붓는 리켄의 욕지거리에도 이클립스는 표정 하나 바꾸지 않은 채 이스만을 보고 있었다.

"이……!!"

더 이상 어떻게 할 수 없겠다고 느꼈는지 잡았던 멱살을 거칠게 뿌리치며 리켄은 고개를 돌려 버렸다.

"흐음, 파괴신이 누구인데 홍아가 저렇게까지 말하는 것인고?"

처음 만났을 때 이후로 처음 보는 리켄의 강렬할 살기였다. 이클립스와 투덜거리며 풍겼던 살기와는 차원이 달랐다. 그런 리켄의 모습에 이스의 호기심도 한층 강하게 솟아오른 모양이었다.

"네, 이스님."

한차례 목을 쓰다듬은 이클립스가 잠시 무서운 눈초리로 리켄의 옆모습을 노려본 후 말을 이었다.

"아주 오래전, 그러니까 태초에 우주가 생겨나기도 전에 세상은 빛과 어둠만이 존재했다고 합니다. 그렇게 영겁의 시간 동안 빛과 어둠만이 존재하는 세상에서 조용히 뭔가가 꿈틀거리며 생성됐다는데, 빛이 아닌 어둠의 한편에서 그 어둠보다 더 어두운 존재가 서서히 생겨났다고 하더군요. 그렇게 조용히 성장하던 것이 원래 존재하고 있던 빛과 어둠까지 위협할 정도로 커지더니 결국엔 둘을 상대로 전쟁을 벌였다고 합니다. 몇억, 몇천억 년 동안이나 빛과 어둠은 파괴신을 상대로 전쟁을 벌였지만 파괴신은 난공불락이었던 모양입니다. 그 오랜 세월을 싸워도 결론이 나지 않자 빛과 어둠은 마지막 방법을 썼다고 합니다. 그것은 바로 봉인이라는 것이죠. 하지만 파괴신의 봉인 과정에서 빛과 어둠 역시 무사하진 못했던 것입니다. 봉인당하는 마지막 순간 파괴신은 빛과 어둠을 소멸시켰다고 하는데 그때의 대폭발이 지금의 우주를 만들었다고 합니다."

"허허허, 하지만 그건 옛날이야기가 아니더냐? 게다가 파괴신이라고 하니 그것도 신(神)일진대, 언감생심 어떻게 사람이 신을 부활시킬 수 있겠느냐?"

불가능할 것 같은 말이었지만 이스는 희망을 잃지 않았다. 신을 부활시킨다. 그것은 그야말로 말도 되지 않는 일이었으며 만약 파괴신이라는 신을 부활시킬 수 있다면 그것은 더 이상 신이 아닐 것이라고 생각한 이스였다. 하지만 강하다는 것엔 변함이 없는 것 같았고, 부활 역시 가능하지 않을까 하는 막연한 생각도 들었다. 리켄의 반응 때문이었다. 좀처럼 보기 힘든 리켄의 심각한 모습이 그것을 반증하는 이유라고 생각하며 이클립스를 주시했다. 이클립스가 말을 이었다.

"파괴신을 봉인하면서 함께 사라진 빛과 어둠. 그때의 대폭발 이후에 빛과 어둠, 그리고 파괴신에게서 각각 하나씩 모두 세 개의 조각들이 떨어져 나갔다고 하는데, 그것으로 파괴신을 부활시킬 수 있다고 합니다. 그리고 그 세 개의 조각들이 바로 이 대지, 인간들이 세이트란 대륙이라 부르는 이 땅의 어딘가에 있다고 합니다."

"호오, 그 말이 사실이더냐? 그 세 개로 나뉜 조각들의 행방에 대해 우리 진아가 알고 있는 게야?"

바위에서 벌떡 일어서며 이스가 대답을 재촉했다. 이제 이스는 원래의 모습을, 아니, 기대감 가득한 눈빛을 빛내며 어린아이처럼 좋아하고 있었다. 그런 이스의 표정에 이클립스의 얼굴로 미소가 피어올랐다.

"저도 자세히는 모릅니다, 이스님."

"호오, 자세히는 이라면 우리 진아가 어느 정도 알긴 아는 모양이구나. 우리 진아 덕분에 내가 살아갈 낙이 하나 생겼다. 고맙구나, 진아야. 정말 고마워. 허허허."

너무도 기쁜 모양인지 이스는 오랫동안 너털웃음을 터뜨렸다. 이런 이상한 세계에 떨어져서야 상대를 만난 것이 마냥 기쁘고 상대에 대해 말해 준 이클립스가 고마운지 너털웃음을 터뜨리면서도 이스는 이클립스의 어깨를 토닥여 주었다.

"벼, 별말씀을 다 하십니다. 그저 사실을 알려 드린 것뿐인데요. 하하하."

이클립스의 미소가 더욱 짙어졌다. 고작 인간이었다. 물론 꿈이라고 생각할 정도로 강한 인간이었으며 노인이었다. 또 이스와 함께한 시간도 보름이 조금 넘을 뿐이었으며 지금은 인질이나 마찬가지로 끌려 다니고 있었다. 그런데도 이스와 함께 있다 보니 이상하게도 마음 한구석이 따스해지는 것 같았다. 마족 최강의 전사가 고작 인간 따위에게 이런 감정을 느낀다는 것이 한편으론 이상했지만, 이클립스는 이스와 함께 있고 싶었다. 그 이유 역시 아직까지는 알지 못했지만 좀 더 함께 있다 보면 자연스레 알게 되지 않을까 하는 생각이었다.

"미친 마족 놈이!"

지금껏 고개를 돌리고 있던 리켄이 어느새 죽일 듯한 눈빛으로 이클립스를 노려보며 씹듯이 중얼거렸다. 여전히 리켄의 눈빛엔 지독하리만치 강렬한 살기가 가득 담겨 있었다.

"넌 분명히 미친 거야. 미치지 않고 어떻게 그런 말을?"

빠드득 이빨 갈리는 커다란 소리가 들릴 정도로 이를 앙 다물고 말하는 리켄이었지만 이클립스의 표정엔 변화가 없었다.

"사실을 말했을 뿐."

"익!!"

대수롭지 않다는 듯 대답하는 이클립스의 말에 순간 울컥한 리켄이 이클립스의 멱살을 붙잡아 올렸지만 곧 원래대로 돌아가 이스를 보며 중얼거렸다.

"이스라면 충분히 하고도 남을 텐데."

성질 하면 알아주는 레드 드래곤인 리켄이었지만 지금은 성질만 부릴 때가 아니었다. 저 이스가 누구인가. 현재 이 세이트란 대륙에서 최강의 생명체인 자신과 저 지지리 재수없는 이클립스를 한 방에 골로 보내는, 절대 인간 같지 않은 인간이었다. 그런 이스가 파괴신을 부활시키려 한다면, 거기에 마왕과 동등한 실력을 소유한 이클립스가 조금만 도와준다면, 또 최강의 생명체인 드래곤들을 모조리 모아도 이스 하나 못 이길 판에 이클립스까지 함께라면 지금 이 세이트란 대륙에서 둘을 막을 수 있는 존재는 아무도 없었다.

"휴우."

절로 한숨이 나오는 리켄이었다. 어린아이처럼 좋아하는 이스를 보면 절로 기분까지 좋아지는 것이 이상하긴 했지만, 파괴신은 절대적인 존재였다. 아무리 이스가 강하다고 하지만 파괴신은 강하다는 것과는

차원이 달랐다. 물론 리켄도 파괴신을 봤거나 파괴신의 실질적인 위력
에 대해서도 드래곤에게만 내려오는 책으로 봤을 뿐이었지만, 오랜 세
월을 살아오며 느낀 건 파괴신이라는 것은 분명 존재했고 이클립스의
말처럼 부활시킬 수 있는 방법도 있었다. 또한 여러 종파의 경전에 똑
같은 구결이 적혀 있었던 것을 몇 번이지만 인간 세상을 여행하며 본
적도 있었으며, 그들의 경전에도 파괴신에 대한 두려움과 공포가 고스
란히 적혀 있었다.

"어떻게든 막아야 할 텐데."

좀처럼 보기 힘든 심각한 표정으로 리켄은 고민에 고민을 거듭했지
만 그리 좋은 방법은 떠오르지 않았다.

"얘야, 진아야."

"네, 이스님."

드디어 웃음을 멈춘 이스가 이클립스를 보며 인자한 얼굴로 말하자
리켄은 또 무슨 말을 하려고 저러나 하며 걱정스럽게 둘을 바라보았다.

"어디부터 가야 할지 말해 보려무나. 어디를 가야 그 세 개의 조각
들을 구할 수 있지? 아는 대로 말해 보거라."

이스는 역시 곧장 파괴신을 부활시키려 길을 떠날 것 같았다. 불안
이 현실로 나타나자 리켄은 서둘러 이클립스를 향해 힘차게 좌우로 고
개를 흔들어댔다. 하지만 얄미운 이클립스는 이스만을 보고 있었다.

"이곳에서 북쪽으로, 그러니까 인간의 걸음으로 대략 한 달 정도 떨
어진 곳에 어떤 종단의 커다란 신전이 있습니다. 제가 알기론 그곳의
책임자인 '대신관' 이 그 하나의 파편을 소유한 것으로 알고 있습니다.
제가 아는 것은 여기까지입니다. 다른 두 개의 조각들에 대해선 알지
못합니다."

"허허허, 그래? 그럼 어서 가자꾸나. 그게 도망가는 것도 아니고 시간은 충분하고도 남을 정도로 많으니 천천히 산천 구경이나 하면서 하나하나 찾아보면 되겠지. 어서어서 가자꾸나. 허허허."

이스는 서두르지 않았다. 시간은 많았고 어차피 세 개의 조각들 중에서 하나밖에 모르고 있었다. 그렇다면 천천히 주변 풍경도 감상하며 느긋하게 찾아봐도 문제가 없다고 생각한 것이다.

"제가 오래전에 한 번 가본 곳입니다. 길을 안내하지요, 이스님."

"허허허, 고맙구나."

이클립스를 선두로 느릿느릿한 걸음으로 천천히 발을 옮기는 이스. 그리고 심각한 고민에 휩싸인 리켄이 북쪽을 향해 사라지기 시작했다. 이제 세 인물에게는 두목 여자의 존재 따윈 안중에도 없었다.

"마족, 드래곤, 파괴신, 마족, 드래곤, 파괴신……."

여전히 바닥에 주저앉아 있는 두목 여자는 홀린 듯한 표정으로 마족, 드래곤, 파괴신을 끊임없이 중얼거리고 있었다.

“헉, 헉, 헉!”

울창한 산비탈 사이로 파란색의 짧은 머리를 한 30대 초반으로 보이는 여자가 상당히 급한 듯 뛰어가고 있었다. 마치 뒤에서 커다란 맹수가 쫓아오는 것 같은 급한 모습이었고 얼굴 역시 다급할 대로 다급해 보였다.

“어서, 헉헉. 어서 알려야, 헉헉.”

뭔가를 서둘러 알려야 하는 것인지 거칠게 숨을 토하면서도 여자는 끊임없이 뭔가를 중얼거리고 있었다. 여자는 바로 얼마 전까지 이스 일행과 함께 있었던 산적 두목이었다. 두목 여자는 이스 일행이 떠나고도 한참 동안이나 정신을 차리지 못했었다.

‘드래곤, 그리고 마족.’

이 두 단어는 울던 아이도 울음을 그치게 만드는 효과가 있을 정도로 소름 끼치는 존재들이었다. 그런데 거기에 한 술, 아니, 두 술 세 술 더 떠 마족과 드래곤들이—두목 여자는 이스를 드래곤이라고 생각했다—'파괴신'을 부활시키겠다고 선언한 것이다. 이건 도시 하나, 두 개로 끝날 문제가 아닌, 대륙 전체, 더 나아가 모든 우주를 위협하는 일인 것이었기에 어떻게 해서든 그들이 꾸미고 있는 계략을 막아야겠다고 결론지은 후 이렇게 서둘러 뛰어가는 두목 여자였다.

"헉, 헉, 헉."

숨이 끊어질 정도로 두목 여자의 호흡은 급박했다. 하지만 그녀의 두 눈만큼은 절실할 정도의 간절함이 배어 있었다. 아무리 산적질을 하고 있었던 그녀지만 빛의 신을 믿는 한 명의 신자임에는 변함없었고, 나름대로 신전에 제법 많은 돈을 기부하고 있었다. 비록 영지를 다스리는 영주는 포악한 데다가 간신이었으며 사람들을 심하게 괴롭히는 사람이었고 나라엔 제대로 된 정치인이라곤 한 손으로 꼽을 정도였지만, 그녀가 어려서부터 보아온 신전의 신관들은 자애롭고 너그러웠으며 누구에게나 공평하게 대해주었다. 그렇기에 두목 여자는 이스 일행들에게서 들은 엄청난 뉴스를 신관들에게 전해주려고 생각한 것이다.

커다란 몇몇 도시를 제외하곤 제대로 된 교육 기관이 없는 현실이었기에 보통 어린아이들은 큰 마을에 있는 신전의 신관에게 교육을 받게 된다. 처음 교육을 받는 그들에겐 우선적으로 빛의 경전이 주어지고 그것으로 문자를 터득함과 동시에 신앙심이라는 것을 배우게 된다. 그런 그들이 가장 처음 접하는 것이 빛의 신에 대한 것이며 그리고 빛의 신을 죽인 파괴신에 대한 내용이었고 종파와 종교가 다른 사람들 역시 조금씩 차이가 있을 뿐 거의 똑같은 내용으로 교육받게 된다. 이렇게 아주 어려서부터 파괴신에 대한 것을 교육받았기에 세이트란 대륙의 거의 모든 사람들은 비록 신화적인 생각일 뿐이지만 파괴신만큼은 절대 악으로 생각하게 된 것이다.

"대신관님이시라면……."

비록 머리에 욕심밖에 없는 악질 영주들이 대륙의 대부분을 다스리고 나라를 이끌어가는 정치인들 역시 썩을 대로 썩은 현실이지만 종교가 가지고 있는 힘은 무시할 수 없었다. 그렇기 때문에 아무리 썩은 정치인들도 빛의 종단 최고의 영도자인 대신관의 말이라면 절대적으로 받아들이고 있었다. 대신관이 마족과 드래곤, 그리고 그들이 부활시키려는 파괴신에 대한 언급을 하며 국가적인 도움을 요청한다면 황제와 대신들은 결코 그것을 거부하지 못할 것이었다. 그래서 두목 여자는 최대한 빨리 신관에게 그녀가 직접 겪은 경천동지(驚天動地)할 사실을 알리려고 숨이 턱까지 차 올라도 한 번도 멈추지 않고 달리고 있는 것이다.

찌직. 파곽. 팟.

나뭇가지에 걸려 옷이 찢겨져도, 날카로운 가시에 살점이 베어 피가 나도, 두목 여자는 조금도 개의치 않고 오로지 앞쪽으로 시선을 고정한 채 달리고 또 달렸다.

"하아!!"

숲이 열리고 마을의 모습이 멀찌감치 보이기 시작하자 두목 여자의 두 눈으로 안도감이 스쳤다. 너무도 다급히 달리다 보니 이제 체력이 바닥난 모양이었다. 그리 크지 않은, 대략 100여 호가 조금 넘는 집들과 넓은 들판이 자리한 마을이었다. 하지만 마을 중앙에 높다랗게 솟은 하얀 신전이 보이는 걸 보면 근처에서 이 마을이 그래도 제법 큰 마을인 것 같았다.

“어엇?”

“뭐, 뭐야?!”

“무슨 일이에요, 아가씨?”

두목 여자가 마을에 들어서자 소일을 하고 있던 마을 사람들의 얼굴 모두가 놀라움으로 가득 찼다. 두목 여자의 엉망진창인 외모 때문이었다. 그렇지 않아도 아슬아슬하게 입고 있던 옷차림이 나뭇가지에 찢기고 덤불에 걸리며 걸레처럼 변해 있어 뭔가 심한 일(?)을 당한 듯 보였다.

“하아, 하아.”

수없이 쏟아지는 시선과 사람들의 걱정스런 말에도 두목 여자는 고개 한 번 돌리지 않은 채 신전을 향해 치달았다.

“레, 레이스님!!”

신전 앞마당을 청소하고 있던 신관 하나가 두목 여자의 심한 몰골을 보고는 급히 달려가 맞았다.

“이, 이게 어떻게 된 일입니까, 레이스님?”

“하악, 하악! 그, 그게. 하으윽!”

천신만고 끝에 신전에 도착해 신관을 만났지만 그동안 조금도 쉬지 않고 달리던 두목 여자는 한마디의 말조차 제대로 하지 못한 채 게거품을 물고 쓰러졌다. 드디어 신관을 만났다고 생각해서인지 그동안의 피로와 고통이 한꺼번에 몰려들은 것이다.

“레, 레이스님!”

쓰러지는 두목 여자를 간신히 붙잡으며 신관이 그녀의 이름을 불러 외쳤지만 이미 레이스라는 산적 두목은 기절한 뒤였다.

쏴아아아—

어스름 저녁 무렵이 되자 짙게 깔려 있던 먹구름 사이로 빗방울이 하나둘 떨어지더니 이내 세차게 쏟아져 내렸다.

"그, 그것이 진정 사실이란 말이요, 미테이랑 신관?"

가슴께까지 검은 수염을 덥수룩하게 기른 50대 중반으로 보이는 신관 차림의 중년 남자가 자신의 앞쪽에 앉아 있는 미테이랑이라는 신관을 향해 믿을 수 없다는 표정으로 반문했다. 미테이랑 신관은 바로 산적 두목이었던 레이스를 맞았던 신관이었다.

"그러하옵니다, 장로님. 저희 신전에 가끔이지만 많.은. 액수를 기부하시는 신자의 말이오니 분명 거짓은 절대 아니옵니다. 게다가 그분의 말로 미루어볼 때 그분이 직접 이끄시는 용병단 일백여 명이 그놈들 때문에 모두 몰살되었다고 합니다. 그것뿐만이 아닙니다. 그분 또한, 크흐흑, 그 못된 놈들에게 거, 겁탈을 당해서, 으흐흑, 간신히 살아왔다고 합니다, 장로님. 처음 제가 그분을 보았을 때 그분의 몰골이 말이 아니었습니다. 이 두 눈으로 그분의 그 처참하고 참혹한 광경을 똑똑히 보았사옵니다. 으흐흑."

"오오, 이럴 수가!"

"신이시여!"

"세상에! 어떻게 그런 일이!"

"마족이라니? 거기에 드래곤까지 함께 있다? 또 그것들이 파괴신을 부활하겠다!! 어떻게 그런……!"

"말세로다, 말세야."

사방의 넓이가 어림잡아도 백여 걸음이 넘을 정도로 거대하고 둥그런 홀에는 수십여 명의 남자들이 둥그런 형태로 모여 있었다. 가장 중앙에 있는 기다란 타원형의 탁자에 40대 이상의 남자들이 앉아 있는 반면 그보다 어려 보이는 남자들은 모두 탁자를 중심으로 제자리에 서 있었다. 모두가 발목까지 내려오는 기다랗고 하얀 옷을 입고 있었으며 가슴 왼편으론 해와 달 모양을 형상화한 문양이 금박으로 새겨져 있었다. 이 문양이 바로 빛의 신전의 문양이고 지금 이곳에 모인 사람들은 모두가 빛의 신관들이었다. 또 신관들이 있는 이곳이 바로 빛의 신전 '카산 지부'의 중앙 회의실이었다.

"어찌 이런 시련이!"

"시련이라니, 이것은 재앙이야!"

타원형의 긴 탁자에 앉아 있는 신관들은 물론, 주변에 서 있는 신관들 모두가 좀처럼 놀라움을 멈추지 못한 채 웅성거리고 있었다. 하지만 신관들의 웅성거림은 미테이랑 신관에 의해 멈춰졌다.

"이, 이 일을 어찌해야 한단 말입니까? 결단을 내려주십시오, 대장로님!!"

미테이랑 신관의 말에 모든 신관들의 시선이 타원형 탁자의 제일 상석에 앉아 있는 노인에게로 집중됐다. 다른 신관들과는 달리 노인이 입고 있는 신관복에는 왼쪽 어깨 부근으로 화려한 금장식이 들어간 문양이 새겨 있었는데 신전에 종사하는 장로들 중 가장 배분이 높은 대장로만이 할 수 있는 문양이었다. 타원형의 기다란 탁자에 앉아 있는 신관들 대부분이 50대를 넘기지 못한 듯 보였지만, 대장로는 아니었다. 얼굴에 가득한 주름살, 가슴 언저리까지 내려오는 기다랗고 덥수룩한 새하얀 수염을 기른 모습이 절로 경륜과 위엄이 솟는 70대 중반쯤으로 보이는 사람이었다.

"으음."

두 눈을 감은 채 잠시 생각에 잠긴 듯한 대장로의 모습에 신관들은 조용히 대기하고 있었다. 지금 모여 있는 신관들에게 있어서 대장로의 말은 곧 신의 말과도 같았다. 카산 지부에 있는 신관들 중 가장 높은 사람일 뿐더러 카산 근처에 있는 신전들에 관한 모든 일을 총괄하는 이였으며, 쿠르디르드 제국의 황도에 있는 대신관 다음으로 세이트란 대륙에서 신관 서열 2위인 사람이었다.

카산 주변국들에서 왕이 바뀌거나 새로이 영주 혹은 관리인들이 카산 주변으로 파견되면 가장 먼저 찾아 예를 갖추는 사람이 바로 대장로였다. 또 대장로의 부탁이라면 주변국의 왕들은 최대한의 성의를 보이며 어떻게 해서든 대장로에게 잘 보이려 했다. 쿠르디르드 제국의 황제에 대한 대장로의 영향력 때문이었다.

"모든 신의 종들은 들으시오."

"네, 장로님. 말씀하시지요."

미간을 한껏 찡그린 채 오래도록 고심하던 대장로가 감았던 눈을 뜨고 주변을 한차례 둘러본 후 중후한 음성으로 입을 열었다.

"작금의 사태는 어쩌면, 아니, 확실히 엄청난 시련이고 재앙일 것이오. 하지만 이것은 우리가 신봉하는 빛의 신이신 라 샤이테님께서 우리 어리석은 인간들에게 내리신 일종의 시험이라고 나는 생각하는 바이오."

"오오오!"

"역시 대장로님이시다."

"우리들은 미처 생각지도 못했던 것을……."

"대장로님의 혜안을 어찌 우리 미천한 신관들과 비교한단 말이오!"

"맞소. 우리들과 대장로님과의 신성력은 하늘과 땅 차이."

"대장로님이 이런 때에 계시다는 것이 다행스러울 따름입니다. 정말 대단하십니다."

그다지 대단하지도 않은 말이었는 데도 모여 있던 신관들 모두가 대장로의 말에 감동했다는 표정들을 하며 연신 감탄사를 내뱉고 있었다. 사실, 대장로의 말을 거역하거나 거부할 수 있는 능력이, 지금 주변에 있는 신관들에겐 없다고 해도 과언이 아니었다. 또한 조금이라도 대장로의 눈 밖에 난다면 승진은 꿈도 꿀 수 없을 뿐더러, 어느 날 시골 오지로 좌천되는 것이 다반사이기에 어떻게 해서든 대장로의 눈에 들려고 이런 난리 법석을 떠는 것이다.

그러나 대장로는 이런 신관들의 모습이 흡족하고 즐거운지 몇 차례 고개까지 끄덕인 후 다시 말을 이었다.

"이번에 일어난 이 엄청난 사건을 지금 곧 중앙 대제국인 쿠르디르드 제국에 계시는 고매하시고 성스러우시며 위대하시고 위대하신 우리 '대신관' 님에게 알려 드려야 할 것이오. 우리가 살고 있는 카산 왕국의 국왕에게도 알려 작금에 일어난 사태의 심각성을 충분히 인지시켜야 할 것이오. 이번의 사태는 어느 한 명의 영웅이나 하나의 국가만으로 헤쳐 나갈 수 있는 가벼운 일이 결코 아니오. 이 '세이트란' 대륙의 모든 국가들이 범대륙적으로 한데 뭉쳐 작금의 험난함을 극복해야 할 것이라는 것이 이 대장로의 생각이오."

"오오오, 명확하시고 명석하시며 지혜로우신 대장로님 같으신 분이 계시다는 것이 정말로 다행입니다. 이것은 역시 우리의 주신께서 내려주신 축복이라 하지 않을 수 없습니다. 세이트란 대륙의 모든 백성들에게 축복의 말씀을 내려주시니 감읍할 따름입니다, 대장로님!"

"대장로님께서 계셔주시다니, 천만다행입니다. 부디 만수무강하셔서 이 미천한 종들을 이끌어주시옵소서!"

마치 연습이라도 한 것처럼 일제히 환호하며 대답하는 신관들의 모습에선 드래곤이나 마족, 그리고 파괴신에 대한 걱정이나 근심 따윈 찾아볼래야 찾아볼 수 없었다. 그런 신관들의 모습에 당연하다는 듯 흡족한 미소를 머금고 몇 차례 고개를 끄덕이던 대장로가 다시 입을 열었다.

"이보게, 집정관."

"네, 대장로님. 하명하십시오."

50대 중반으로 검은 턱수염을 가슴께까지 기른 남자가 장로의 말에 자리에서 일어서며 대답했다. 처음 미테이랑 신관에게 그간의 일들을 묻던 신관이었다. 그 역시 장로의 신분이었지만 카산 지부에서는 집정관이라는 직책도 겸하고 있는 인물이었다. 집정관은 대장로의 명을 받들어 다른 신관들에게 세세한 지시를 내리는 위치였다.

"어서 빨리 모든 일을 실행에 옮기게. 우선 우리의 위대하신 '대신관' 님께 이 모든 사실의 전모를 조속히 알려 드려야 할 것이고, 쿠르디르드 제국과 다른 중소 국가들에게도 이 사실을 알려 혼란스러운 현실을 극복할 방안을 찾아야 할 것이야."

"명심, 또 명심하겠습니다, 대장로님. 대장로님의 현명하시고 빠르신 판단에 경의를 표하며 이 집정관이 대장로님의 말씀을 어리석은 신관들에게 전하겠습니다."

두 손을 마주 잡고 수십 번도 넘게 비벼대며 허리를 숙이는 집정관이었다. 그의 위치 역시 만만치 않았지만 대장로에 비할 순 없었다.

"어리석은 종들은 들으라. 이제 대장로님의 현명하신 판단이 내려지셨도다. 어서 빨리 이 모든 사실을 대장로님의 말씀대로 할 것이니 모두들 명심토록 하라."

"네, 집정관님! 대장로님의 빠르시고 현명하신 판단에 경의를 표하며 집정관님의 말씀을 하늘의 지시로 알겠사오니 부디 심려치 마시옵소서! 지금 곧 실행하겠습니다!"

대장로와 집정관을 제외한 모든 신관들이 커다랗게 대답한 후 천천히 회의실을 벗어났다. 신관들이 모두 회의실을 빠져나갈 때까지 기다란 수염을 쓰다듬던 대장로가 고개를 저으며 길게 탄식했다. 하지만 그의 얼굴은 그다지 걱정거리가 없는 듯 보였다.

"허어, 이 엄청난 사실을 하루빨리 모든 대륙에 알려야 할 것인데."

대장로의 말이 끝나기 무섭게 옆에 서 있던 집정관이 빠르게 다가와 대장로의 어깨를 부드럽게 주무르며 입을 열었다.

"걱정 마십시오, 대장로님. 이같이 빠르게 모든 지시가 내려졌으니 이제 곧 모든 국가들이 한데 뭉쳐 이 험난한 사건을 해결해 나갈 것입니다. 이 모두가 대장로님의 현명하시고 빠르신 결단 덕분이옵니다. 지고지순하신 대장로님께서 이 세이트란 대륙에 계시는데 그 무엇이 문제가 되겠습니까. 하하하."

"이 사람도 참. 허허허."

집정관의 아부가 듣기 좋은지 대장로는 수염을 매만지며 너털웃음을 터뜨렸다. 조금의 수심이나 근심, 혹은 걱정이 없는 맑고 깨끗한 웃음이었다.

"차를 가져왔습니다."

문밖에서 신관 두 명이 하얀 찻잔을 들고 들어오자, 둘은 이내 웃음을 그치고 시중 신관들이 내온 차를 음미하며 시간을 보냈다. 집정관은 차를 마시는 중에도 종종 사건에 대한 빠른 판단을 치켜세웠고, 그

때마다 대장로는 미소로 대답을 대신했다. 대장로 역시 일에 대한 빠른 판단과 지시를 했다는 것을 자랑스럽게 생각하는 듯했다.

하지만, 산적 두목이었던 레이스가 미테이랑 신관에게 사건을 알리고 대장로의 결정이 떨어지기까지 한 달이라는 긴 시간이 흐른 뒤였다.

*   *   *

제국 쿠르디르드.

쿵!

커다란 물체가 푸른 하늘을 날아와 흙먼지를 날리며 땅에 내려서자 십여 명이나 되는 기사 차림의 사내들이 서둘러 달려와 한쪽 무릎을 꿇으며 예를 갖췄다.

"어서 오십시오, 마르키드 대공 전하."

흙먼지가 사라지고 나타난 것은 커다란 검정색 와이번과 와이번의 등에 올라탄 40대 후반으로 보이는 남자였다. 와이번에는 기다란 날개를 제외한 모든 곳이 금빛으로 빛나는 갑옷으로 둘러싸여 있어 눈이 부실 지경이었다. 또 와이번의 등에 올라타 거만한 눈빛을 보내는 남자 역시 최고급 실크로 된 것 같은 회색 상하의와 같은 색의 기다란 망토를 입고 있었는데, 자르르 윤기가 흐르는 것이 최고급 중에서도 최고급 옷 같았다.

"으음, 황제 폐하께서는 대전에 계시는가?"

와이번의 등에서 내려선 마르키드가 아직까지 무릎을 꿇고 있는 병사들을 향해 말했다. 비록 말은 병사들에게 한 것이지만, 그의 시선은 멀리 솟아 있는 수많은 궁전들에 닿아 있었다. 무슨 일인지 마르키드의 미간은 한껏 찡그려져 있었다. 뭔가 불만이 가득한 얼굴이지만 병사들이 알 리 없었다.

"그러하옵니다, 대공 전하. 황제 폐하께선 대전에서 대공 전하께서 오시기만을 기다리고 계십니다. 속히 대전으로 납시지요."

"알겠다."

병사들에게 시선 한 번 주지 않은 채 마르키드 대공은 경쾌한 걸음으로 멀리 떨어져 있는 궁전으로 향했다.

이곳은 제국 쿠르디르드. 세이트란 대륙 중앙에 위치한 거대한 왕국이었으며, 대륙에 있는 모든 왕국들의 실질적인 주인이라고 할 수 있었다.

"빌어먹을."

병사들이 제법 멀리 떨어졌을 때 마르키드 대공의 입에서 낮은 욕지거리가 흘러나왔다. 처음 이곳에 내려왔을 때부터 잔뜩 화가 난 얼굴이었다. 허리까지 내려오는 기다란 금발에 날카롭지만 시원스런 눈매와 에메랄드 빛 눈망울. 거기에 맵시 있는 옷차림과 늘씬한 몸매가 40대 후반의 나이임에도 마치 30대 초반쯤으로 보이고 있었다.

이 남자의 풀 네임은 듀라이미히 마르키드.

수많은 사람들과 음유 시인들에게 제국 쿠르디르드의 보물이라고까지 칭해지는 남자였다. 크고 작은 수많은 전투에서 단 한 번도 진적이 없는 무적의 전신이었을 뿐더러, 몇 년 전에는 그 무섭고 흉포하다는 다크 드래곤까지 이겨 지금은 수족처럼 다크 드래곤을 움직인다는 드래곤 나이트였다. 사실 다크 드래곤의 싸움에서 마르키드는 간신히 10여 분을 견뎌낸 것이고, 그것을 가상하게 여긴 다크 드래곤(슈티악)이 싸움을 멈추고 언제든 한 번은 도와주겠다고 말한 것이었다. 하지만 소문이 퍼지며 점차 이상하게 변해갔고, 마르키드 대공조차

항간에 떠도는 소문에 대해 긍정도 부정도 하지 않았기에 사람들은
떠도는 소문을 모두 믿고 있었다.

"대공 전하를 뵙습니다."

마르키드 대공을 발견한 시녀 몇몇이 급히 치마 끝을 잡고 무릎을
살짝 굽히며 예를 취했다. 하지만 마르키드 대공은 역시 눈길 한 번 주
지 않은 채 낮은 콧방귀를 끼며 빠른 속도로 걸음을 옮겨갔다.

"으, 정말 재수없지 뭐야."

"그러게. 오늘은 일진 더럽겠다. 조심하자, 얘."

마르키드 대공이 보이지 않자 시녀들은 속닥거리며 멀어졌다. 마르
키드 대공은 제국 5대 미남 중 하나에 뽑힐 정도로 빼어난 외모를 자랑
하는 남자였지만, 누구도 따라올 수 없는 오만함 때문에 황궁에 근무하
는 시녀들에겐 그다지 인기가 없었다.

"어서 오십시오, 대공 전하."

대전 출입문 앞에 이르자 경계를 서고 있던 삼십여 명의 병사들이
황급히 예를 취했다. 대전 출입문 앞을 지키는 병사의 숫자치곤 상당
한 숫자였지만, 넓이 10여 미터 높이 30여 미터에 달하는 거대한 대전
출입문에 비한다면 그리 많지 않아 보였다.

마르키드 대공은 오늘에서야 처음 보는 대전 출입문이었다. 황제가
몇몇 대신들을 불러 조용히 지시하거나 혹은, 본인의 크고 작은 집무를
보기 위해 필요하다고 얼마 전에 새로이 증축을 마쳐 지어진 건물이었
다. 하지만 금과 보석들로 화려하게 장식된 출입문만 봐도 내부의 크
기를 짐작하기 어려울 정도였다. 거대한 세이트란 대륙의 주인이자 절
대 권력을 자랑하는 황제의 대전이었기에 어느 정도는 이해할 수 있었

지만, 이건 해도 해도 너무하다고 생각했는지 마르키드의 미간이 더 더욱 일그러졌다.

"폐하께서는 계시는가?"

"예, 전하! 지금 곧 안으로 기별을 넣어 알리겠습니다."

가장 계급이 높아 보이는 병사 하나가 황급히 대답하며 거대한 출입문을 힘겹게 열고 안으로 들어갔다. 잔뜩 화가 난 것 같은 마르키드 대공의 얼굴에, 조금이라도 흠이 잡히지 않으려 최선을 다하는 모습이었다.

"어서 오십시오, 대공 전하. 황제 폐하께서 기다리고 계십니다."

"알겠네."

십여 분이 지나서야 들어와도 좋다는 전갈을 40대 중반의 시종이 전해왔다. 몇 단계 거쳐야 되는 절차 때문인 모양이었지만, 제국 쿠르디르드 최고의 권력자이자 거대한 땅을 독자적으로 다스릴 수 있는 대공의 신분인 자신을 이렇게까지 기다리게 한다는 것이 못마땅한 듯 대전 출입문으로 들어서는 마르키드 대공의 얼굴은 마치 전쟁터에 가는 사람처럼 살기까지 어려 있었다.

"허, 허어."

출입문으로 들어선 마르키드 대공은 연시 헛바람을 삼키며 어이없다는 듯 고개를 흔들어댔다. 금과 보석들로 장식된 대전 출입문은 안에 비한다면 초라할 정도였다. 기다란 복도 바닥으론 금으로 완전히 치장돼 있었고 양쪽 벽은 모두 대리석이었으며 각양각색의 보물들이 복도 양 옆으로 주욱 이어져 있었다.

천장엔 수십여 명의 병사들이 달라붙어야 들 수 있을 것 같은 육중한 샹들리에가 끊임없이 이어져 있었으며 어린아이 주먹만한 보석들도 여기저기에 박혀 있었다. 복도의 길이는 대략 100여 미터였으며 복도 끝에는 다시 출입문이 있었다. 이런 출입문을 다섯 개나 지나서야 황제가 있는 대전으로 마르키드는 들어올 수 있었다.

"아."

대전으로 들어온 마르키드 대공은 잠시 넋이 빠진 표정으로 멍하게 주변을 둘러봤다. 사방의 넓이는 대략적인 눈짐작으로 200여 평방미터가 넘어 보였으며 눈이 부실 정도로 화려하게 치장돼 있었다. 지금까지 기나긴 복도를 지나며 봐왔던 보물들이나 샹들리에가 초라하게 느껴질 정도였다.

"오오, 마르키드 경. 이렇게 먼 길을 오라고 해서 미안하네."

멍한 표정으로 주변을 둘러보는 마르키드에게로 익숙한 누군가의 목소리가 들려왔다. 제국 쿠르디르드 황제의 목소리란 걸 마르키드가 모를 리 없었다. 서둘러 정신을 차린 마르키드가 목소리의 진원지를 향해 고개를 돌렸다.

"폐하!"

200여 미터 밖으로 등받이가 높다란 천장까지 주욱 이어지는 의자에 60대 후반으로 보이는 노인이 앉아 있었다. 황제였다. 마르키드는 빠른 속도로 황제의 앞 다섯 걸음까지 다가가 한쪽 무릎을 꿇으며 외치듯 입을 열었다.

"위대하시고 성스러우시며 이 나라의 영원한 태양이신 황제 폐하께서 소신같이 미천한 사람을 청하시는 데 소신이 어찌 물불을 가리오리까? 폐하, 죽을힘을 다해 달려왔으나 소신이 미력하여 시간이 지체됐습니다. 늦게 도착한 소신을 죽여주시옵소서!"

지금까지 불만이 가득했던 마르키드의 얼굴이었지만 지금은 아니었다. 마치 정말로 죽을죄를 지은 사람처럼 눈물까지 글썽이고 있었다. 이런 마르키드의 행동에 감동했다는 표정으로 황제가 두 손을 마르키드를 향해 뻗으며 말했다.

"오오오, 그대의 충절은 우리 제국 쿠르디르드 역사에 길이 남을 것이로다. 짐에게 그대 같은 충신이 있으니 짐은 이제 눈을 감아도 여한이 없도다."

황제의 말에 마르키드가 경악에 가까운 표정을 지으며 다시 외치듯 말했다.

"폐하! 어찌 그런 하늘이 무너지는 말씀을 하시나이까? 폐하께서 아니 계신다면 이 나라를 누가 있어 지금 같은 태평성대로 이끌겠나이까? 소신이 감히 청하건대 지금 하신 말씀을 부디 거두어주시옵소서!"

눈물까지 주르륵 흘리며 서럽게 말하는 마르키드의 모습에 황제가 몸소 자리에서 내려와 마르키드의 어깨를 잡으며 말했다.

"오오오, 경의 충절은 하늘을 감복시킬 것이도다. 경의 충절이 이러할진대 짐이 망언을 하였도다. 경은 하늘이 이 나라를 위해 내려주신 축복이로다."

"천부당 만부당하신 말씀이옵니다, 폐하. 하늘이 진정 이 나라에 내려주신 축복은 위대하신 성군이시자 지혜로우시고 현명하신 폐하이시옵니다. 폐하, 부디 옥체를 보중하십시오."

"허허허."

황제의 웃음을 끝으로 길고 긴 알현의 예가 드디어 끝이 났다. 황제와 마르키드 대공은 곧 자리에서 일어나 한쪽에 있는 길고 긴 식탁으로 보이는 곳으로 걸어가 앉았다. 식탁 또한 대리석과 금으로 우아하고 화려하게 치장돼 있었다. 이 식탁은 황제의 전용 식사를 위한 것이 아닌, 오직 신하들과 가볍게 차를 마시기 위해 주문 제작된 것이었다. 기다란 식탁에 앉고도 오랫동안 황제와 마르키드는 아무런 말 없이 차(茶)가 나오길 기다렸고, 한참 뒤에야 시종으로 보이는 세 사람이 은으로 만든 커다란 쟁반 위에 금과 은, 그리고 온갖 보석으로 치장돼 있는 찻잔과 옥으로 만들어진 차를 담은 병을 가져왔다.

"으음, 경처럼 충절이 깊은 사람을 만나서인지 오늘따라 차 향기가 그윽하기가 이를 데 없네그려. 허허허."

"황은이 망극하옵니다, 폐하."

차를 즐기는지 황제는 오랫동안이나 두 눈을 감은 채, 차 향을 맡았다. 그리고는 한 모금 마신 후 찻잔을 내려놓으며 입을 열었다.

"그래, 짐이 오늘 그대를 보고자 한 것은 다름이 아니라 빛의 신전의 대신관께서 어떤 보물을 잃어버렸다는 전갈을 받아서이네."

"감히 황제 폐하께 근심을 안겨 드리다니! 폐하, 소신에게 하명만 하시옵소서. 그놈의 목을 베어 폐하의 근심거리를 없애 버리겠사옵니다."

황제의 말이 끝나기 무섭게 마르키드는 자리를 박차고 일어나 격앙된 표정으로 대답했다. 마치 너무도 화가 나 분노를 주체하기 힘든 그런 얼굴이고 행동이었다. 그런 그의 모습에 황제가 가볍게 고개를 끄덕이며 말을 이었다.

"허허허, 경이 아니면 짐이 믿을 수 있는 사람이 누가 있겠는가. 모든 걸 경에게 맡기겠으니 원만하게 일을 수습해 줬으면 좋겠군. 대신관과는 이미 모르는 사이가 아니고 또한 이 나라의 모든 백성들이 빛의 신자이니 하루빨리 백성들과 짐의 걱정거리를 없애주게나."

"미천한 소신을 그리 믿어주시니 소신은 몸둘 바를 모르겠사옵니다.

폐하, 소신. 하늘에 맹세코 하루빨리 폐하의 근심거리를 없애겠사옵니다. 그러니 이제 심려를 놓으시고 마음 편히 지내십시오.”

“허허허.”

바닥에 무릎을 꿇으며 예를 취하는 마르키드의 모습에 황제는 고개를 끄덕이며 너털웃음을 터뜨렸다. 이들은 아직까지 이스와 그 일행―리켄, 이클립스―들에 대한 사건의 전모는 모르고 있었다. 이스 일행에게서 도망친 레이스가 작은 신전에 모든 사실을 알리고, 빛의 신전 카산지부에서 대장로가 명을 내린 것이 이미 20여 일이 지나고 있었지만, 거리가 거리이기에 아직 전달받지 못한 것이다.

“폐하, 이제 소신은 물러가겠사옵니다. 언제 다시 폐하의 용안을 뵈올지 벌써부터 그날이 기다려지옵니다.”

“허허허, 경 같은 충신을 매일 보지 못한다는 것이 짐의 마음을 아프게 하네그려. 하지만 모든 백성들이 경만을 믿고 있으니 어찌 짐의 욕심만을 고집하겠는가. 그만 물러가게. 빠른 시간 안에 다시 경이 보고 싶을 것이야.”

“폐하, 이렇게 떠나야 하는 소신을 용서하시옵소서.”

마르키드가 이렇게 하직 인사를 하기까지, 차를 마시고 나서 3시간이라는 긴 시간이 흐르고 있었다. 진짜 중요한 말은 단 한 마디, 대신관이 도둑맞은 물건을 찾아달라였고 나머지는 모두 쓸데없는 말이었다.

“폐하, 소신은 이만 물러가옵니다. 부디 옥체를 보중하시어 언제까지나 태평성대를 이루어주시길 바라옵니다.”

거대한 문 앞에 이른 마르키드는 다시 한 번 황제를 보며 하직 인사를 한 후 문을 나섰다.

“대공 전하 아니시옵니까?”

막 문을 나서는 마르키드의 앞에 40대 중반으로 보이는 짙은 갈색 머리의 남자가 대전으로 들어오고 있었다.

“흐음, 이리아스 후작, 오랜만이군.”

“네, 전하. 폐하의 명을 받들어 지금 들어오는 길이옵니다.”

“흐음, 그래 어서 들어가 보게.”

간단한 인사를 마치고 마르키드는 빠른 걸음으로 대전을 나섰다. 그런 그의 표정은 일그러질 대로 일그러져 있었다.

“고작 도둑 따위를 잡으려고 나를……!”

일국의 대공을 고작 도둑 때문에 오라 가라 하는 것이 못마땅한 듯 마르키드는 끊임없이 중얼거리며 이빨을 갈아댔다. 그런 그의 등 뒤로 ‘늦게 도착한 소신을 죽여주시옵소서, 폐하’ 하는 조금 전에 헤어진 이리아스 후작의 목소리가 들려왔다.

"허어, 경치 한번 좋구나. 정말 훌륭한 곳이야."

뒷짐을 진 채 느릿느릿 걸어가는 이스는 연신 감탄사를 터뜨리며 주변을 둘러보고 있었다. 이스가 보는 것은 처음도 그랬고 지금까지도 계속 산과 계곡, 혹은 계곡에 흐르는 물밖에 없었지만, 그에게는 새롭게 느껴지는 모양이다.

본격적으로 파괴신을 부활시키기 위한 여행을 떠난 것도 벌써 두 달이 다 되고 있었다. 그런데도 이스 일행은 아직도 산맥을 벗어나지 못했다. 원체 산세가 험하기도 했지만 가장 커다란 이유는 이스의 느린 걸음걸이 때문이었다.

파괴신을 부활시키기 위한 여행이었지만 이스는 조금도 서두르거나 걸음을 재촉하지 않았다. 세 개의 파편 중 하나밖에 모르고 있었고 대신관이 가지고 있다는 파편이 어디로 도망치는 것도 아니기에 느긋하게 주변 풍경을 음미하며 가도 괜찮다고 여긴 모양이다.

"흐음."

느리게 걸어가는 이스의 뒤쪽을 리켄이 따르고 있었다. 그런 리켄의 얼굴에 좀처럼 볼 수 없는 진지함이 가득했다.

'인간이 아니야. 어떻게 지금까지 잠도 안 자고 먹지도 마시지도 않는 걸까? 신일까? 아니, 아니지. 신이 이런 인간 세상에 뭣하러 나오겠어. 그리고 신이라면 파괴신에 대한 건 뼈저리게 알 텐데. 뭘까? 으으, 이렇게 좋은 내 머리로도 생각이 안 나다니. 아니아니, 내가 지금 무슨 생각을? 이스, 저 인간 같지도 않은 인간이 파괴신을 부활시키는 걸 막아야 하는데… 그런데 어떻게 막지? 제길 힘으로 안 되는 일이 나 같은 위대하신 존재에게 생길 줄이야, 빌어먹을. 크흐흑.'

몇 번 노숙을 하긴 했지만 이스가 잠든 건 한 번도 보지 못한 리켄이었다. 또 인간으로 변한 리켄이나 이클립스는 먹지 않아도 됐지만, 인간이라고 주장(?)하는 이스 역시 두 달여간 먹은 것이 없었다. 그것에 대한 결론은 아무리 생각해도 나지 않았으며 지금은 그 무엇보다 이스와 못된 이클립스가 하려는 짓을 말려야 했다.

"어떻게 하지, 어떻게, 어떻게……."

머리 속으로만 생각한다는 것이 어느새 입 밖으로 흘러나왔지만 생각에 빠져 있는 리켄은 모르는 것 같았다.

"얘야, 진아야."

느리게 걸어가던 이스가 걸음을 멈추고는 이클립스를 찾았다. 이클립스는 리켄의 뒤쪽에서 리켄과 마찬가지로 뭔가 깊은 생각에 잠겼는지 이스의 부름에도 대답이 없었다. 다시 이스가 허허 웃으며 리켄을 향해 입을 열었다.

"허허허, 우리 진아가 무슨 생각을 그리할꼬? 얘야, 홍아야."

"왜요, 또 무슨 일인데요?"

이클립스와는 달리 리켄은 이스의 부름에 곧바로 달려왔다.

"얼마나 더 가야 숲에서 벗어나는 게냐. 홍아는 좀 아느냐?"

"이스가 하도 느리게 걸으니까 이렇게 느려진 거예요. 좀 빨리 걸어요, 정말. 뭐, 이 정도로 서너 시간 걸어가면 꽤 큰 도시가 보이긴 하겠지만……."

"허허허."

리켄의 재촉에도 이스는 그저 허허 웃으며 걸음을 재촉했다.

지난 두 달여간, 이스는 인간들의 언어와 드래곤들의 언어, 그리고 마족들의 언어를 배워 지금은 번역 마법이 없어도 자연스러운 의사 소통이 가능했다. 새롭게 하나의 언어를 배운다는 건, 집중적으로 몇 년 동안 공부해도 될까 말까였다. 하지만 이스는 스펀지가 물을 흡수하듯 리켄과 이클립스가 가르쳐 주는 것을 하나도 잊지 않았으며 고작 두 달밖에 되지 않았음에도 능숙하게 세 가지 언어들을 구사했다. 그런 이스의 모습에 이클립스는 '정말 대단하십니다. 이렇게 빠른 속도에 그것도 세 가지 언어를 동시에 습득하시다니, 정말로 대단하고 존경스럽습니다, 이스님' 하며 감탄했고, 리켄은 '이스! 다 알고 있었으면서 우리한테 가르쳐 달라고 한 거죠? 어서 실토해요!' 하며 혀를 내둘렀다.

"이스, 이스, 이스!"

여전히 느릿느릿 걸어가는 이스를 향해 리켄이 촐랑대며 다가왔지만 이스는 돌아보지도 않고 여전히 주변을 둘러보며 말했다.

"허허, 웬 호들갑인고? 그래, 무슨 일이냐, 홍아야?"

"이스, 이건 진심으로 말하는 건데요. 그 파괴신 말이에요. 꼭 부활 시켜야 해요?"

"허허허, 이미 그렇게 하기로 결정하지 않았느냐? 우리 홍아는 그 파괴신이라는 게 무서운 게로구나. 허허허."

"으이구."

파괴신에 대한 무서움을 모른다고 투덜거리면서도 리켄은 포기하지 않았다. 힘으로 상대할 수 없는 암울한 현실이었기에 어떻게 해서든 말발로라도 설득하려 한 것이다. 다시 리켄이 아주 심각한 표정과 함께 말을 이었다.

"이스가 대단한 인간이고 또 엄청나다는 건 나도 인정해요. 하지만 파괴신은 차원이 다르다니까요. 그놈은 말이죠, 전 우주를 그리고 모든 공간을 파괴시킬 정도로 엄청난 놈이라고요. 한 번이라도 부활시키면 그때부터 모든 게 끝이라니까요, 끝!"

"허허허."

자못 무서운 얼굴과 심각한 표정, 그리고 과장된 몸짓으로 파괴신의 위험성을 알리는 리켄이었다. 하지만 오히려 리켄의 그런 모습이 역효과를 가져왔다. 지금 이스에겐 마치 귀여운 손자가 커다란 강아지를 보고 난 이후에 그 무서움을 말하는 것처럼 들리기 때문이다. 도무지 말이 먹혀들지 않자, 리켄의 얼굴로 짜증이 밀려왔다.

"에이, 정말. 웃지만 말고 내 말 좀 믿어줘요. 진짜라니깐요! 그놈 부활시키면 아예 아무것도 남지 않는다니깐요! 이스도 죽고 싶은 건 아니잖아요. 예? 그렇죠?"

"허허허. 이 녀석, 홍아야. 사람들이 말하는 소문이란 말이다, 실질적으로 부딪친다면 허황되고 과장된 것이 아주 많이 있단다. 이 할아비 생각에도 그 파괴신이란 게 강하긴 할 것 같다만, 우리 홍아가 말하는 것처럼 위험하진 않을 것 같구나. 그리고 이 할아비가 비록 이렇게 늙기는 했다만 아직까지 누구에게 져 본 적이 없느니라. 그러니 그렇게 걱정할 필요 없느니라. 허허허."

신이라는 것은 신들만이 존재하는 곳에 산다고 이스는 철썩같이 믿고 있었다. 또 부활시켜 현재의 공간에 살아난다면 그것은 신이 아닌 하나의 생명체에 불과할 뿐이라고 생각했기에 그저 웃음만 머금는 이스였다.

"에이, 정말!"

할 수 없이 떨어져 나가는 리켄이었다. 이렇게 설득하려 했던 것도 벌써 수십 차례가 넘었지만 이스는 단 한 번도 그의 말을 제대로 듣지 않았다. 이스가 잘못 생각하는 것이라고 수십 번도 넘게 말해 봐도 도무지 먹혀들지 않았다. 하지만 리켄은 여기서 멈출 생각은 조금도 없었는지 다시금 깊은 생각에 빠진 표정으로 뭔가를 중얼거리며 이스의 뒤를 따르고 있었다.

"허어, 장관이로세!"

"응? 왜요 이스?"

일행들이 다시 걸음을 옮기고 세 시간쯤이 흘렀을 때였다. 앞쪽에서 이스의 탄성이 들려오자 리켄이 궁금한 표정으로 다가왔다.

"에구, 드디어 도시가 나타났네."

높다란 성곽과 끝없이 이어지는 건물들, 드디어 도시에 도착한 모양이었다.

"이스 때문에 늦은 거예요!"

한 달, 아니, 그보다 훨씬 빠르게 도착할 수 있었음에도 느린 걸음 때문에 두 달이 걸려 버린 것을 추궁하는 리켄의 눈빛이었지만, 이스는 연신 감탄사를 연발하고 있었다.

"허어, 정말로 장관이로세! 내가 있던 곳에도 이렇게 큰 도시는 없었던 것 같은데 말이야. 허어, 집들의 모양새도 훌륭하고 성곽도 단단해 보이는구나. 마치 그 옛날 고구려의 그것을 보는 것 같구나. 저 정도의 성벽이라면 감히 넘보기가 쉽지 않을 것이야, 암."

도시는 그 끝이 보이지 않을 정도로 거대하고 넓었으며 도시 외곽을 둘러싸고 있는 성곽은 높이가 30여 미터가 넘어 보였다. 척 보기에도 웬만한 공성 무기로는 끄떡도 하지 않을 것 같았다.

"엥? 고구려는 또 뭐예요, 이스?"

조용히 이스의 감탄사를 듣고 있던 리켄이 고개를 갸우뚱거리며 다가오자 이스가 허허 웃으며 대답했다.

"허허허, 고구려는 나라의 이름이란다. 이 할아비가 살았던 곳에서 아주 오래전에 있었던 아주아주 강력한 나라였지. 그 고구려란 이름도 높은 성벽이란 뜻이라 하더구나. 저 앞에 보이는 높은 성벽처럼 고구려의 성과 성벽은 높고 견고했단다. 또한 그곳의 병사들도 날래기가 범과 같았고 사납기가 표범과 같았다고 하는구나. 그리고 장수들은 다른 나라 장수들이 무서워할 정도라고……."

이스의 이야기가 오래갈 것 같자 리켄이 중간에서 끊고는 멀리 보이는 도시를 보며 말했다.

"에잉, 됐어요, 그만 해요. 난 또 뭐라고. 그나저나, 이스?"

"왜 그러느냐, 홍아야?"

"저길 들어갈 거죠?"

"저기에 우리들이 찾는 게 있다니 가는 수밖에."

"저긴 신분증이나 뭐 그런 게 있어야 들어갈 수 있었던 것 같은데. 귀찮으니까 그냥 마법으로 날아가죠?"

오래전이었지만 리켄은 인간들의 세상을 돌아다녔었다. 그때도 지금처럼 어떤 도시라도 들어가기 위해선 신분을 증명할 수 있는 것이 있어야 했고, 지금 역시 별반 다르지 않을 확률이 높았다. 이스야 다른 공간에서 왔기에 당연히 신분증이 없을 것이고, 리켄이나 이클립스 역시 마찬가지였다. 물론 신분증을 구하는 것이 어렵지는 않았지만, 마법 한 번이면 쉽게 갈 것이기에 이렇게 말한 리켄이었다. 하지만 이스는 허허 웃으며 아무것도 아니라는 듯 대답했다.

"허허허, 모든 것에는 길이 있게 마련이니라. 너무 걱정 말거라, 홍아야. 이 할아비도 한창 때 저런 성을 몇 번이나 넘어본 기억이 있단다."

"에구… 잘났어요, 정말."

드래곤 중 최강의 공격력을 자랑하는 레드 드래곤, 미족 최강의 전사를 한 방에 골로 보낼 수 있는 이스에게 저런 높은 성 따윈 아무것도 아니었다. 괜히 쓸데없는 걸 물어봤다고 투덜거리며 걸음을 옮겼고 이스와 이클립스가 뒤를 따랐다.

"그래. 이 나라의 이름이 뭔지 알고 있니, 홍아야?"

어느 정도 거대하고 높다란 성벽 가까이 다가갔을 때 이스가 걸음을 멈추고 리켄을 향해 물었다. 이스 일행은 성문에서 한참 멀리 떨어져 있는 곳에 도착해 있었다. 사람들의 이목을 피하고 들어가기 위해서였다.

"에이, 이스도 참. 내가 인간 세상에 나온 게 벌써 천 년도 더 전이라고 말했잖아요! 설마 아직까지 나라 이름이 똑같을라구요. 인간 놈들은 툭 하면 서로 못 잡아먹어 안달난 놈들인데, 안 그래요?"

"저곳은 사람들이 쿠르디르드 제국이라고 부르는 나라의 수도입니다, 이스님. 이 세이트란 대륙에서 저 도시보다 큰 곳은 어디에도 없지요."

건성건성 대답하는 리켄의 뒤에서 이클립스가 다가오며 친절하게 대답해 줬다. 그동안 깊은 생각에 빠져 있던 그가 드디어 생각을 정리한 모양이었다. 이스의 얼굴이 밝아졌다.

"호오, 우리 진아가 알고 있는 게야?"

"네, 이스님. 저곳에 그 빛의 신전이라는 곳의 본관이라는 게 있습니다. 그리고 그곳의 대신관이라는 자가 파괴신의 봉인을 풀 수 있는 세 개의 열쇠 중, 하나를 가지고 있지요."

"호오, 그렇구나. 허허허, 빨리도 찾아왔구나. 그래, 어서 가자꾸나."

이클립스의 말에 어린아이처럼 들뜬 표정으로 걸어가는 이스였다. 그러나 그 뒤에서 걸어오는 리켄의 얼굴은 일그러질 대로 일그러져 있었다.

"이 미친 마족 놈아, 도대체 무슨 생각으로 그런 말을 하는 거야, 앙?! 그냥 모른 척 지나면 될 것을 가지고 왜 일을 이렇게 크게 만드냐고?!"

"이보게, 리켄 군. 너무 화내지 말게. 이미 이렇게 된 일, 난 한 번쯤 그 파괴신이라는 놈이 보고 싶어졌다네. 후훗."

"뭐?"

이제 완전히 본 모습을 되찾았는지 리켄의 험악한 말에도 이클립스는 손거울을 꺼내 얼굴 이곳저곳을 보며 대답했다. 순간 리켄의 얼굴이 폭발할 것처럼 붉게 변해 버렸다.

"야!! 이 미친 마족 놈아! 그걸 지금 말이라고 하냐?! 이스랑 같이 다니면서 너, 머리가 어떻게 된 것 아냐?! 으이구, 내가 미쳤지! 그냥 레어(집)에 콕 박혀 있을 걸. 으이구! 이놈이나 저놈이나."

한바탕 쏟아 붓기는 했지만 리켄은 궁시렁거리며 물러섰다. 여기서 이클립스와 싸워봤자 돌아오는 건 이스의 알밤(?)이 분명했고, 또 오래전에 이미 질리도록 싸워봤기에 이클립스와는 싸워봤자 힘만 **뺄** 뿐이란 걸 잘 알고 있었다.

"으이구."

어떻게 해서든 이클립스를 설득 혹은 협박해서 이스를 말리려 했지만 그것도 수포로 돌아가자 절로 한숨이 터지는 리켄이었다.

"응?"

리켄의 한숨 섞인 한탄은 오래가지 않았다. 어느새 이스가 높다란 성벽 앞에 도착해 있는 모습이 보이자 언제 한숨을 터뜨렸냐는 듯 밝은 얼굴로 이스를 향해 달려가는 리켄이었다.

"어떻게 할 거예요, 이스? 내가 비행 마법 걸어줄까요?"

"우리 홍아의 마음 씀이 점점 고와지는구나. 그래야지, 암. 그래야 이 할아비하고 같이 다니는 보람이 있는 것이지. 허허허, 하지만 괜찮다, 홍아야. 그냥 가면 그만인 것을."

도와주겠다는 리켄의 마음 씀이 고와 보였는지 이스가 웃는 얼굴로 한차례 리켄의 머리를 쓰다듬은 후 곧바로 걸음을 옮겼다. 이스의 서너 걸음 앞쪽으론 높다란 성벽이 가로막혀져 있었다. 그런데 이스가 걸음을 옮기는 순간, 놀라운 일이 벌어졌다. 이스의 몸이 허공을 계단처럼 밟으며 올라가는 것이다. 아무런 것도 없는데 허공에 계단이 있는 것처럼 이스의 몸이 움직여 점차 높이 올라갔다.

"헉!"

리켄과 이클립스의 얼굴이 놀라움으로 가득 찼다. 비행 마법을 시행하면 하늘쯤이야 얼마든지 날아다닐 수 있는 둘이었다. 하지만 그렇게 하기 위해선 반드시 마법이라는 보조 수단이 필요했고 마법을 시행시키기 위한 마나의 흐름 역시 필요 불가결했다. 그런데 이스에게선 그런 것이 조금도 느껴지지 않았다. 처음 이스와 만났을 때, 당시엔 상황이 하도 어이가 없어 제대로 느껴지지 못해 다시 한 번 자세히 보고 있던 리켄과 이클립스는 어느새 멍한 표정이 돼버렸다.

"제기랄, 잘못 걸린 건 오래전부터 알았지만. 으이구, 내 팔자야!"

투덜거리던 리켄과 멍하게 이스를 보던 이클립스 역시 조용히 비행 마법을 일으켜 뒤를 따랐다. 높다란 성벽 꼭대기에 도착한 이스는 반쯤 입을 벌리고는 연신 감탄사를 연발하며 주변을 둘러보고 있었다.

"허어! 멀리서 볼 때도 훌륭하고 아름답더니 가까이서 보니 더욱 대단하구나. 허허허, 이런 걸 볼 수 있다니 이 할아비는 이곳으로 온 게 후회됨이 하나 없구나."

"에이, 우리는 후회 막심인데."

작은 벽돌로 만든 크고 작은 건물들과 역시 벽돌로 잘 포장된 넓고 기다란 도로, 그리고 그 위를 지나다니는 이상한 복장의 사람들의 모습이 이스에겐 새롭고 신선하게 느껴지는 모양이었다.

비록 중원이 중화(中華)라고 해서 모든 곳의 중심이자 가장 문화가 발달한 곳이라 했지만 이곳만큼은 아니었다. 크고 작은 건물들은 벽돌로 촘촘하고 아름답게 만들어졌을 뿐만 아니라 그 모양 하나하나가 장인이 만든 것처럼 우아하게 만들어져 있었다. 또 거리를 지나다니는 사람들의 옷 또한 희한했지만 이스가 살던 곳과 다른 아름다움과 세련미가 엿보였다.

"허허허, 정말 훌륭해."

"에이, 참! 누가 보면 촌뜨기라고 놀려요. 그만 좀 웃어요, 이스!"

움직일 생각은 않은 채 연신 주변을 둘러보며 감탄하는 이스가 못마땅한지 리켄이 투덜거리며 이스의 옷자락을 잡아끌었다. 하지만 이스는 여전히 주변을 둘러보는 데 온 정신이 팔린 것 같았다. 리켄이 다시 한 번 이스의 옷자락을 잡아끌려 하자 이클립스가 고개를 저으며 말렸다.

"이보게, 리켄 군. 이스님이 저러시는 건 아주 당연한 일이라네. 다른 공간에서 오셨으니 이런 광경이 놀라운 건 자연스러운 일인 것이지. 그러니 조용히 입 다물고 있게."

"시끄러, 짜샤! 네놈은 말할 자격도 없어! 누구 때문에 내가 여기까지 끌려왔는데!!"

"후훗, 내가 왔을 때 이미 이스님과 함께였던 게 누구더라?"

"이 자식이, 지금 그거 비웃음이지? 이게 죽으려고!"

이클립스와 리켄이 불꽃 튀기며 싸우려 할 때 이스가 다가왔다.

"허허허, 진아야."

"네, 이스님."

언제 싸우려 했냐는 듯 이클립스와 리켄의 두 눈에서 폭사되던 지독한 살기와 투기가 이스의 말이 시작됨과 동시에 말끔히 사라졌다. '공포의 머리 쥐어박히기'를 피하기 위한 본능적인 행동이었다.

"그래, 진아야. 이제 어디로 가야 그 빛의 신전이란 곳을 찾을 수 있는 게냐? 도시가 넓은 것 같으니 어서 서둘러야 해 떨어지기 전에 도착하지 않겠니?"

"걱정하지 마십시오, 이스님. 빛의 신전은 이 커다란 도시의 가장 중심부에 위치하고 있습니다. 천천히 걸어가도 8시간 안에 도착할 수 있을 겁니다. 그리고 오늘 갈 수 없다면 내일 가면 그만이니 심려하지 마십시오."

"허허허, 고맙구나."

정확히 하늘의 중간에 떠 있는 따뜻한 태양 빛을 받으며 이스와 이클립스, 그리고 리켄은 천천히 대로를 따라 빛의 신전이 있다는 곳으로 걸어갔다. 사두마차 다섯 대가 충분히 지날 수 있는 넓은 도로의 옆으로는 여러 가지 잡다한 상점과 시장이 밀집해 있었으며 상점 너머로는 2층에서 4층까지의 집들이 끝없이 펼쳐져 있었다.

이클립스의 말에 따르면 8시간이면 충분히 도착할 수 있다 했지만 난생처음 보는 도시의 광경에 이스의 걸음은 더욱 느려졌고 결국 해가 완전히 지고 나서야 거대한, 궁전이라고 해도 과언이 아닐 정도로 웅장하고 화려한 '빛의 신전'이라는 곳에 도착한 일행들이었다.

"허어, 무슨 일이 있는 것 같구나."

빛의 신전 앞에 도착한 이스가 이상하다는 듯 고개를 갸우뚱거리며 주변을 둘러보았고 리켄과 이클립스 역시 마찬가지였다. 전체가 순백색으로 치장돼 있는 거대한 신전은 그 규모를 짐작하기 힘들 정도로 거대하고 넓었다. 하지만 그것 때문에 일행들의 얼굴이 묘하게 바뀐 것은 아니었다.

"웬 군바리들이 저리 많은 거야?"

재수없다는 표정으로 리켄이 칵 침을 뱉으며 투덜거렸다. 그도 그럴 것이 기다란 신전 외벽을 중무장한 병사들이 주욱 늘어서 있었다. 어림잡아도 천은 될 것 같은 엄청난 병력이었다. 아무리 거대한 건물이라도 이곳은 신전, 그것도 빛의 신전 중 가장 중심이 된다는 곳이다. 그런 곳에 수백 명의 병사들이 외각을 경계하고 있다는 건 사찰(절) 주위를 병사들이 둘러싸고 있는 것과 다름없었다. 신을 모시는 곳에 병사가 둘러싼다는 건 웬만한 큰일이 아니고서는 있을 수 없는 그런 일이었기에 이스는 자신의 수염을 만지면서 뭔가가 심상치 않다는 듯 이클립스의 보며 대답을 구했다.

"음, 정말 무슨 일이 있는 것 같군요, 이스님. 제가 알기에도 신전에는 무기를 든 사람들의 출입은 금한다고 알고 있습니다. 그리고 저렇게 외벽을 병사들이 둘러싸고 있는 것 역시 한 번도 보지 못했던 일입니다. 제 생각으론 아무래도 지난번에 산에서 놓아준 그 인간 여자가 우리의 대한 일을 발설한 것 같습니다만……."

"흐음, 그럴 수도 있겠구먼. 어떻게 한다?"

"에이, 그러니까 그때 죽였어야 했는데!"

아쉬워하는 리켄의 투덜거림은 완전히 무시한 채, 이스는 생각에 잠겼다. 천 명이 넘는 숫자의 병력들이었지만, 저 정도의 병력쯤은 이클립스나 리켄의 가벼운 손짓 한 번이면 끝날 수 있었다. 하지만 이스는 아니었다. 하찮은 미물도 죽이려면 생각에 생각을 거듭한 끝에 손을 써야 한다고 생각하기에 저 많은 숫자의 사람들을 죽이는 일은 결코 쉬운 일이 아니었다. 그렇다고 무작정 가자니 병력들이 그냥 들여보내 줄 리 만무해 보이기에 좀처럼 좋은 생각이 떠오르지 않았다.

"이스님."

좀처럼 생각에서 벗어나지 못하는 이스를 보며 이클립스가 입을 열었다.

"아무래도 오늘은 근처 여관에서 하루를 보낸 다음, 내일쯤 신전에 대해 알아보는 것이 좋을 것 같습니다. 만약 우리들의 일 때문에 저러는 것이라면, 어쩌면 벌써 열쇠를 어떤 곳에 숨겼을지도 모르는 일입니다. 우선 조금 쉬셨다가 내일 천천히 알아보는 것이 어떻겠습니까, 이스님?"

"흐음, 아무래도 진아의 말을 따르는 것이 좋을 것 같구나. 허허허, 급할수록 돌아가라는 옛말이 있으니, 그렇게 하는 것이 나을 것 같구나."

이스 일행은 신전을 뒤로한 채 여관을 찾았다. 도시는 상당히 잘 만들어진 곳이었다. 중앙의 신전을 중심으로 거미줄처럼 도로가 뻗어 있었고, 동서남북의 네 곳으로는 넓게 잘 만들어진 주도로가 있어 어디로 가도 길을 잃거나 하는 일은 없을 것 같았다.

"오늘은 이곳에서 쉬시죠."

다행히 신전에 들리는 관광객들이 많아서인지 빛의 신전 근처에서 여관 찾기란 어렵지 않은 일이었다. 이클립스의 안내로 이스와 리켄은 제법 커다란 여관을 찾아 들어갔다. 신전에서 그다지 멀지 않은 곳에 위치한 이곳은 여관과 술집을 겸하는 곳으로 1층은 주점과 식당을 2층부턴 여관을 하는 곳이었다.

"이렇게 사람들이 많이 모이는 곳에서는 항상 여러 가지 정보를 얻을 수 있습니다, 이스님. 굳이 알아보지 않아도 사람들이 북적거리는 곳이라면 앉아만 있어도 많은 정보를 들을 수 있지요."

여관으로 들어가면서 이클립스가 이스를 슬쩍 돌아보며 낮은 목소리로 말했다. 벽돌과 나무로 엉성하게 만들어진 외관과는 다르게 내부는 상당히 넓었으며 사람들도 북적였다. 대다수의 사람들은 이스 일행들처럼 신전에 왔다가 여관에 들른 모양이었고 상인들도 많이 보였다.

"어서 오십시오, 손님. 무엇을 드릴까요? 식사, 아님 방을 드릴까요? 무엇이든 말씀만 하십시오."

종업원의 붙임성있는 말투와 행동에 이클립스가 나서서 방 두 개를 얻고 식사를 주문했다. 이클립스의 매너 넘치는 동작과 고급스런 옷차림에 종업원은 이스 일행들을 가장 중앙에 있는 테이블에 안내하고는 잰걸음으로 식사를 준비하러 뛰어갔다.

"응? 저 아이는 누구인고?"

테이블에 앉아 잠시 주변을 둘러보던 이스가 이상하다는 듯 고개를 갸우뚱거리며 한쪽을 바라보았다. 대략 14, 5세 정도로 보이는 작은 키의 여자 아이가 악기를 들고 이스 일행들을 지나 앞쪽에 있는 낮은 단상으로 걸어갔다. 늦은 저녁 시간이었고, 대부분의 손님들이 술에 취해 있거나 간단한 식사를 즐기고 있었지만 소녀처럼 어린 손님은 단 한 명도 없었다. 게다가 소녀의 모습은 이스의 시선이 떨어지지 못할 정도로 특이했다.

"호오, 정말로 특이하게 생긴 귀로구나. 어찌 사람의 귀가 저 정도로 크단 말인가. 허어……."

이스의 감탄처럼 소녀의 귀는 보통 사람들의 것이라고 하기엔 지나치게 컸다. 앳돼 보이는 얼굴과 맑은 검녹색 눈망울. 햇볕에 잘 그을린 것 같은 구릿빛 피부. 굉장히 예쁘장하게 생긴 어린 소녀로 보였지만, 커다란 귀 때문에 어딘지 사람처럼 보이지 않는 모습이 이스는 마냥 신기한 모양이었다.

"저 소녀는 하프 엘프라는 종족입니다, 이스님."

"하프 엘프? 그건 또 무엇인고?"

지금까지 얼마 되지 않는 여행을 하면서 많은 것들을 들었지만 하프 엘프라는 것은 처음 듣고 보는 이스였기에 궁금함이 솟는 모양이다. 이클립스가 미소 지으며 대답했다.

"이스님, 엘프라는 것은 인간과 비슷하지만 저렇게 뾰족한 귀를 가진 외모를 갖고 있는 종족으로서 인간의 몇 배를 살 수 있는 숲의 요정이라 할 수 있습니다. 하지만 지금의 저 소녀는 그 엘프라는 종족과 인간 사이에서 태어난 혼혈아입니다. 겉보기완 달리 많은 능력과 소질을 소유한 종족이지요."

"허허허, 세상에 이상한 일이 많이 있구나. 숲의 요정과 사람에게서 아이가 태어난다니, 내 오늘 우리 진아 덕분에 안목을 넓히는구나."

"별말씀을……."

이스가 감탄하고 있을 때 무대 위로 올라가 몇 차례 목을 가다듬던 하프 엘프의 소녀가 의자에 앉으며 노래를 부르기 시작했다. 마치 조용한 강물이 흐르듯, 감미롭게 이어지는 소녀의 목소리에 수많은 사람들이 술을 음미하며 소녀의 노래에 빠져들었고 그건 이스 일행 역시 마찬가지였다.

한 하늘의 두 어리석음과 하나의 속삭임.

나의 빛으로 또 하나의 마음을 담아요.

어두운 지금과 빛나는 어제.

이젠 시작할 때가 됐나요.

저 하늘과 구름의 어둠을 당신은 아시나요.

어쩌면 시작하는 그리움을 또 하나의 당신은 이미 알고 있지요.

일상 속으로 들어서는 미지의 아픔과 저 심연의 존재에게.

이미 시작하고 있어요.

당신의 마음이.

당신의 어둠이.

두려워 말아요.

어쩌면 이미 정해진 거니까.

정해진 하늘을 어떻게 잊을 수 있겠어요.

도대체 알 것도 같고 모를 것도 같은 이상한 의미의 노래는 한동안 계속 이어졌다. 아름다운 미성의 목소리와는 다르게 하프 엘프 소녀의 노랫말은 그다지 밝은 것 같지 않았다.

"흐음."

처음 하프 엘프 소녀의 목소리에 취했던 이스였지만 지금은 미간을 좁히며 노랫말에 대해 고민하고 있었다. 무슨 뜻일지 궁금했던 모양이다. 하지만 이내 하프 엘프 소녀의 노래는 끝이 나고 박수 소리와 함께 소녀의 모습도 사라졌다.

"이상한 노래로구나. 아름다운 목소리 때문에 잊을 뻔했는데 노랫말이 묘한 느낌을 주는구나. 그렇지 않느냐, 진아야?"

노래가 끝나고도 오랫동안 생각에 잠겼던 이스가 이클립스를 보며 궁금하다는 듯 대답을 구했다. 그저 가볍게 흘려 버릴 수 있는 노랫말이었는데도 호기심이 이는 모양이었다. 이클립스가 미소와 함께 대답했다.

"하하. 이스님, 지금 저 소녀가 불렀던 노래는 이 세이트란 대륙의 고대에 있었다는 어떤 인간 마법사가 자신을 봉인하기 전에 불렀다는 시랍니다.”

“마법사라… 허허허, 그래 그 마법사는 어째서 자신을 봉인했다는 말인고? 자신을 봉인한다는 건 무언가 이유가 있었겠지?”

마법사라는 것에 대해 이클립스와 리켄에게 들어 알고 있는 이스였다.

“그렇습니다, 이스님. 저도 자세한 건 모릅니다만, 그 마법사는 자신을 봉인하지 않으면 안 될 어떤 상황에 처했다고 합니다. 음유 시인들이 노래하는 것을 들어보면 그 마법사는 사랑하는 여자가 있었는데 그 여자를 위해서 그랬다고도 하고 또 너무나도 엄청난 마법을 연구하다 보니 자신이 감당할 수 없는 힘이 생겨서 그랬다고도 하더군요. 하지만 너무 오래전의 일이라 자세한 건 아무도 모른다는 게 정확할 겁니다. 제가 태어나기도 전의 일이었으니 어쩌면 가상의 인물일 수 있습니다. 인간들의 창작력은 상상을 초월하니까요. 어떤 이가 단지 노래를 위해 만들었을 수도 있겠지요.”

“허허허, 우리 진아의 말이니 틀림없겠지.”

이클립스의 말에 웃음으로써 대답을 대신하기는 했지만 어딘지 허전한 느낌을 지울 수 없는 이스의 웃음소리였다. 이클립스의 말처럼 아닐 가능성이 농후했지만, 이스는 이클립스의 말 중에 마법사가 감당하지 못할 정도의 힘 때문에 봉인해야 했다는 말이 가슴에 와 닿았다. 이 공간에 도착하기 전, 마지막으로 영검의 극한을 시행했던 이스였다. 절대적인 힘을 얻었다는 것이 결코 기쁘지만은 않았던 것도 오히려 허탈감만 더할 뿐이란 것도 떠올랐다. 어쩌면 자신을 봉인했다는 마법사도 자신과 같은 허탈함 때문에 마지막으로 봉인이라는 방법을 택했을 수도 있지 않았을까 하는 생각에 씁쓸한 마음이 들었다.

"오래 기다리셨습니다."

얼마 전에 주문을 받았던 종업원이 커다란 쟁반에 음식들을 가져와 이스 일행의 테이블 위에 놓으며 밝게 미소 지었다. 진한 흑맥주가 가득한 세 개의 잔과 가벼운 안주거리였다. 일행은 잠시 말을 멈추고 맥주로 목을 축이며 주변을 둘러보았다. 커다랗게 건배를 외치며 술잔을 부딪치는 사람들, 간만에 보는 제대로 된 식사에 허겁지겁 음식을 먹어 치우는 여행자들, 커다란 목소리로 대화하는 사람들. 하프 엘프 소녀의 노래로 조용하던 주점 내부는 어느새 왁자지껄하게 변해 있었다.

"쳇, 쿠르디르드 제국도 이젠 옛날 말이야. 어떻게 대신관님의 목걸이가 도둑맞을 수 있을까. 어이가 없어서 원······."

조금씩 시끄러워지던 사람들의 말소리 중에 이스 일행이 궁금해하던 말이 어딘가에서 흘러나왔다. 이스와 리켄, 그리고 이클립스가 동시에 목소리의 진원지를 향해 고개를 돌렸다. 이스 일행의 바로 옆 테이블에 앉아 있는 세 명의 건장한 사내들이 목소리의 주인공이었다. 40대 정도로 보이는 세 명의 사내들의 이야기는 계속됐다.

"그러게 말일세. 세금은 있는 대로 걷어서 지들 뱃속이나 채우려는 놈들이 정치를 하니 나라꼴이 이 모양 이 꼴로 돌아가는 거지. 대신관님이 도둑이나 맞고 말이야. 이것 참, 어떻게 대신관님의 목걸이를 훔칠 생각을 했는지, 어떤 놈인지 분명 저주받을 걸세."

"당연히 저주받아야지. 그런 놈은 평생 빌어먹어야지, 암. 그 재수 없는 놈 얘긴 그만 하고 술이나 마시자고."

사내들이 더 이상 신전에 대한 말을 하지 않고 술만 마시자 이클립스가 조용히 자리에서 일어나 그들에게 다가갔다.

"실례합니다."

"응? 무슨 일이오. 우리한테 무슨 볼일이라도 있소?"

절제되고 깍듯한 이클립스의 행동과 말투에 술을 마시던 사내들 중
턱 수염을 덥수룩하게 기른 사내가 술잔을 내려놓았다. 이클립스에게
서 풍겨 나오는 예사롭지 않은 당당함에 약간이지만 긴장한 듯 보였다.
최고급 옷차림과 위풍당당한 풍모가 귀족으로 보였기에 조금 전 정치
인들을 욕한 것이 걸리는 모양이었다.

"실례합니다. 전 멀리 지방에서 이 도시에 유명하다는 빛의 신전을
보러 온 관광객입니다만, 그사이 무슨 일이 있었습니까? 신전 앞에 가
보니 병사들이 장사진을 치고 있어 접근도 못하겠던데요?"

관광객이라는 이클립스의 말에 잠시 긴장하던 사내의 얼굴이 이내
풀어졌다.

"아, 난 또… 그거 말이오? 참나, 말도 마세요. 글쎄 대신관님이 애
지중지하신다던 목걸이가 어제밤에 도난당했다지 뭐요. 그것참, 이제
쿠르디르드 제국은 한물갔다니까요. 어떻게 대신관님이 도둑을 맞는
지 제국에선 지금까지 아무것도 하지 않다가 도둑맞고서야 저리 난리
법석을 떠는 것이라오."

"아, 그런 일이 있어서 병사들이 저리도 많이 배치돼 있는 것이로군
요. 친절한 말씀에 감사합니다. 그럼 즐거운 시간 보내십시오."

정중하게 인사하고 자리로 돌아온 이클립스의 얼굴은 묘하게 일그
러져 있었다. 궁금함을 참지 못하겠는지 이클립스가 자리에 앉자마자
리켄과 이스가 입을 열었다.

"뭐야, 왜 그래, 이클립스? 설마 그 목걸이가……?"

"흐음, 무슨 일이 있는 게냐, 진아야?"

이클립스는 곧바로 대답하지 않은 채 잠시 주변을 둘러보았다. 아무

리 시끄럽게 떠들고 있다고 하지만 여기서 말하다간 누가 들을지 모르는 일이었다. 이클립스는 조용히 마법을 일으켜 목소리가 멀리 퍼지지 않고 일행들에게만 들릴 수 있도록 한 후에야 조용히 입을 열었다.

"아무래도 대신관이란 인간이 그 봉인의 열쇠를 도난당한 것 같습니다. 제가 알고 있기론 분명, 대신관이 가지고 있는 목걸이가 세 개의 열쇠 중 하나일 것이니까요."

"뭣이!!"

조용히 침묵하며 고개를 흔드는 이스완 달리 리켄은 벌떡 자리에서 일어나서는 외마디 비명을 외쳐 댔다. 이스 한 명만으로도 벅찬데 이번엔 누군지 알지도 못하는 도둑이 그걸 훔쳐 갔다니 경악할 노릇이었다. 그러나 리켄의 놀라움 가득 찬 얼굴은 이내 잠잠해졌다. 생각해 보니 오히려 잘된 일이었다. 이스와 이클립스가 그것을 얻는 것보다 모르는 놈이 가지고 있으면 찾기도 어려울 테고, 그렇다면 파괴신을 부활시키겠다는 건 모두 물거품이 될 것이기 때문이다. 리켄은 언제 비명을 터뜨렸냐는 듯, 음침한 미소와 함께 고개를 끄덕이며 안도하고 있었다.

"허허, 그것참. 얘, 진아야?"

"네, 이스님?"

한동안 고개를 흔들며 아쉬워하던 이스가 낮은 탄식과 함께 입을 열었다.

"그것이 확실하다면 다른 열쇠를 먼저 찾는 것이 좋지 않겠니? 이미 훔쳐 간 것은 어쩔 수 없다고 해도 나머지 두 개가 더 있어야 하잖느냐? 그러니 우선 그것들을 먼저 찾으면 되지 않겠니?"

"그게… 그렇게 할 수 없습니다, 이스님."

　부정적인 이클립스의 말에 리켄은 귀까지 닿을 듯 미소를 머금었고 이스는 계속 말해 보라는 듯 이클립스를 주시했다. 잠시 심각하게 고민하던 이클립스가 이스를 보며 말했다.

　"제가 아는 것이라곤 대신관이 파괴신의 봉인을 풀 수 있는 열쇠 중, 하나를 가지고 있다는 것밖에 없습니다, 이스님. 그리고 그 대신관이 가지고 있다는 것이 대대로 대신관에게 전수된다는 목걸이로 그것에 다른 두 개의 열쇠를 찾을 수 있는 수수께끼가 있다고 들었습니다. 지금으로선 대신관이 도난당했다는 그 목걸이 없이는 나머지 두 개의 열쇠는 찾을 수 없는 것입니다, 이스님."

　"허어, 그것참 괴이한 일이로다. 허어."

　무겁게 고개를 저으며 깊은 탄식을 토하는 이스였다. 이곳까지 오는데 시간을 너무 잡아먹어서 이런 일이 발생했다고 생각했지만 후회해도 이미 지난 일이었다. 지금은 어떻게든 도난당한 목걸이를 찾는 것이 먼저였다. 하지만 아무리 생각해도 도둑맞았다는 목걸이를 찾을 좋은 방법이 떠오르지 않았다.

　"애야, 진아야?"

　"네, 이스님. 말씀하십시오."

　"이 할아비가 아무리 생각해도 네 말이 맞는 것 같구나. 그렇지 않고서야 저리 많은 군사들이 신전을 에워쌀 리 없으니 말이다. 허어, 이 할아비가 늦장을 부려 일을 그르치게 생겼구나. 이 일을 어찌하면 좋겠니? 할아비가 나이를 너무 많이 먹어서인지 좀처럼 좋은 생각이 나지 않는구나. 우리 진아는 좋은 방법이 있니?"

　느릿느릿한 이스의 말이었지만 그 속에서 절실함을 느낀 이클립스는 한껏 미간을 찡그린 채 깊은 생각에 빠져들었다. 그런 이클립스 옆에서 비웃는 듯한 표정이 완연한 얼굴로 리켄은 '저 마족 놈한테 방법이 있을 리가 없겠지' 라고 생각하며 느긋하게 맥주를 홀짝이고 있었다.

"아! 좋은 방법이 생각났습니다, 이스님."

"허허허, 역시 우리 진아로구나. 그래 무슨 방법인고?"

오랫동안 생각에 잠겼던 이클립스가 돌연 좋은 생각이 났다고 하자 이스는 반색을 하며 기뻐했고 리켄은 마시던 맥주를 '푸웃' 하고 뿜어내며 캑캑댔다.

"제 생각은 이렇습니다, 이스님."

마치 음모를 꾸미는 사람들처럼 이스와 이클립스는 서로 얼굴을 가까이 가져가며 한참 동안을 조용하게 속닥거렸고 그 옆에서 듣고 있던 리켄의 얼굴은 시시각각으로 변해갔다.

제6장 도둑을 잡아라

"무슨 일이십니까? 이곳은 당분간 허가없는 출입을 금하라는 황제 폐하의 명이 계셔서 아무도 들어갈 수 없습니다. 돌아가 주십시오."

두 젊은 미남이 신전 입구로 다가오자 병사들이 창을 교차하듯 막으며 그들을 저지했다. 어림잡아도 몇백 명은 넘을 듯한 병사들의 시선이 두 미남에게 쏠렸다.

"음……."

위압적인 병사들의 제지에도 두 미청년의 표정엔 조금도 변화가 없었다. 고급스러운 옷차림에 은은한 위압감이 풍기는 얼굴이었지만 이곳 신전에 오는 관광객들은 셀 수 없이 많았고, 또 시골에서 올라오는 멋 부리기 좋아하는 촌놈들도 거들먹거리며 신전에 들른 적이 많았었기에 병사들은 전혀 위축되지 않았다. 기껏 높아 봐야 지방 귀족의 아들일 것이고, 아무리 지방 귀족의 아들이라 해도 황실의 병사들에겐 그다지 힘이 작용하지 않는다고 생각한 모양이었다. 두 미남은 바로 이 클립스와 리켄이었는데 어제저녁 이클립스의 계획에 따라 둘은 신전을 조사하기 위해 이곳으로 온 것이다.

"그만 물러서라는……."

퍽!

"크악!!"

험악하게 얼굴을 일그러뜨리며 잔인한 웃음을 짓던 병사는 순간적인 리켄의 발차기에 맞아 멀찌감치 나가떨어졌다.

"이, 이놈들이!!"

갑작스럽고 어이없는 상황에 잠시 멍하게 그들을 바라보던 병사들이 무기를 고쳐 잡으며 이클립스와 리켄을 에워쌌다.

"웬 놈들이냐! 감히 황제 폐하의 충성스런 병사에게 위해를 가하다니… 이놈들이 목숨이 아까운 줄 모르는 놈들이구나!!"

"흥!"

몇백 명이 훨씬 넘는 병사들이 무기를 겨누며 험악하게 위협했지만 리켄에게선 콧방귀만 나올 뿐이었다.

"이 무엄한 놈들을 보았나! 감히 우리를 몰라보는 것인가? 이곳 책임자가 어떤 놈인가, 앙? 어서 내 앞으로 끌고 와 이 자식들아!"

"에?"

미간을 살짝 찡그리며 말하는 리켄의 모습에선 알 수 없는 위압감이 풍겨 나왔으며 평소에는 거의 볼 수 없는 근엄함까지 엿보이고 있었다. 이클립스의 표정 역시 아주 하찮은 것들을 보는 그런 눈빛이었다. 병사들의 험악하던 얼굴들이 일순 멍하게 바뀌었다. 이런 반응을 보인다는 건 두 가지 중 하나였다. 하나는 정신이 완전히 돌아 미쳐 버린 것이고 다른 하나는 황실의 병사 따윈 안중에도 없는 지체 높은 귀족이었다. 그런데 리켄과 이클립스가 풍기는 예사롭지 않은 풍모가 병사들에겐 아무래도 후자 쪽으로 생각되고 있었다. 제국의 귀족은 셀 수 없을 정도로 많았으며 아무리 황도의 병사들이라고 하지만 그 많은 귀족들의 얼굴을 모두 기억할 순 없었다.

"저……."

리켄과 이클립스를 둥그렇게 둘러싸고 있던 병사들 중 제법 나이가 많아 보이는 병사 하나가 겨눴던 검을 내리고는 리켄을 향해 조심스레 말을 건넸다.

"죄송합니다만, 뉘신지?"

퍽!

"크악!"

제법 정중하고 예의 바르게 말하던 병사는 대답조차 듣지 못한 채 리켄에게 걷어차여 멀리 날아가 버렸다.

"어어……."

중갑옷으로 무장한 병사를 단 한 방에 나가떨어지게 만든 위력적인 리켄의 모습에 몇 백이 넘을 것 같은 병사들의 얼굴에 놀라움과 당혹감이 피어올랐다. 병사들은 아무래도 리켄과 이클립스가 상당한 수련을 쌓은 사람들이며 분명히 귀족일 것이라고밖에 달리 생각할 수가 없었다.

"이런 형편없는 놈들!!"

당황하는 병사들 사이로 리켄의 추상같은 목소리가 터져 나갔다.

"이러고도 네놈들이 위대하시고 고매하신 황제 폐하의 병사들인가? 어떻게 감히 우리가 누구인지도 모른단 말인가? 아무리 말단의 병사들이라도 우리 둘의 이름 정도는 들어봤을 것인데, 네놈들이 감히 황제 폐하의 지엄하신 황명을 받이든 나 리커이스 백작과 이클립스 백작을 능멸하다니! 네놈들 모두 군사 재판에 회부될 줄 알아라. 이 형편없는 놈들!"

"히이익!"

"요, 용서해 주십시오, 백작 각하. 저희들이 모르고 각하를 몰라 뵀습니다. 한 번만 용서해 주신다면 다시는 이런 일이 없을 것입니다. 부디 용서를!"

리켄의 말에 병사들 모두가 무릎을 꿇고 고개를 숙이며 용서해 달라고 빌었다. 그리고 잠시 뒤, 이들의 지휘관으로 보이는 자가 그사이 소식을 들었는지 리켄과 이클립스를 향해 헐레벌떡 뛰어왔다. 대략 40대 후반으로 보이는 남자로서 갑옷 왼편으로 500명 이상을 지휘하는 자에게 붙는 장식이 달려 있었다.

"헉, 헉. 죄송합니다. 제가 이곳을 맡고 있는 지미리언 중대장입니다. 병사들이 무지해서 몰라뵌 것 같습니다."

퍽!

"크억!"

헉헉거리며 용서를 구하는 중대장이라는 남자의 말을 리켄은 무식한 뒤돌려 차기로 응대했다. 그래도 명색이 중대장이어서인지 리켄의 뒤돌려 차기를 직격으로 맞고서도 쓰러지기만 했을 뿐, 기절하진 않았다. 하지만 기절하지 않은 것이 중대장의 커다란 실수였다.

"네놈이 그래도 중대장인가?!"

마치 스트레스를 풀 듯 중대장에게 다가간 리켄은 무지막지하게 중대장을 밟아 나갔다.

퍽퍽. 퍼퍼퍽. 퍼퍼퍽퍼퍽…….

"으억! 크억, 죄송… 컥! 부디 용서를… 커커컥! 크흐억."

중대장은 죽을 듯이 맞으면서도 용서를 비는 데 최선을 다하는 모습이었다. 황실에서 파견 나왔다면 분명, 얼마 전 신전 도난 사건에 대한 전권을 위임받았다는 마르키드 대공의 명을 받았을 것이다. 마르키드 대공이 비록 황도에 자주 모습을 비추지 않는 사람이었지만 전군 총사령관 직을 맡고 있는 실세 중의 실세였다. 이곳에서 상관들―리켄, 이클립스―에게 잘못 보인다면 언제 계급이 강등돼 지방으로 내려갈지 모르는 일이었고 진급에 차질을 가져올 수도 있는 일이었기에 최대한 용서를 빌며 비위를 맞추는 것이다.

"이 자식이 감히 우리가 누군 줄 알고! 웅?! 이게 황도를 지키는 제국의 병사들인가? 겨우 너 같은 놈이 감히 황제 폐하의 명을 받고 조사하러 온 우리를 능멸해?! 뭐, 이런 자식이 다 있어!!"

퍼퍽, 퍼퍼퍽.

리켄의 구타는 좀처럼 끝나지 않고 이어졌으며 주변에 늘어서 있던 병사들의 얼굴 역시 사색으로 변해갔다. 자신들의 실수로 직속 상관이 초죽음이 되도록 맞고 있으니, 앞으로 있을 중대장의 후환이 두려운 모양이었다.

"크헉! 죄, 죄송… 부디 용서를… 하으윽!"

제법 오랫동안 버티긴 했지만 중대장이라는 남자는 결국 게거품을 물며 기절해 버렸다. 하지만 리켄의 스트레스는 아직 풀리지 않은 모양이었다.

"어쭈? 이게 기절을 해? 이렇게 약해 빠진 놈이 중대장이라고……."

기절한 중대장을 몇 번 더 때린 후 리켄은 병사들을 향해 고개를 돌렸다. 병사들은 여전히 바닥에 무릎을 꿇고 있었다.

"기상!"

"넷!"

리켄의 기상이란 목소리와 동시에 수백 명의 병사들이 일사불란하게 자리에서 일어섰다. 제법 훈련이 잘돼 있는 것 같았다. 하지만 리켄에겐 좋은 먹잇감에 불과했다.

"앉아. 일어서. 앞으로 취침. 뒤로 취침. 머리 박아. 일어서. 앉아……."

찌는 듯한 한낮의 태양 아래 수백 명의 병사들은 리켄의 한마디 한마디를 절도있는 동작으로 따라했다. 하지만 그것도 오래가지 않았다. 날씨는 가만히 앉아 있어도 땀이 흐를 정도로 더웠으며 병사들이 입고 있는 갑옷은 전투를 위한 무거운 갑옷이었다. 결국 병사들은 한 시간 가까이 버티다 하나둘 거품을 물고 쓰러졌다.

"야, 야!"

병사들이 모두 쓰러진 이후 리켄은 천연덕스럽게 중대장을 깨워 자신들이 나올 때까지 경비를 철저히 하라고 말한 다음에야 이클립스와 함께 신전 안으로 들어섰다.

신전 내부는 모든 건물이 순백색으로 이루어져 있었고 바닥 또한 길 옆의 푸른 잔디를 빼고 모든 길이 고급스런 대리석으로 이루어져 있었다.

"이보게, 리켄 군. 어떻게 그런 유아적인 발상을 하는 것인지 창피해서 죽는 줄 알았네. 꼭 그렇게 스트레스를 풀어야 직성이 풀리는 건가. 쯧쯧."

둥그런 아치형 천장이 끝나며 널따란 정원이 보일 때쯤 이클립스가 혀를 차며 말했지만 리켄은 마냥 즐거운 듯 커다랗게 웃음을 터뜨렸다.

"하하하, 이제야 좀 속이 시원하다. 이 자식, 이클립스. 넌 모를 거다. 그동안 내가 이스하고 널 만나고 나서 얼마나 심한 심적 고통과 참기 힘든 고뇌에 싸여 있었는지를. 휴우, 조금 스트레스를 풀었더니 날아갈 것 같네."

"쯧쯧."

"이게 한번 봐줬더니 계속 혀를 차네?"

두 번은 못 참겠다는 듯 리켄이 얼굴을 붉히며 이클립스의 멱살을 잡으려 할 때였다. 멀리서 하얀 신관복 차림을 한 30대 중반의 사내가 달려왔다.

"어서 오십시오. 그런데 누구신지……? 이곳엔 당분간 아무도 들어올 수 없을 텐데요?"

정중하긴 했지만 신관의 눈초리엔 의심스러움이 가득했다. 이클립스가 우아한 몸짓으로 허리를 숙이며 대답했다.

"고매하시고 성스러우시며 신성하신 빛의 신을 모시는 분을 이렇게 만나뵈어 더할 나위 없는 영광입니다. 저는 이클립스 백작이라는 미천한 사람이고 제 옆에 계신 분은 리커이스 백작이라고 합니다. 저희는 황제 폐하의 황명을 받들어 이곳에서 일어난 도난 사건을 수사하기 위해 파견된 사람들입니다. 하루라도 빨리 대신관님의 걱정을 덜어드리고자 이렇게 방문한 것이니 자애로우신 신관님의 너그러운 용서를 바라마지 않는 바입니다."

"아! 무, 무슨 그런 겸손의 말씀을. 어서 오십시오. 대신관님께서 기다리고 계십니다. 이틀 뒤에나 온다고 하시더니 이렇게 빨리 오셔서 잠시 놀랐습니다. 무례를 범했다면 너그러이 용서해 주십시오. 이렇게

젊고 아름다운 분이 대신관님을 위해 파견돼 오시다니, 저희야말로 감
사드리는 바입니다."

웬만한 귀족이 아니고선 흉내조차 내기 힘든 우아한 몸짓과 격조 높
은 말투에 신관의 의심은 눈 녹듯이 사라졌고 태도 역시 극진하게 바
뀌었다.

"저를 따라오십시오. 제가 대신관님께서 계시는 곳까지 안내해 드리
겠습니다."

"감사합니다, 신관님."

신관의 안내를 받으며 이클립스와 리켄은 천천히 걸음을 옮겼다.

"이봐, 이클립스. 너 괜찮은 거야? 마족이 신전에 들어왔는데도?"

신관의 세 걸음 뒤에서 따라가던 리켄이 조용히 마법을 일으켜 신관
에겐 들리지 않도록 한 후 이클립스를 보며 말했다. 그도 그럴 것이 암
흑의 기운인 마족이 빛의 기운이 가장 충만한 신전으로 들어왔기 때문
이다. 웬만한 마족이라면 이곳에 들어오는 즉시 소멸되거나 모든 힘을
잃어버리게 되는 것으로 알고 있는데 아무렇지도 않은 이클립스가 궁
금한 모양이었다.

"후훗. 이보게, 리켄 군. 나를 너무 물로 보는 것 같군. 이래 봬도 난
귀족 중에 귀족, 마족 전사 중에 최강의 전사라네. 고작 이 정도 따위
론 이 몸을 어떻게 할 수 없으니 쓸데없는 걱정은 하지 말게나, 후후
후."

"그래, 잘났다, 잘났어. 물어본 놈이 바보지. 하루라도 잘난 척 안
하면 입 안에 가시가 돋는 놈한테. 으이구~"

투덜거리긴 했지만 리켄의 얼굴엔 다행이라는 빛이 역력했다. 오랜
세월 동안 살며 빛의 신전에 들어와 이렇게 아무렇지도 않은 마족은

처음 보는 것이었기에 나름대로 걱정했던 것이다.

"이제 다 왔습니다. 이곳이 대신관님께서 집무를 보시는 곳입니다. 들어가 보시지요."

궁전이라고 해도 과언이 아닐 정도로 거대한 건물 앞까지 도착하자 제법 많은 신관들과 신관 소속 성기사들도 눈에 띄었다. 대신관이라는 사람이 거주하는 곳이기에 다른 곳보다 경비가 삼엄한 것 같았다.

"감사합니다, 신관님."

신관의 안내에 감사를 표하며 이클립스와 리켄은 또 다른 신관의 안내를 받으면서 대신관의 집무실을 향해 걸음을 옮겼다.

"허어, 호오."

이클립스와 리켄이 대신관을 만나고 있을 무렵, 이스는 여전히 신기하다는 듯 눈빛을 빛내며 시내를 산책하고 있었다. 거짓 수사관으로 꾸미고 신전에서 정보를 얻으려는 이클립스의 생각에 이스만이 이렇게 따로 돌아다니고 있었다. 이스의 모습은 완연한 노인이었기에 함께 가 봤자 의심만 살 뿐이어서 따라갈 수 없었다.

둘을 주점에서 기다리기로 했지만 아무런 할 일 없이 마냥 기다리기도 뭣해 잠시 산책이나 할 겸 시내로 나온 이스였다. 찌는 듯한 더운 한낮이었지만 거리엔 많은 사람들이 바삐 오가며 저마다 분주하게 움직이고 있었다. 경제와 문화의 중심인 수도여서 그런지 지나다니는 사람들 대부분이 세련된 옷차림이며 말끔하고 깨끗해 보이는 모습들이었다.

"흐음."

느릿느릿 걸어가던 이스가 상점들이 주욱 이어져 있는 곳에서 멈춰

섰다. 그가 지금까지 걸어온 곳으로도 셀 수 없을 정도로 많은 상점들
이 있었지만 모두 식료품이나 야채들을 파는 잡화점이었다. 하지만 지
금 이스 앞에 펼쳐져 있는 상점들은 모두가 무기점이었다. 검이며, 활,
석궁이나 창 등, 무기들을 전문적으로 판매하는 상점가들이 밀집해 있
는 곳이다.

"호오, 허허허."

무기 상점가를 느리게 걸어가는 이스의 얼굴로 호기심이 일었다. 중
원에서 주로 사용하는 무기들과는 현격히 차이가 났기 때문이다. 검의
모양새도 그 종류를 헤아릴 수 없을 정도였고 갑옷 역시 이스에겐 특
이해 보였다.

"저곳이나 한번 가볼까."

한동안 상점가를 걸으며 구경만 하던 이스가 작은 무기점으로 향했
다. 전날 저녁, 이클립스가 혹시 모르는 일이라며 이스에게 보석 몇 개
를 비상금 삼아 가지고 있으라고 주었기에 돈 걱정은 없었다. 이왕 이
렇게 산책 나왔으니 쓸 만한 물건이 있으면 하나 사면서 여러 가지 세
상 돌아가는 이야기나 할 겸, 나무 간판에 '세계 최고의 무기점'이라
고 써 있는 상점으로 들어가는 이스였다. 하지만 그곳은 간판의 이름
과는 달리 그리 크지 않았으며 다른 무기점들에 비해 다소 소박한 느
낌이 드는 곳이었다.

"안녕하시오, 주인장."

벽을 장식하고 있는 수많은 무기들과 한쪽에 작은 무기들이 진열되
어 있는 진열장만이 이 무기점 내부의 모든 것이었다. 그리 크지 않은
상점이었지만 진열장이나 벽에 걸려 있는 무기류는 대부분 상당히 호
화롭고 세련돼 보였다. 겉모습은 초라하고 소박한 무기점이었으나 진

열돼 있는 무기들은 간판에서처럼 최고라 해도 손색이 없는 것들이었다.

"아이구, 어서 오십시오, 노인장. 무슨 일로 저희 상점을 찾으셨습니까?"

40대 후반으로 보이는 뚱뚱한 무기점 주인이 밝은 미소로 이스를 맞았다. 하지만 주인의 얼굴엔 의아함이 가득 나타나 있었다. 아무런 힘도 없을 것 같은 노인이 이런 무기점을 찾는 모습은 거의 보지 못해서였다.

"주인장, 괜찮은 무기나 보려고 잠시 들렀소이다. 이 늙은이가 이렇게 보여도 힘을 좀 쓰지요. 허허허."

"하하하, 그렇습니까? 흐음……."

무기를 찾는다는 말에 주인은 잠시 어이없다는 표정을 지었지만 이내 유심히 이스를 살펴보았다. 어디서나 볼 수 있을 후덕하고 인자하게 생긴 이스의 모습이었지만, 가만히 바라보고 있자 웬만한 귀족보다 위엄이 넘쳐 나는 것 같았으며 행동거지 하나하나 역시 우아해 보였다.

"어떤 물건을 찾으시는지요, 어르신? 저희 가계엔 없는 물건을 빼고는 모든 게 다 있으니 말씀만 하십시오."

주인의 결정은 오래가지 않았다. 평민 중에서 이스 같은 풍모를 지닌 사람은 남녀노소를 불문하고 본 적이 없었다. 그렇다면 결론은 하나, 이 넓은 황도에 살고 있는 귀족 중에 한 명일 것이 분명했다. 또 이렇게 많은 나이에 몸소 무기를 사러 온 것도 손자에게 선물할 것을 사기 위해서라고밖에 달리 생각할 것이 없었다.

"무엇이든지 말씀만 하십시오, 어르신. 저희 가계에는 무거운 무기들도 많지만, 가볍고 멋진 것들이 더욱 많습니다."

어느새 주인은 상인의 자세로 돌아가 있었다. 분명 손자에게 선물할 것을 찾는 것이고 그렇다면 무거운 무기들보다 가벼운 무기들이 많다는 것을 더욱 알려야 했다. 또 가벼운 무기들 중엔 귀족들만이 살 수 있는 고가의 것들이 많았기에 이번 참에 잘 팔리지 않는 무기를 팔려는 속셈이었다.

"허허허, 이 늙은이가 맘 놓고 편하게 들고 다닐 만한 게 뭐 없겠소이까? 주인장께서 좋은 걸 하나 추천해 주시오. 돈 걱정은 마시고 쓸 만한 물건을 추천해 주시오. 이래 봬도 우리 아이가 제법 많은 돈을 가지고 있소이다. 허허허."

"탁월하신 선택이십니다, 어르신. 어르신께서 직접 가지고 가시는 게 훨씬 좋지요. 하하하. 그럼, 잠시만 기다려 주십시오. 곧 어르신께서 편하게 가지고 가실 만한 것을 준비하겠습니다."

돈 걱정 말라는 이스의 말에 주인은 속으로 쾌재를 불렀다. 역시 귀족이라는 생각이 틀리지 않았다. 또 노인의 말에 따르면 아들(?)의 재력 역시 좋은 것 같았다. 그렇다면 지금이 가장 비싸고 거의 팔리지 않는 무기를 처분할 좋은 기회라고 생각하며 주인은 서둘러 진열장 뒤쪽에 나 있는 작은 쪽문을 열고 들어갔다. 열쇠로 잠겨 있는 문으로 도난을 방지하기 위해 만든 창고인 모양이었다.

"아이구, 겨우 찾았습니다. 어르신, 기다리게 해서 죄송합니다."

"허허허, 좋은 물건을 구하는 데 시간이 중요하겠소이까."

한참 만에 나온 주인의 손에는 길쭉한 상자가 들려 있었다. 세로로 두 뼘, 가로로 반 뼘 정도밖에 되지 않는 아주 작은 상자였다. 어떤 무기인지 알 순 없었지만 상당히 작은 무기임엔 틀림없었다.

"저희 가계를 찾으신 것은 정말 탁월한 선택이십니다, 어르신. 이것이야말로 어디에서도 찾아볼 수 없는 최고급 중에 최고급 무깁죠.”

아주 값비싸고 희귀하며 최고의 물건이라는 것을 강조하려는 듯, 천천히 상자를 열고 물건을 꺼내는 주인의 움직임은 상당히 조심스러웠다. 하지만 주인의 의도적인 움직임을 이스는 모두 파악할 수 있었다. 다른 사람에겐 들리지 않을지 몰라도 이스에겐 주인의 쿵쾅거리며 뛰는 심장 소리까지 모두 들리는 것이다. 그러나 이스는 인자한 미소만을 지을 뿐 아무런 말도 하지 않았다. 오래지 않아 몇 겹이나 싸여 있던 고급 종이들이 풀어지며 무기가 나타났다.

“자, 바로 이것입니다. 이 물건은 최고 중에 최고의 장인이라는 드워프가 만든 것인데, 아주 오래전 제가 구입하고 아직까지 그 주인을 찾지 못한 물건입니다. 자, 보십시오. 이렇게 펴면 넓어졌다가 다시 접으면 들고 다니기가 매우 편한 무기죠. 이게 그 유명한 오리하르콘으로 만들어진 겁니다. 이걸 다 펴면… 보십시오, 이 날카로움! 어디 다른 검과 비교가 되겠습니까? 어떻습니까, 손님. 마음에 드십니까?”

주인이 꺼낸 물건은 검푸른 바다를 연상케 할 정도로 영롱한 색채를 뿜는 부채였다. 부채의 끝 부분이 잘 벼른 검날보다 날카롭다는 것과 색채가 아름답다는 것을 빼고는 어디를 봐도 무기라고 하기엔 무리가 있어 보였다.

“끝이 날카로워서 위험하긴 하지만 어르신께서 말씀만 하신다면 제가 최고의 장인에게 의뢰해 무디게 만들어 드릴 수도 있습니다.”

한동안 부채에 대해 침이 마르도록 설명하던 주인은 순간 아차 하며 날카로운 부채의 끝 부분에 대해서도 설명했다. 분명히 손자에게 줄 선물일 터, 너무 위험하다면 고개를 흔들지도 모르는 일이었다. 실상 이 부채는 드워프가 만든 것이지만 무기로는 누구도 사려 하지 않았기에 아주 오랫동안 창고에 묵혔던 물건이었다. 작은 부채를 무기로 하려는 사람이 많지 않았을 뿐더러 오리하르콘이라는 비싼 금속으로 만들어진 쓸모없는 무기를 구하려는 사람이 있을 리 만무했다.

"호오, 이런 곳에서 이 늙은이가 섭선(부채)을 볼 줄이야. 허허허. 이보시오, 주인장. 이 물건이 얼마인 게요?"

주인의 우려와는 달리 이스는 부채가 마음에 드는 모양이었다. 이스에겐 무기라는 것 자체가 필요없는 것이었지만, 오래간만에 보는 부채였고 또 주인의 말처럼 굉장한 장인이 만든 것 같았기에 흔쾌히 고개를 끄덕인 것이다.

"탁월한 선택이십니다, 어르신!"

주인의 얼굴이 대번에 밝아졌다. 그러나 주인은 이내 심각한 표정으로 돌아가서는 깊은 생각에 잠겨 있는 듯 좀처럼 값을 말하지 못했다. 얼마나 값을 매길지 고민하는 모양이었다. 사실, 이스에게 꺼내놓은 부채는 주인이 구입한 것이 아니었다. 아주 오래전 무기점을 개업할 당시 안면이 있던 드워프에게서 선물 받은 것이었다. 하지만 상인은 상인, 선물해 준 드워프가 사라지자 주인은 오리하르콘으로 만들어진 값비싼 부채를 여기저기 선전하며 어떻게 해서든 팔려고 했었다. 그러나 부채를 원하는 사람은 단 한 명도 없었고 그나마 사려는 사람들은 턱없이 낮은 금액을 제시했기에 그동안 창고에 고이 묵혀두었던 것이다.

비록 본인이 직접 산 물건은 아니었지만 헐값에 넘기기엔 상인의 자존심이 허락하지 않았다. 그런 것이 오늘에서야 주인을 만났으니 얼마나 불러야 할지 고민되는 모양이었다.

"하하하, 어르신. 이 물건은 대륙 어디를 가도 찾을 수 없는 우리 무기점에만 있는 유일한 물건이라서 말입니다.”

앞서 몇 차례나 했던 말을 반복하며 주인은 다시금 이스를 자세하게 관찰했다. 과연 어느 정도까지 불러야 될지, 얼마나 많은 돈을 지불할 수 있을지 나름대로 상인의 능력을 발휘하는 주인이었다.

“이 물건은 세이트란 대륙 어디를 가도 사실 수 없는 물건이라서 아무리 못 줘도 2천만 씰은 주서야…….”

“흐음, 2천만 씰이라…….”

2천만 씰이라면 최고급 말을 네 필이나 살 수 있는 돈이며 변두리에 있는 것이라면 작은 집 정도는 살 수 있는 거금이었다. 하지만 이스는 세이트란 대륙의 화폐 가치에 대해선 조금도 알지 못하였기에 허허 웃는 얼굴로 품속에서 뭔가를 꺼내며 대꾸했다.

“사겠소이다. 그런데 이 정도면 되겠소?”

“예, 예. 감사합니다, 어르신! 정말 탁월한 선택을 하신 겁니… 허억!!”

우선 커다란 액수를 제시해 놓은 후 가격을 흥정하는 것이 황도 상인들의 주된 상술이었고 주인 역시 그것을 십분 활용했다. 하지만 의외로 이스가 흔쾌히 사겠다고 하자 주인의 얼굴이 오랫동안 동굴에서 살다 오랜만에 햇빛을 보는 사람처럼 순식간에 밝아졌으나 이스의 품속에서 나온 물건을 보고는 화들짝 놀라 버렸다. 이스가 꺼내 든 것은 보석이었다. 하지만 보통 보석이 아니었다. 크기는 어린아이 주먹만했으며 영롱한 흑색을 띠는 다이아몬드였다. 이것은 귀족들 중에서도 최상급에 속하며 재력 역시 대단해야만 살 수 있는 귀한 보석이었기에 보통 평민은 구경조차 하기 힘들 정도였다.

“이, 이런 것을 내가 보다니……!!”

"허허허. 왜 그러시오, 주인장. 모자라는 게요?"

"아, 아닙니다. 어르신. 모자라는 것이 아니라 너무 엄청난 금액이군요. 잠시만 기다려 주십시오. 제가 이것을 바꿀 만한 돈을 마련해 보지요."

한동안 보석에 정신이 팔려 있던 주인은 이스의 손에 들린 보석을 빼앗듯 잡아채서는 서둘러 무기점을 나가 어디론가로 사라졌다. 이스가 가지고 있는 보석의 값어치는 아무리 적게 잡아도 시가 2억 씰은 넘게 받을 수 있는 귀한 보석이었다. 게다가 그 희소가치까지 따진다면 더 많은 금액을 받을 수 있을지도 모를 일이었다. 이런 보물을 아무렇지도 않게 가지고 다닐 수 있다는 것은 분명 대단한 재력의 귀족일 것이 분명하다고 생각하며 주인은 최대한 시간을 재촉했다. 이스의 마음이 언제 바뀔지 모르는 일이었기에 거스름돈을 마련한 이후 천천히 보석을 팔려는 생각이었다.

"하아, 하아! 기, 기다리게 해서 죄송합니다, 어르신. 여, 여기 거스름돈입니다. 모두 1억 8천만 씰입니다. 어르신께서 주신 보석을 보석상에 팔았더니 2억 씰이라고 하더군요. 하아, 하아."

"수고했소이다, 주인장. 허허허."

한참 만에 돌아온 주인은 보석을 보석상에 내다 팔았다는 말을 강조하며 이상한 그림이 그려진 종이 십여 장을 이스에게 내밀었다. 하나엔 여신처럼 어여쁜 여인의 그림이 그려져 있는 1억 씰짜리 수표였고 다른 8개의 종이엔 현 쿠르디르드 황제의 얼굴이 그려져 있는 천만 씰짜리 황실 보증 수표였다. 수표 한 장 한 장이 상당한 거금이었지만 이스에겐 그저 멋진 그림이 그려져 있는 종이로밖에 보이지 않았다.

"주인장, 내 궁금한 것이 하나 있소만?"

수표들과 오리하르콘으로 만들어진 부채를 품속으로 갈무리하며 이
스가 말을 이었다.

"이 늙은이가 얼마 전에 물건 하나를 잃어버렸다오. 그런데 관청에
알려도 도통 소식이 없으니 이 늙은이의 애간장이 타는구려."

"서, 설마 도둑을 맞으신 겁니까, 어르신?"

짐짓 안타까운 표정으로 말하는 이스였지만 주인의 얼굴은 이스보
다 더했다. 다크 다이아몬드 같은 희귀한 보물을 아무렇지도 않게 가
지고 다니는 이스가 걱정스런 얼굴로 도둑맞았다고 말한다면 분명 대
단한 보물일 것이고, 그것이 도둑맞지 않았다면 어쩌면 오늘 부채 값으
로 받을 수 있을 가능성이 높았기에 이스보다 더욱 아쉬워하는 주인이
었다.

"허허허, 아무래도 그런 것 같소이다. 주인장께서 혹시 장물들이 처
리되는 곳을 아신다면 이 늙은이에게 알려주면 고맙겠소이다. 워낙에
중요한 물건이다 보니……."

이스의 말에 주인은 가슴을 치며 통곡하는 듯한 얼굴로 대답했다.

"하이고, 안 되셨군요, 어르신! 어쩌시다가 도둑을… 관청에 도둑맞
은 물건을 찾아달라고 해봤자 소용없습니다. 이 황도에는 도둑들이 너
무도 많지요. 큰 도시라면 어디라도 그렇지만 이 황도에는 셀 수도 없
을 정도로 도둑들이 많습니다. 그리고 그놈들은 훔친 장물들을 다른
도시로 빼돌리는 놈들이라 관청에서도 찾을 수 없을 뿐더러 도둑 길드
장이 관청 관료 놈들한테까지 뇌물을 하도 먹여놓아서 웬만한 도둑들
은 잡히지도 않습니다요."

"도둑 길드? 길드장? 그건 또 뭐요, 주인장?"

도둑 길드와 길드장이라는 말은 오늘에서야 처음 듣는 이스였다. 그

런 이스의 행동에 주인은 한숨부터 내쉬었다. 고생조차 모르는 귀족이
라면 어쩌면 모를 수도 있다고 생각한 모양이었다.

"아이고, 어르신. 도둑 길드를 모른다니. 도둑 길드라는 건 말입죠.
도둑놈들이 만든 하나의 조직이라고 할 수 있습니다. 도둑놈들끼리 서
로 돕고 또 다른 지역의 도둑들이 자신들의 구역에 들어오면 서로서로
힘을 모아 대응하지요. 이 도시의 도둑 길드는 제가 들은 숫자만 해도
다섯 군데가 넘습니다요. 그리고 길드장이라는 건 말 그대로 길드의
장이라는 말입죠. 제가 들은 것만 해도 이 정도니 애시당초 포기하시
는 것이 좋을 것입니다."

"흐음."

친절한 주인의 설명에 이스는 아쉽다는 듯이 고개를 저으며 수긍했
다. 하지만 이건 어디까지나 겉으로만 그랬을 뿐, 속으론 의외의 정보
에 좋아하는 이스였다. 혹시나 하고 물었던 것인데 제법 도움이 되었
다.

"주인장, 하나만 더 물어봅시다. 그 도둑 길드는 어디를 가야 찾을
수 있소이까?"

"하하하, 어르신. 저 같은 상인이 그런 걸 어찌 알겠습니까. 그놈들
은 자기들끼리만 점조직으로 연결돼 있어 아무도 그놈들의 본거지를
알 수 없지요. 설혹 도둑 한 명을 잡아도 그놈들은 워낙 입이 무거운
놈들이라 불 리도 없겠지만 또 분다고 해도 본거지를 바로 옮겨 버리
는 놈들이죠. 게다가 그놈들은 관리들하고도 연결되어 있어서 대부분
도둑을 잡아도 얼마 뒤엔 아무도 모르게 놓아주지요. 그런 형편인데
누가 도둑 길드의 위치를 알겠습니까요. 아쉽지만 포기하시지요, 어르
신."

"허어, 알겠소이다. 아무래도 주인장 말씀이 옳을 듯싶소. 일이 그렇다니 어쩔 수 없는 일이지. 그럼 주인장 많이 파시오."

"네네, 감사합니다, 어르신. 언제 어느 때라도 저희 무기점을 들러주신다면 친절히 모시겠습니다요. 안녕히 가십시오."

더 이상의 정보가 없을 것 같자 이스는 무기점을 나왔다. 그래도 제법 많은 정보를 얻은 것이 수확이라면 수확이겠지만, 어떻게 도둑 길드를 찾을지 난감하기는 마찬가지였다.

"허어, 그것참. 우리 아이들에게 기대하는 수밖에……."

지금은 혼자 움직일 때가 아니라고 판단했는지 이스는 이클립스와 리켄을 만나 다시 상의해 보기로 결정하고는 만나기로 한 주점을 향해 걸음을 옮겼다. 조금씩 해가 기울고 있었기에 지금부터 천천히 걸어간다면 이클립스와 리켄이 도착할 때쯤이면 만날 수 있을 것 같았다. 날씨는 여전히 찌는 것처럼 더웠지만 거리는 사람들로 넘쳐 났다. 간혹 이스의 정정한(?) 모습을 잠시 바라보는 사람이 있었지만 대부분 자신들의 일에만 신경 쓰고 있었다.

"으응? 저 아이는!"

얼마나 갔을까. 거리를 스치는 많은 사람들 중에 익숙한 얼굴이 지나쳐 가자 이스는 걸음을 멈추고 자신을 지나쳐 간 사람을 향해 고개를 돌렸다. 짙은 녹색을 띤 무릎 아래까지 내려오는 반바지에 갈색의 짧은 단발머리 소녀였다. 대략 14, 5세 정도로 보이는 소녀로 어디서나 어렵지 않게 볼 수 있는 귀여운 소녀였다. 하지만 소녀의 귀는 다른 사람들에 비해 지나치게 뾰족하고 길었다. 바로 전날 저녁 주점에서 감미로운 목소리로 노래를 부르던 하프 엘프 소녀였다.

"아니!!"

어린 나이에 주점에서 노래를 부르며 돈을 버는 것이 기특하고 귀여운 마음에, 잠시 인사나 나눌까 하고 소녀에게 다가가던 이스의 노안으로 놀라움과 안타까움이 피어올랐다. 북적거리는 사람들 사이로 걸어가던 하프 엘프 소녀가 어떤 고급스러운 옷을 입은 뚱뚱한 남자의 주머니에서 지갑을 훔치는 장면이 목격되었기 때문이다. 소매치기였다.

"허어, 어찌 저런 어린아이가……!"

절로 한숨이 흘러나오는 이스였다. 그는 아직은 부모에게 응석 부리며 귀여움을 독차지할 어린 나이의 소녀가 소매치기라는 좋지 않은 짓을 한다는 것이 안타까웠다.

"흐음."

지갑을 훔친 하프 엘프 소녀는 어느새 많은 인파 속으로 사라졌다. 하지만 이스의 시선에는 멀어져 가는 소녀의 뒷모습이 각인된 듯 지워지지 않았다. 돈을 벌 수 있는 좋은 능력까지 있는 소녀가 어째서 소매치기라는 못된 짓을 해야만 하는지 궁금함이 솟아 좀처럼 시선이 떨어지지 않았다.

"아, 그렇지!"

순간 무기점 주인의 말이 떠올랐다. 도둑들은 서로 간에 점조직으로 연결돼 있다는 것, 그 누구도 모르는 그들만의 본거지가 있다는 사실이 떠오른 이스는 이내 소녀를 따라가기로 마음먹었다.

"잠행술을 써야겠군."

마음을 먹자마자 이스의 몸이 아지랑이처럼 일렁이다 이내 완전히 사라졌다. 그의 주위로 많은 사람들이 지나고 있었지만 너무도 은밀하고 신속한 기술이었기에 이스가 사라진 것을 눈치 채는 사람은 아무도 없었다. 처음부터 이스라는 존재가 없었던 것 같았다.

잠행술(潛行術). 그것은 자신의 기척과 모습을 숨기고 움직이는 무공 중 첫 손가락에 꼽히는 최고 수준의 기술이었다. 이스가 무림에 있을 당시에도 이스를 포함한 3명만이 실행할 수 있었던 고위 무공으로 내공이 정순해야 하며 1갑자 이상이어야 시행할 수 있는 무공이었다.

휘이이~

이스가 잠행술을 시행한 순간, 그의 몸은 저 멀리까지 떨어져 있던 소녀에게로 순식간에 도달했다. 굉장한 빠르기였고 움직임이었지만, 산들바람이 부는 것처럼 미세한 바람만이 일었을 뿐이었기에 이상하게 생각하거나 낌새를 느낀 사람은 아무도 없었다.

뚱뚱한 남자의 주머니를 털었던 하프 엘프 소녀는 한참을 달리다 나타난 작은 골목 속으로 사라져 갔다. 어린 나이였고 남자도 아닌 소녀였지만, 하프 엘프 소녀의 움직임은 잠행술을 시행하며 은밀히 소녀의 뒤를 쫓던 이스마저 고개를 끄덕일 정도로 신속하고 경쾌했다. 잠행술을 시행하는 와중에도 이스는 조금만 지도받는다면 상당한 고수가 될 것이거늘 하고 생각하며 아쉬운 듯 고개를 저었다.

탁탁탁.

어디까지 달려가는지 소녀의 움직임은 좀처럼 멈출 생각을 하지 않았다. 골목 속으로, 속으로 들어가며 건물들이나 집들도 점차 허름해져 갔고 골목의 크기도 좁아졌으며 쓰레기들도 더욱 많아지고 있었다. 골목이 너무 좁아 하늘이 제대로 보이지 않을 정도까지 들어가서야 하프 엘프 소녀는 허물어질 것처럼 지저분하고 허름한 4층 건물 속으로 들어갔다.

"하아, 하아."

옥상에 도착해서야 움직임을 멈춘 하프 엘프 소녀는 허리를 꺾으며 숨을 골랐다. 옥상은 제법 넓었지만 온갖 쓰레기들이 가득해 악취까지 풍기고 있었다. 도무지 사람이 살 수 있을 것 같지 않았지만 옥상 한편으로 작은 옥탑 방이 볼록 솟아 있었다. 여기저기 금이 가 금방이라도 무너질 것 같은 작은 옥탑 방이 거처인지 소녀는 익숙한 동작으로 열쇠로 잠겨 있는 문을 열고 안으로 들어갔다. 소녀의 방은 외관과는 다르게 깔끔하고 정갈했으며 잘 정돈돼 있었다. 아니, 깔끔하고 자시고도 없었다. 그저 침대도 없이 작은 이불 몇 개가 가지런히 개어져 있었고 한쪽에는 몇 벌의 낡은 옷들과 종이로 만들어진 것으로 보이는 낡고 작은 상자, 이것이 소녀의 방에 있는 모든 것이었다.

"휴우, 다행이다."

방으로 들어온 소녀는 이제야 안심이 된다는 듯 가슴을 쓸며 길게 숨을 내뱉었다. 그런 소녀의 두 손이 미세하게 떨리고 있었다. 능숙한 소매치기 실력을 가졌음에도 죄책감이라는 것이 없어지지 않는 모양이었다.

"하아."

한동안 떨리는 가슴을 진정시키던 소녀가 한쪽에 놓여져 있는 작은 상자를 잡으며 긴 한숨을 내쉬었다. 조금 전, 안도하던 그녀의 표정이 이번엔 슬픔으로 가득 차 있었다. 종이로 만들어진 상자에 뭔가 사연이 있는 모양이었다.

스슥.

잠시 일렁이는 눈동자로 종이 상자를 보던 소녀가 이내 상자의 뚜껑을 열었다. 놀랍게도 상자 안은 돈으로 가득 차 있었다. 대부분 꾸깃꾸깃했으며 잔뜩 때가 묻어 있는 것들이었지만 분명 돈이었고 상당한 액수였다.

"정말, 언제까지 이런 짓을 해야 하는지. 흐흑."

상자 안에 수북한 지폐들은 어림잡아도 200만 씰은 넘을 것 같았다. 이제 14, 5세 정도 될까 말까 하는 소녀에겐 상당한 거금이 분명해 보였다. 하지만 슬픈 눈동자로 얼마 전 소매치기한 지갑을 꺼내 들던 소녀는 이내 굵은 눈물을 떨어뜨리며 흐느꼈다. 가녀린 소녀의 어깨가 들썩였다.

"허어, 어떤 연유가 있기에……."

돌연 등 뒤에서 노인의 기다란 탄식이 들려오자 지갑을 꺼내던 소녀가 화들짝 놀라며 몸을 돌렸다. 애틋함과 안타까움이 가득한 이스의 얼굴이 소녀의 시선에 잡혔다.

"아아……?"

이스의 모습을 발견한 소녀는 너무도 놀랐는지 입만 벙긋거릴 뿐 아무런 말도 하지 못했다. 비록 허겁지겁 도망치듯 달려왔지만 누군가가 따라오는 기척은 조금도 느끼지 못했던 소녀였기에 놀라움을 넘어서 경악에 가까운 반응을 보이고 있었다.

"누, 누, 누구? 어, 어떻게?"

"놀라게 한 것 같아 미안하구나. 하지만 이 방법밖엔 없을 것 같아서 이리 했으니 너그럽게 용서해 주거라."

혹시나 도둑 길드로 가지 않을까 해서 찾아온 것이 허탕이 돼버렸지만 이스는 실망하지 않았다. 오히려 뭔가 깊은 사연이 있을 것 같은 하프 엘프 소녀의 모습에 도둑 길드에 대한 생각은 모두 잊은 채, 인자한 미소를 지으며 이스가 말을 이었다.

"아가야, 어찌 남의 물건을 훔치는 게냐? 너에겐 아름다운 노래를 부를 수 있는 좋은 능력이 있거늘, 어째서 그런 험한 일을 하는 게지?"

"아아… 아아……."

인자한 표정과 정이 가득 담긴 이스의 말에도 소녀는 여전히 토끼처럼 눈을 동그랗게 뜬 채 입만 벙끗거리고 있었다. 도둑질하는 장면을 목격했다는 말보다 아무런 기척도 없이 나타난 게 너무나도 무서운 모양이었다.

"허허허, 너무 무서워 말거라. 이 할아비는 무서운 사람이 아니란다."

좀처럼 정신을 차리지 못하는 소녀의 모습에 이스가 허허 웃는 얼굴로 천천히 자리에 앉으며 슬쩍 소녀의 머리를 한차례 쓰다듬었다. 그제야 조금이지만 소녀의 얼굴에 화색이 돌았다.

"저어… 어떻게, 무슨 일로?"

"허허, 이제야 정신이 드는 모양이구나."

정신을 차렸는지 떨리는 목소리로 대답하며 소녀의 겁먹은 눈동자가 이스의 모습을 훑었다. 한없이 인자하고 너그러울 것 같은 얼굴과 사람을 편안하게 만드는 말투에 떨리는 가슴이 절로 진정되는 걸 느낄 수 있었다. 하지만 안도하던 소녀의 표정이 이내 겁먹은 것처럼 변해 버렸다. 그러더니 자세를 바꿔 바닥에 엎드리며 울먹이는 목소리로 외치듯 말했다.

"용서해 주시어요, 나으리. 제발 못 본 걸로 해주셔요. 전 그 집 말고는 다른 곳엔 갈 곳이 없습니다. 제발 용서해 주시어요, 용서해 주시어요, 나으리."

바닥에 엎드린 채 커다랗게 외치는 소녀의 두 눈에서 결국 굵은 눈물이 후드득 떨어져 내렸다. 비록 반이지만 엘프의 피가 흐르는 사람의 이목을 완벽하게 속이고 바로 등 뒤에서 나타난 사람이었기에 분명 관청의 높은 귀족이거나 황궁에서 일하는 대단한 위치의 사람일 것이라고 생각한 모양이었다.”

“제발 한 번만, 한 번만 용서해 주시어요, 나으리. 으흐흑.”

소녀는 서럽게 울었다. 길드에 소속되지 않고서는 관청에 잡혀간 도둑은 손목이 잘리거나 심하면 교수형을 당할 수 있었다.

“나으리, 제발… 흐흐흑.”

관청에서 당할 무서운 형벌도 형벌이었지만 그동안 고생하며 살았던 시간들이 떠올랐는지 한번 터진 울음이 좀처럼 멎을 기미가 보이지 않았다.

“허어, 이 어린 나이에 어찌… 어찌…….”

소녀의 울음을 듣고 있던 이스의 노안으로 물기가 아른거렸다. 비록 다른 사람의 물건을 훔치는 못된 일을 했지만, 마음은 여리디여린 소녀였다. 지금까지 지켜봤기에 소녀의 울음이 거짓이 아니란 것쯤은 알 수 있었다. 그리고 또 하나, 실제 능력은 대단하지만 겉모습은 힘없는 노인으로밖에 보이지 않는 이스였는데도 소녀는 나쁜 마음을 먹지 않은 채 용서를 빌고 있었다.

“허어.”

이제 14, 5세 정도된 이 아이는 저녁엔 주점에서 노래를 부르고 낮에는 거리에서 도둑질을 하는 어린 소녀였다. 그런 소녀의 서러움이 가득 담긴 울음이 이스의 마음을 움직이게 하였다.

“아가야, 이제 그만 눈물을 그치거라.”

물기 그득한 노안으로 한숨만 쉬던 이스가 소녀의 등을 토닥여 주며 예의 인자한 미소를 지었다.

“아가야, 이 할아비가 너처럼 귀엽고 어여쁜 어린아이에게 해코지를 한다면 하늘을 어찌 바라보며 살아갈꼬. 그러니 걱정하지 말고 그만 눈물을 그치거라."

"저… 저, 정말이십니까, 나으리?"

서럽게 울던 소녀가 이스의 말에 믿을 수 없다는 표정으로 반문했다. 이스의 인자한 미소가 더욱 짙어졌다.

"허허허, 이 할아비는 거짓말을 하지 못하느니라."

"가, 감사합니다. 감사합니다, 나으리. 이 은혜는… 흐흑, 이 은혜는 죽어도 잊지 않겠습니다. 감사합니다, 감사합니다."

다른 의미의 눈물이 쏟아졌다. 이스의 말에 소녀는 몇 번이나 머리를 숙이며 '감사합니다'를 연발했다. 그리 많은 세월은 아니었지만 지금까지 살아오면서 하프 엘프에게 이스처럼 너그럽게 대해주는 사람은 처음 만난 소녀였다.

"이 할아비가 하나 물어볼 것이 있는데 대답해 주겠니?"

소녀의 애틋한 모습에 잠시 잊었던 것이 생각난 이스는 소녀가 눈물을 그치고 어느 정도 마음을 추스르자 도둑 길드에 대해 물어볼 요량으로 말했다. 그런 이스의 물음에 소녀는 곧 고개를 끄덕이며 무엇이든지 대답해 주겠다고 했다.

"이 할아비가 보니 조금 전에 봤던 솜씨가 예사 솜씨가 아니더구나. 아가야, 혹시 네가 도둑 길드라는 곳에 소속되어 있느냐? 할아비가 듣기론 이 도시에서 도둑질을 하는 자들은 모두 도둑 길드라는 곳에 소속돼 있다고 해서 말이다."

"아니어요. 전 길드에 소속돼 있지 않아요. 그저… 돈이 필요해서… 할 수 없이……."

다시금 어두워지는 소녀의 모습에 이스는 진한 죄책감을 느낄 수 있

었다. 생각했던 것처럼 소녀는 도둑 길드 소속이 아니었다

"아가야, 넌 이미 술집에서 노래를 부르지 않느냐? 그렇게 커다란 술집이면 제법 돈을 벌 수 있을 터인데, 어째서 다른 이의 물건을 훔치는 짓을 한 것인고?"

도둑 길드에 대한 생각은 모두 떨쳐 버렸지만 어째서 이 어린아이가 도둑질을 하는 것인지 궁금하였다. 이스와 이클립스, 그리고 리켄이 전날 저녁에 들렀던 주점은 제법 괜찮았고, 소녀의 목소리 역시 훌륭했기에 그 정도면 상당한 보수를 받을 것이라고 생각했다. 하지만 소녀는 이내 고개를 흔들었다.

"그렇지 않아요. 저 같은 어린아이에겐, 그리고 노예보다 천대받는 하프 엘프에겐 다른 사람들보다 훨씬 적은 보수가 나오거든요. 쫓겨나지 않는 것만도 다행이지요."

"허어……."

조용히, 마치 죄를 지은 것처럼 말하는 소녀의 모습에 이스는 더욱 마음이 아파왔다. 소녀의 말속에서 그동안 겪었던 고되고 힘든 일들이 느껴지기에 애틋한 마음이 솟으며 이스의 물음이 계속되었다.

"어째서 돈이 필요한 게야? 좀 더 좋은 집에서 살려고 그러는 게야?"

이스와 소녀, 이렇게 둘이 들어와도 꽉 차는 것처럼 작은 방이었다. 또한 허술한 문으로도 조금씩 악취가 들어오고 있었다. 이스로서는 소녀가 돈을 벌기 위해 고생을 마다하지 않는 것이 집 문제 때문이라고밖에 달리 생각할 것이 없었다. 그러나 소녀는 이스의 물음에 다시금 눈물을 흘리기 시작했다.

"무슨 일이 있는 게로구나?"

"흐흐흑. 사실, 어머니께서 노예로 팔려갔어요. 그런데 어머니를 되찾으려면 천만 씰이 필요해서. 어쩔 수 없이… 흐흐흑."

"허어……."

다시 울음을 터뜨린 소녀는 설움이 복받치는지 오랫동안이나 흐느껴 울었고 이스의 눈시울도 뜨거워졌다.

"참으로 아름답고 고운 마음씨로구나. 이 어린 나이에 어머니를 위해서 그 고되고 힘든 일을… 허어……."

대견하다는 표정으로 이스가 소녀의 머리를 쓰다듬었다. 소녀가 어머니를 위하는 고운 마음에 이스는 뭔가 소녀를 위해 해줄 수 있는 일이 없을까 하고 생각했다. 그때 부채를 사고 받았던 거스름돈이 떠올랐다.

"아가, 그만 눈물을 그치거라. 이것도 인연이니 이 할아비가 너에게 작은 선물이라도 하나 해야겠구나."

"…네?"

이스의 부드러운 목소리에 울음을 멈춘 소녀가 눈물로 범벅이 된 얼굴을 들었다. 그런 소녀를 활짝 웃는 얼굴로 몇 차례 고개를 끄덕여 보인 이스가 뭔가를 품속에서 꺼내 소녀의 손에 쥐어주었다. 소녀는 이스가 전해준 것이 돈이라는 걸 손에 와 닿는 느낌으로 알 수 있었다. 그런데 상당히 매끄러웠고 두툼했다. 자연스럽게 소녀의 시선이 손으로 옮겨졌다.

"아?"

손에 잡혀져 있는 돈을 확인하며 소녀의 눈이 점차 커지기 시작했다. 모두 9장의 돈이었다. 그런데 일반적으로 통용되는, 보통 사람들이 물건을 사거나 쉽고 편하게 사용하는 돈이 아닌 끝 부분이 황금으로 멋진 장식이 그려져 있는, 몇 번이지만 소녀도 구경해 봤던 수표였다.

"꿀꺽."

절로 마른침이 넘어가는 소녀였다. 수표라는 것은 보통 50만 씰 이상부터 발행되는 것으로, 지금 손에 잡혀 있는 수표는 모두 9장이었다. 그렇다면 최소한으로 잡더라도 450만 씰이라는 어마어마한 액수였다. 소녀는 잠시 멍한 표정으로 수표를 바라보다 홀린 것처럼 수표를 펴 액수를 확인했다.

"어, 어르신?"

액수를 확인하던 소녀가 화들짝 놀란 얼굴로 이스를 바라보았다. 소녀의 얼굴이 마치 호랑이를 만난 토끼처럼 놀라움으로 가득 차 있었다. 모두 1억 8천만 씰이라는, 소녀로서는 꿈에도 생각할 수 없을 정도의 거금이었기에 두려운 마음이 먼저 드는 모양이었다. 이스는 허허, 웃는 얼굴로 입을 열었다.

"허허허, 너무 놀라지 말거라. 이 할아비의 손자 녀석이 준 돈이니, 아무 걱정 하지 말고 어머니와 함께 행복하게 살려무나. 이 할아비에겐 돈이 필요없고 또 손자 녀석들에겐 네게 준 것보다 훨씬 돈이 많으니 내 걱정도 하지 말고."

"아!"

소녀는 말을 잃어버린 듯, 꿈을 꾸는 듯한 표정으로 이스를 바라보았다. 주점에서 한 달을 꼬박 노래를 불러야 떨어지는 돈이라곤 고작 5만 씰. 가끔씩, 아니, 매일 저녁 도둑 길드의 이목을 피해 조금씩 버는 돈이 한 달에 몇만 씰 정도. 가끔 소매치기로 거액을 얻는 것 빼고 한 달을 잠도 제대로 자지 않고 벌어도 15만 씰이 최고로 많이 번 액수였다. 그 돈에서 이 작은 집의 세로 한 달에 8만 씰을 내야 했다. 또 식사는 주점에서 가끔 얻는 음식으로 해결하긴 하지만 기껏해야 모을 수 있는 돈은 한 달에 고작 몇만 씰에 불과했다. 지금까지 운 좋게 200만 씰이 조금 넘는 돈을 모아왔지만, 도대체 몇 년을 벌어야지 어머니를 찾을 수 있을지 막막하기만 했었는데 이런 어마어마한 돈이 생긴 것이다. 결국 소녀는 다시 눈물을 터뜨렸다.

"흐흐흑. 나, 나으리. 가, 감사합니다. 감사합니다, 나으리! 이, 이 은혜는 죽어서도 절대 잊지 않겠습니다. 감사합니다, 나으리. 흐흐흑."

"허허허, 이 늙은이가 오늘 허락도 없이 무단으로 어여쁜 처자의 집에 침입했는데 조금도 쓸모없는 종이 쪼가리로 용서를 해주겠다니, 오히려 이 할아비가 고마운 일이지. 허허허."

"흐흐흑, 감사합니다, 나으리."

이런 어마어마한 거금을 마음대로 받으면 안 된다는 걸 알고 있었지만 소녀는 절실했다. 벌써 어머니가 노예로 팔려 간 지도 5년이 넘어서고 있었다. 어디에 있는지 위치는 알고 있었지만 노예의 신분에서 함부로 사람을 만날 수 없었기에 그동안 소녀는 단 한 번도 어머니를 만난 적이 없었고 또 만날 수도 없었다. 소녀의 어머니가 있는 곳은 황도에 있는 어느 귀족의 커다란 저택이었기에 천대받는 하프 엘프 따위가 들어갈 수 없는 것은 당연한 일이었다.

"그래, 아가야, 무슨 연유로 어머니가 노예가 된 게니?"

한참 동안을 울어대던 소녀가 진정하기를 기다리다 이스가 조용히 물어보았다. 끅끅 하고 눈물을 삼키며 소녀가 대답했다.

"빚이 있었어요. 얼마 안 되는 돈이었는데도 갚을 능력이 없었어요. 아버지께선 제가 아주 어렸을 때, 돌아가셨다고 들었고, 어머니하고 둘이서 살았는데……."

“흐음.”

이클립스와 리켄과 만나기로 한 주점으로 돌아갈 생각도 잊은 채 이스는 고개를 끄덕이며 소녀의 이야기를 경청했다.

이스는 결국 해가 완전히 진 이후에야 주점에 도착했다. 소녀의 딱한 사정을 듣고 있자 자리를 뜨기가 힘들어졌고 조금만 더, 조금만 더 하던 것이 이렇게 늦어진 것이었다. 그가 주점에 도착했을 때 이미 이클립스와 리켄은 한쪽 테이블에 앉아 맥주를 마시고 있었다. 제일 먼저 이스를 발견한 리켄이 투덜거렸다.

“에이, 정말 어디 갔다 오는 거예요! 우리한텐 이것저것 시키더니?”

“어디 다녀오십니까, 이스님?”

“허허허, 우리 진아하고 홍아가 고생이 많았구나. 내 잠시 바람 좀 쐰다는 게 그만 늦어졌구나. 그래, 갔던 일은 잘 됐느냐?”

자리에 앉으며 기대에 찬 얼굴로 이클립스에게 물어보는 이스였다. 하지만 이클립스의 얼굴은 그다지 밝아 보이지 않았다.

“죄송합니다. 전혀 얻은 정보가 없습니다, 이스님. 그 대신관이란 인간이 자던 중에 도난을 당했다고 하더군요. 그리고 다른 신관들 모두 도둑을 모르고 있어 인상착의 같은 것은 전혀 알 수 없다고 합니다.”

“허어, 그것참. 일이 그렇게 됐다면 어쩔 수 없지. 그래 수고들 했다.”

“죄송합니다, 이스님.”

안타까워하는 이스와 이클립스였다. 리켄만이 뭐가 좋은지 미소 지으며 맥주를 홀짝이고 있었다. 잠시 조용히 생각에 잠겨 있던 이클립스가 이스를 보며 입을 열었다.

"이제 어떻게 하시겠습니까, 이스님?"

"글쎄다… 이 할아비는 어떻게 해야 할지 모르겠구나. 우리 진아는 좋은 생각이 없누?"

이스에게 의향을 물어봤을 때 이클립스는 이미 어떤 결정을 내린 것 같았다. 이스의 물음이 끝나자마자 이클립스의 대답이 곧바로 이어졌다.

"여러 가지 정황으로 볼 때 보통 도둑의 소행은 아닌 것 같습니다. 물건을 훔쳐 갔다면 발자국이나 다른 미세한 흔적이 남아야 하는데, 제 눈으로도 그런 것은 찾을 수 없었습니다. 또 누구 하나 도둑을 본 사람이 없었습니다. 대신관 주변에는 항시 많은 신관들과 성기사들이 배치돼 있는데도 말입니다. 그렇다고 신관들의 소행이라고 하기에도 이상하지요. 그런 어설픈 신관들 따위가 제 이목을 피한다는 건 있을 수 없는 일이니까요. 제 생각은 아무래도 지금으로선 도둑 길드를 찾는 것이 그래도 가장 좋을 것 같습니다, 이스님."

"흐음, 도둑 길드를 찾는 것이라……."

　도둑 길드를 찾는 것으로 생각을 정한 이스와 이클립스, 그리고 리켄은 밤이 더욱 깊어질 때까지 기다리다 주점을 나섰다. 이런 어두운 저녁이야말로 도둑들이 설치기엔 그만이었고 또 많은 범죄가 밤에 이루어지기에 지금이 가장 적당한 시기라고 생각을 모은 이스와 이클립스였다.

　휘이잉~

　제법 쌀쌀한 바람이 어두운 도시를 스쳐 갔다. 가을이 멀지 않아서인지 저녁이 깊어지자 한기를 느낄 정도였다. 그래서인지 거리에는 가로등만이 가끔 눈에 보일 뿐 사람의 그림자는 찾아볼 수 없었다.

　"이스, 아무래도 오늘은 안 되겠어요. 이렇게 춥고 어두운데 도둑놈들도 쉬겠죠. 오늘은 그만 하고 내일 찾아요, 네?"

　이스 일행들 중 추위를 느끼는 사람은 아무도 없었다. 또 아무리 어두워도 마족 최강의 전사인 이클립스와 이스의 이목을 피할 순 없었다.
하지만 리켄은 푹신한 침대에 드러누워 자고 싶은 모양인지 끊임없이
칭얼거리고 있었다. 이에 보다 못한 이클립스가 혀를 차며 말했다.

"이보게, 리켄 군. 이런 어두운 저녁이야말로 다른 집을 넘기엔 그만
이라네. 내가 도둑이라도 이런 때를 택할 것이네. 자네도 머리가 있다
면 조금만 생각해 보면 알 것이 아닌가. 제발 생각 좀 하고 살게, 생각
좀. 쯧쯧쯧."

"어쭈, 이게 또 혀를 차? 이 자식이 죽으려고… 아, 알았어요, 이스.
가만히 있을게요. 무슨 말을 못하게 해. 쳇."

알밤을 먹이려는 이스를 발견하곤 서둘러 입을 다무는 리켄이었다.
하지만 리켄의 말처럼 사람이라곤 단 한 명도 보이지 않았다. 지금처
럼 어두운 저녁이라면 도둑들이 일하기엔 그만인 것 같았지만, 오늘따
라 그런 낌새가 조금도 느껴지지 않았기에 리켄의 궁시렁거림은 끊임
없이 이어지고 있었다. 그러나 이스와 이클립스는 리켄에겐 전혀 신경
도 쓰지 않은 채 주변을 살피는 것에 온 신경을 쏟으며 천천히 걸음을
옮겼다.

"에이, 지겨워. 이제 그만 해요, 이스. 이러는 것보다 내일 좀 일찍
나서서 찾는 게 더 빠르겠어요. 아무도 없잖아요!"

두 시간 가까이 으슥한 골목이나 커다란 저택, 제법 돈 많은 집들이
모여 있는 곳을 돌아다녔지만 헛수고였다. 지금까지 꾹 참고 있던 리
켄이 재차 투덜거리기 시작했다.

"쉿! 가만. 조용히 하거라, 홍아야."

"응?"

이스의 낮은 속삭임에 투덜거리던 리켄의 목소리가 뚝 끊겼다. 이스

의 갑작스런 반응 때문이었다.

"왜 그래요?"

이스와 이클립스는 멀찌감치 떨어져 있는 작은 골목을 바라보고 있었고, 리켄도 둘의 시선을 쫓았다. 일행이 있는 곳으로부터 대략 50여 걸음 정도 떨어져 있는 어두운 골목 안에서 뭔가 사람 그림자가 보였다. 리켄은 조용히 마법을 일으켜 시력을 좋게 했다. 칠흑 같은 어둠 속이라도 대낮처럼 볼 수 있는 마법이었다.

"어쭈?"

골목 안의 풍경이 고스란히 들어왔다. 서너 명 정도가 오갈 수 있는 크기의 골목에 여섯 명의 건장한 남자들이 작은 사람을 가운데 두고 무자비하게 밟고 있었다.

"저놈들이 내 주특기를."

못마땅하다는 듯한 표정을 짓기는 했지만 리켄은 이내 고개를 돌려 버렸다. 이런 한밤중에 저런 폭력 사건이야 흔한 일이기 때문이었다. 또 일행들이 찾는 것은 도둑이지 깡패들이 아니기에 관심을 끊은 것이다. 하지만 이스는 천천히 골목을 향해 걸어갔고 이클립스가 뒤를 따르자 한숨을 내쉬며 둘의 뒤를 쫓는 리켄이었다.

가로등의 빛이 닿지 않는 골목 안은 상당히 어두웠다. 또 주변 상가에서 내놓았을 크고 작은 물건들이 골목 이곳저곳에 쌓여져 있어 더욱 어두운 그림자를 만들어내고 있었다. 이스 일행들은 사방에 놓여 있는 물건들의 그림자 속에 몸을 숨기며 천천히 남자들을 향해 다가갔고 사내들 역시 누군가를 집단으로 구타하는 것에 정신이 팔려 이스 일행이 다가오는 낌새를 느끼지 못했다. 실상, 이스 일행들 모두 은연중에 기척을 숨기고 있었기에 사내들이 기척을 알아챌 리 없었다.

"이 더러운 하프 엘프 따위가 어디서 허락도 없이, 응? 너 따위 더러운 족속이 우리 도둑 길드를 사칭하고 다녀?"

퍽, 퍼퍽!

"까악~ 제, 제발. 용서를… 꺄옥!!"

어느 정도 이스 일행이 사내들에게 다가갔을 때 커다랗게 외치며 무식하게 발을 내지르는 사내들의 모습이 적나라하게 보였다. 20대 중후반에서 30대 초반으로 보이는 사내들은 모두 6명이었고, 바닥에 쓰러진 채로 구타당하는 사람은 아주 어린 나이로 보이는 하프 엘프였다. 이미 오래도록 매를 맞은 듯, 소녀의 몰골은 말이 아니었다. 옷은 걸레처럼 찢어져 있었으며 온몸이 피투성이였다. 사내들의 발길질이 닿을 때마다 입으로도 연신 피를 토하는 것이 몸속도 큰 타격을 입은 것 같았다. 하지만 여섯 명의 사내들은 인정이라곤 모르는 사람처럼 무자비하게 소녀를 구타했다.

"용서? 지랄 같은 소리 하네. 너 때문에 우리 길드가 얼마나 피해본지 알아? 이 더러운 하프 엘프가 감히 우리 구역에서……."

사내들 모두 잔인한 미소를 머금고 있었다. 하프 엘프 소녀를 천천히 죽일 생각인 모양이었다.

"어이, 형님들!"

"뭐야?"

골목 저쪽에서 누군가가 뛰어오자 열심히 소녀를 때리던 사내들이 움직임을 멈추곤 목소리가 들린 곳을 향해 고개를 돌렸다. 곧 20대 초반으로 보이는 청년이 헐레벌떡 뛰어왔다.

"헤헤헤, 형님들! 이걸 보세요. 글쎄 이년 방을 뒤져 보니까 이런 게 나오지 뭐예요?"

경쾌한 움직임으로 뛰어온 청년은 싱글거리는 얼굴로 뭔가를 꺼내 가장 나이 많아 보이는 자에게 건네줬다.

"뭔데 그래? 어! 어억!!"

청년에게서 뭔가를 건네받은 사내는 잠시 그것을 확인하다 곧 깜짝 놀란 얼굴로 비명을 터뜨렸다. 수표였다. 그것도 천만 씰짜리와 일억 씰짜리 황실 보증 수표였으며 모두 1억 5천만 씰이 넘는 엄청난 액수였다. 달려온 청년이 3천만 씰을 슬쩍 가로채고 사내에게 건네준 것이지만, 비명을 지를 정도의 거금이란 것에는 변함이 없었다.

"이, 일억오천만… 이, 이 빌어먹을 년이!! 이런 엄청난 돈을 그동안 훔쳤단 말야! 그러고도 네년이 살길 바래! 이 개 같은 년이!!"

너무도 엄청난 액수의 금액에 한동안 멍하게 수표 다발을 바라보던 사내의 표정으로 살기가 어른거렸다.

"나으리, 아니어요. 그 돈은, 그 돈은 절대 훔친 게 아니어요."

보통 사람이라면 기절한 시늉이라도 보일 텐데 소녀는 힘겹게 얼굴을 들어서는 주르륵 눈물을 흘리며 필사적으로 고개를 흔들었다. 하지만 사내들이 소녀의 말을 믿을 리 없었다.

"죽여 버려!"

사내의 잔인한 명령이 떨어지자 사내들은 천천히 품속에서 뭔가를 꺼내 었다. 그것은 어두운 골목 안에서도 날카로운 빛을 뿜어대는 작은 단검이었다. 정말로 소녀를 죽일 모양이었다.

"이, 이런 짐승만도 못한 것들!"

사내들이 단검을 들고 소녀에게 다가갔을 때 어디에선가 노인의 분노에 찬 목소리가 들려왔다.

"엥, 웬 늙은이 목소리?"

"뭐야, 또?"

갑작스럽게 사람 목소리가 들렸는데도 소녀를 짓밟던 사내들은 그다지 놀라지 않는 표정으로 거만하게 목소리가 들린 곳을 향해 돌아섰다. 돌아선 사내들에게 한 명의 노인과 잘생긴 두 남자의 모습이 보였다. 하지만 사내들은 모두 7명이었다. 힘없는 노인과 건장하지만 둘밖에 안 되는 청년에게 겁을 먹을 리 없었다.

"이봐이봐, 늙은이. 지금 늙은이가 우리더러 짖은 거야, 앙?"

"노인네가 치매가 걸렸구먼? 그냥 편하게 살다 죽을 일이지, 옆에 저 두 병신들을 믿고 까부나 본데… 어서 꺼져."

사내들은 자신들의 숫자를 믿는지 품에서 작은 칼을 꺼내 들고 이스 일행을 위협했다. 좀처럼 볼 수 없는 무서운 표정이 이스의 얼굴에 나타났다.

"짐승만도 못한 놈들. 어찌 어린아이를 그리도 심하게 핍박하는 게냐? 네놈들이 정녕 사람이란 말이냐? 하늘이 무섭지도 않느냐?"

"아, 정말 봐주려고 했더만 이 노인네가, 썅!!"

가장 앞에 있던 사내 하나가 침을 뱉으며 이스를 향해 주먹을 날렸다. 웬만큼 건장한 청년이라도 사내의 주먹을 맞는다면 그대로 기절할 정도로 상당한 힘이 실려 있는 주먹이었지만 사내의 주먹은 이스에게 도달하지 못했다.

"퍼퍽!"

이스를 향해 주먹을 날리던 사내의 몸이 누군가 강하게 잡아챈 것처럼 옆으로 쏘아지더니 곧 벽과 부딪치는 끔찍한 소리가 울려 퍼졌다. 벽에 부딪친 사내는 비명조차 터뜨리지 못한 채 피투성이로 기절해 버렸다.

"죄송합니다, 이스님. 저도 모르게 그만."

이클립스가 이스 곁으로 다가오며 살짝 머리를 숙였다. 사내를 벽에 부딪치게 해 기절시킨 장본인은 바로 이클립스였다. 이스는 이클립스에게 아무런 말도 하지 않았다. 이클립스가 하지 않았더라도 본인이 직접 했을 일이기에 입을 열지 않았다.

"히익."

"억! 괴, 괴물이다."

언제 비아냥거렸냐는 듯 이스 일행에게 달려들던 사내들의 표정이 비굴해졌다. 이곳에 있는 모두가 한꺼번에 덤벼도 이기지 못하는 동료 사내를 마법을 쓴 것처럼 일순간에, 그것도 손 한 번 쓰지 않고 피범벅으로 기절시켰다. 그리고 잠시 후 노인 뒤에 서 있는 두 청년에게서 뿜어져 나오는 지독한, 오줌을 지릴 것 같은 살벌한 살기에 사내들은 단번에 이스 일행이 보통 사람이 아니란 걸 느낄 수 있었다.

"도, 도망쳐라!"

동료가 피 범벅으로 기절해 있는데도 사내들은 도망치는 것으로 결론지었다. 이클립스와 리켄에게서 느껴지는 지독한 살기에 동료를 생각할 겨를 따윈 생각 저 멀리 사라져 버린 모양이었다.

"어쭈, 이것들이 도망칠 수 있을 것 같냐? 니들은 오늘 다 죽었어."

몇 걸음 도망치던 사내들 앞을 어느새 갔는지 리켄이 막아섰다. 이클립스만큼은 아니었지만 리켄에게서도 지독한 살기가 느껴졌다.

"그렇지 않아도 기분 더러워 죽겠는데……."

잠시 무서운 눈초리로 사내들을 노려보던 리켄이 두 손을 천천히 가슴 높이까지 들었다. 그 순간 그의 두 손에서 화르르하며 붉은 불꽃이 피어올랐다.

"허억!!"

도망치려던 사내들의 얼굴이 더 더욱 암담해졌다. 리켄에 의해 도망칠 수 있는 길이 완전히 막혀 버린 것이다. 이제 다 틀렸다고 생각한 사내들은 바닥에 엎드려 용서를 구했다.

"히익, 마, 마법사님. 한 번만 봐주십시오. 한 번만 봐주신다면 다시는 이런 일이 없을 겁니다. 용서해 주십시오, 마법사님."

손도 대지 않고 사람을 처치하는 것과 두 손에서 불꽃을 일으키는 남자를 보자 사내들은 이스 일행을 마법사로 생각한 듯 겁먹은 표정으로 연신 머리를 박으며 용서를 구했다.

마법사.

거대하디거대한 세이트란 대륙에도 100명이 되지 않는 무서운 존재, 그들은 손도 대지 않고서 셀 수 없이 많은 사람들을 일순간에 죽일 수 있으며, 손에서 불을 뿜고 눈에선 광선이 나간다고 음유 시인들이 노래하는 것을 숱하게 들었던 사내들이다. 실제 사내들이 마법사나 실행되는 마법을 눈으로 목격한 일은 단 한 번도 없었지만, 떠도는 소문과 영웅들의 이야기를 다루는 많은 소설책들, 그리고 옛날이야기를 통해 마법사에 대한 두려움을 가지고 있었다. 그러던 것이 오늘, 손도 대지 않고 실력자를 이기는 장면과 지금 앞에서 무서운 불꽃을 일으키는 리켄의 모습은 마법사가 아니고선 절대 하지 못할 것이라고 생각하고는 열심히 용서를 빌었다.

"부디 용서를……."

"다시는 이런 일을 하지 않겠습니다."

마법사가 화가 나면 사람을 평생 노예처럼 부려먹고 심하면 개구리나 곤충으로 만들어 버린다는 이야기도 들었던 사내들은 최대한 정성껏 용서를 빌었다.

"용서? 좋아, 네놈들도 몸으로 때워봐라!"

손에서 이는 불꽃을 없애 버린 리켄은 엎드려 용서를 구하는 사내들에게 달려가 무자비하게 밟고 또 밟았다. 곧 골목 안은 6명이 질러대는 끔찍한 비명 소리로 가득 차기 시작했다. 리켄이 사내들을 밟고 있을 때 이스가 쓰러져 신음하는 소녀에게 걸어갔다.

"아니! 이 아이는?"

알아보기 힘들 정도로 얼굴이 부어 있고 곳곳이 멍들고 피투성이였지만, 얼마 전에 헤어졌던 하프 엘프 소녀라는 걸 이스는 한눈에 알아볼 수 있었다. 사람보다 커다란 귀와 작고 여린 손과 기다란 속눈썹. 그리 오랫동안 함께 있던 것이 아닌데도 잊혀지지 않는 얼굴이었다.

"어떻게 이 어린아이에게……."

절로 눈시울이 뜨거워지는 이스였다. 처지를 몰랐다고 하더라도 지금 같은 장면은 누구나 동정심이 우러나올 정도로 처참한 모습이었다. 하물며 소녀에게 지난 이야기까지 들었던 이스였기에 마음이 찢어지는 것처럼 아파왔다. 하지만 지금은 안타까워하고 있을 때가 아니었다. 사내들에게 너무도 심하게 매를 맞은 소녀의 호흡이 점차 가늘어지고 있었다. 이스는 서둘러 내력을 일으켜 소녀의 상처를 치유했다. 막힌 혈을 원활하게 이끌고, 진신 내력을 불어넣어 소녀의 기력을 돋웠다. 또 옆에 서 있던 이클립스 역시 그가 알고 있는 최고의 치유 마법을 실행해 소녀의 치유를 도왔다. 오래지 않아 소녀는 기력을 되찾고 천천히 눈을 떴다.

"아가, 정신이 드는 게야? 할아비를 알아보겠니?"

"아… 나, 나으리?!"

정신을 차린 소녀는 이스가 보이자 잠시 꿈을 꾸는 표정으로 주변을 둘러보았다. 너무나도 고마운 은인인 이스의 모습에 현실이 아닌 꿈이라고 생각한 모양이었다. 하지만 꿈은 아니었다. 자신을 그리도 심하게 때리던 사내들의 끔찍한 비명 소리가 들리고 몸이 조금이지만 욱신거리고 있었기 때문이다.

"나, 나으리."

죽을 것처럼 아프던 몸도 이스가 치료한 것으로 소녀는 생각했다. 믿을 수 없을 정도로 많은 돈을 준 것도 값을 수 없는 은혜였는데 이젠 생명까지 구해주었기에 소녀의 눈에선 눈물이 흘러내렸다.

"흐흐흑. 감사합니다, 나으리. 정말, 정말 감사합니다. 이 은혜를 어떻게 다 갚을지… 정말 감사드려요. 흐흐흑."

울고는 있었지만 소녀의 얼굴은 기쁨으로 넘쳐 났고 이스의 표정도 밝아졌다. 허허, 웃으며 이스가 입을 열었다.

"허허허, 이렇게 인연이 닿아 정말로 다행이로구나. 조금만 늦었어도 이 할아비가 후회할 뻔했구나. 그래 아가, 몸은 좀 움직일 만하니?"

"흐흑, 네. 흐흑."

"허허허, 다행이로다. 정말로 다행이야."

안도한 표정으로 이스가 몇 차례 소녀의 머리를 쓰다듬었다. 반나절 정도밖에 안 되는 만남이었는데도 이스에겐 소녀가 마치 손녀처럼 느껴지는 모양이었다.

"끄윽!"

"제, 제발 그, 그만… 꺼억!"

"끄아아악!"

즐거운 마음으로 소녀와 함께 있던 이스에게로 끔찍한 비명 소리가 들려왔다. 지금까지 사내들의 비명이 계속됐는데도 이제야 그것이 들리는 이스였다. 온 신경을 소녀에게 집중하고 있었기 때문이다.

"아가, 잠시 여기서 기다리려무나."

"네, 나으리. 정말 감사드려요."

다시 소녀의 머리를 한차례 쓰다듬어 준 이스가 자리에서 일어나 리켄에게로 걸어갔다. 자신들을 도둑 길드라고 말했으니 분명 도둑일 것이고 이번 참에 사내들에게 물어 길드의 위치를 알아내기 위해서였다.

"허어, 이 녀석, 홍아야. 어찌 이렇게 초주검을 만들어놓은 것인고? 이들에겐 물어봐야 할 것이 있는데."

이스가 다가갔을 때 이미 여섯 명의 사내들은 걸레처럼 널브러져 있었다. 세 명은 이미 거품을 물고 기절한 상태였고 나머지들도 기절만 하지 않았지 눈물, 콧물에 오줌까지 지리고 있었다.

"잘했죠, 잘했죠? 이놈들이 도망치려는 걸 제가 잡았다는 거 아닙니까, 헤헤."

"이 녀석아, 정도라는 게 있지 너무 심하지 않느냐?"

이스가 다가오자 리켄은 득의에 찬 얼굴로 어서 칭찬하라는 것처럼 이스에게 다가왔다. 하지만 이스는 칭찬 대신 알밤을 선물해 주었다.

꽁.

"아야, 왜 때리는 거예요, 정말? 도망치려는 놈들을 힘들어서 겨우겨우 잡아놨더니만 칭찬은 못해줄망정. 너무해요, 이스!!"

꽁.

조용해지는 리켄을 뒤로하고 이스가 느린 걸음으로 쓰러져 있는 사내들 중 그나마 정신이 붙어 있는 자에게로 걸어갔다. 도둑 길드의 위치에 대해 물어보려는 모양이었다.

“이스님.”

쓰러진 사내에게 물어보려는 이스의 앞으로 이클립스가 다가왔다.

“이놈들은 웬만큼 말해선 듣지 않는 지독한 놈들입니다. 제가 알기로도 도둑 길드원들은 자존심이 무척이나 강한 놈들이지요. 그러니 이스님께선 저 소녀와 먼저 주점으로 가십시오. 이곳은 제가 책임지고 처리하겠습니다.”

“흐음, 우리 진아의 말이니 틀림없겠지. 하지만 진아야, 너무 심하게 다그치지는 말거라.”

“네, 이스님.”

이스는 두말없이 이클립스의 의견을 따랐다. 도둑 길드의 위치를 파악하는 것도 중요한 일이었지만, 하프 엘프 소녀를 이렇게 험한 곳에 머물게 할 수는 없었다. 또 몸이 회복됐다고 하더라도 아직은 안정이 필요했고 소녀의 옷 역시 걸레처럼 찢어져 있어 더는 두고 볼 수가 없었다. 이스는 다시 한 번 이클립스에게 당부를 전한 후, 소녀를 데리고 조용히 골목을 벗어났다.

“흐음.”

이스의 모습이 완전히 사라지자 이클립스의 얼굴이 더욱 무섭게 변했다. 리켄이 보기에도 이스보다 이클립스가 더욱 파괴신을 부활시키고 싶은 것처럼 보였지만, 너무도 진지한 이클립스의 표정에 물어보는 것을 포기했다.

“하나만 물어보자.”

쓰러져 신음하는 사내의 머리채를 잡아 올리며 이클립스가 입을 열었다.

“순순히 말하는 것이 신상에 좋을 것이다. 난 두 번은 물어보지 않는다. 네놈들 도둑 길드라고 했지? 그 길드의 위치를 말하라."

"크흐, 빌어먹을. 죽여라."

처음 이클립스가 머리칼을 잡을 때는 겁에 질려 있던 사내의 표정이 자못 비장하게 바뀌었다. 아주 가끔, 몇 년에 한 번씩이지만 도시의 사정을 살피기 위해 황제가 직접 명령을 내려 감찰관을 파견하는 일이 있었다. 그런 자들은 도시의 사정을 살피기도 하지만 범죄자들도 직접 잡아 다스리는 일이 많았다. 도둑 길드에서 관청에 많은 뇌물을 쓰기는 했지만, 황제가 직접 파견하는 자들은 관청에서조차 어떻게 할 수 없는 막강한 권력을 자랑했으며 능력도 대단한 사람들뿐이었다. 이런 자들에게 걸리면 아무리 뇌물을 써도 소용없었고 도둑 길드 혹은 어쎄신 길드 같은 위험한 단체가 아무리 크더라도 위치만 파악된다면 눈 깜짝할 사이에 소탕되는 것이 기본이었다. 그렇기에 사내는 죽음을 각오했다. 죽으면 죽었지 의리 하나로 뭉쳐 있는 동료들을 팔아넘길 순 없었다.

"후후후, 같잖은 의리인가."

사내의 비장한 모습에서 이클립스는 사내가 죽음을 각오하고 있음을 알 수 있었다. 하지만 이클립스의 눈은 더욱 무서워지기 시작했다.

"벌레 같은 것들이."

슈우우우우.

잡았던 머리칼을 놓으며 이클립스가 천천히 자리에서 일어섰다. 그 순간 그의 몸에서 검은 기운이 사방으로 퍼져 나갔다. 너무도 빨라 마치 바람 같았다.

꾸륵. 꾸르륵.

어두운 골목 여기저기에서 이상한 소리가 들리며 뭔가 꿈틀거리기 시작했다. 골목 안은 상당히 어두웠는데도 뭔가의 알 수 없는 것들의 움직임이 눈으로 보였으며 그것들이 움직일 때마다 들리는 꾸륵, 꾸르륵 하는 소리는 듣는 것만으로도 전신에 소름이 끼칠 정도로 음산하고 공포스러웠다.

“헉!”

골목의 양쪽 벽과 바닥에서 움직이던 물체의 모습이 점차 확실하게 보이고 있었다. 인간의 형상이었다. 전체적으로 반투명하고 거무스름했으며 마치 물이 사람 형체를 이루는 것 같은 모습이었다. 간신히 정신을 잃지 않고 있던 세 사내들의 눈이 찢어질 것처럼 커다랗게 떠졌다. 눈으로 보이는 것들이 믿을 수도 없었지만, 너무도 무서웠다. 소름이 돋는 건 둘째 치고 몸까지 부르르 떨리고 있었다.

<u>끄으으으으.</u>

끼에에에에.

<u>끄르르르.</u>

셀 수 없이 많은 숫자의 검은 형상들이 사내들에게 다가오며 이상한 괴성을 터뜨렸다. 어떤 것은 끔찍한 고통에 터뜨리는 비명 같았고, 어떤 것은 신음 같기도 했지만 모두가 듣는 것만으로도 몸이 움츠러들 정도로 소름 끼치는 음산한 괴성이었다.

“으으.”

“어으으.”

세 명의 사내들은 이빨을 딱딱 부딪치며 벌벌 떨고 있었다. 완전히 공포에 사로잡혀 버린 모습들이었다. 그런 사내들을 향해 이클립스가 하얀 이빨을 드러내며 말했다.

“이것들은 어둠의 식귀(食鬼)들이다. 살아 있는 인간들을 아주 좋아하는 놈들이지.”

꾸륵. 꾸르륵.

어느새 검은 형상들, 식귀들 중 하나가 기절해 바닥에 쓰러져 있는 사내들 중 한 명에게 다가가고 있었다. 이클립스와 공포에 사로잡혀 있는 세 사내들의 시선이 자연스레 그곳으로 향했다.

“끄!!”

식귀의 몸 한쪽이 기절해 쓰러져 있는 사내의 다리 부분에 닿았을 때였다. 그때까지 기절해 있던 사내가 격한 비명과 함께 몸을 들썩이며 깨어났다.

“끄아아악!! 끄아아아아악!!”

기절에서 깨어난 사내는 커다란 비명을 터뜨리며 발버둥 쳤다. 조금 전까지 기절했다는 것이 거짓말 같을 정도였다. 식귀의 몸 일부분이 다리에 아주 조금 닿았는데도 고통이 심한 모양이었다.

“끄아아아아아악!!”

듣는 사람의 정신이 미쳐 버릴 것 같은 비명은 한번도 끊이지 않고 이어졌다. 마치 흡수되는 것처럼 식귀의 몸 안으로 들어가는 사내의 다리였다. 그런데 천천히 식귀의 몸속으로 들어간 사내의 다리가 스파게티의 면발처럼 잘라지며 사라져 갔다. 사내의 몸이 식귀에게 먹히는 것 같았고 그 고통이 고스란히 느껴지는 것 같았다.

“어때? 제법 멋진 장면이지 않은가?”

씨익 웃는 얼굴로 이클립스가 사내들을 보며 말했다. 어느새 그의 얼굴은 무표정하게 돌아와 있었지만, 두 눈만큼은 피처럼 붉게 변해 있었다. 이클립스의 말이 이어졌다.

“저 식귀란 놈들은 다 좋은데 먹는 것이 상당히 느리지.”

먹는 것이 느리다는 말은 그만큼 고통도 오랫동안 받는다는 말이었
다. 하지만 바닥에 엎드리듯 누워 있는 사내들에겐 이클립스의 말은
귀에 들어오지 않았다. 여전히 끔직한 비명을 터뜨리는 동료의 모습과
동료의 몸을 어느새 가슴까지 먹어치우고 있는 식귀의 공포스런 모습
이 눈에서 떨어지지 않았다. 본능적으로 도망쳐야 한다고 머리 속에서
울려 퍼지고 있었지만 그것은 생각뿐 몸이 말을 듣지 않았다. 지독한
공포 때문에 몸이 말을 듣지 않는 것이다.

"후후후."

공포에 사로잡혀 있는 사내들을 잠시 바라보던 이클립스가 낮은 웃
음과 함께 말을 이었다.

"너무 그렇게 아쉬워할 것 없어. 다음 차례는 네놈들이 될 테니까
말야. 후후후."

"허억!!"

"나, 나리!!"

이번엔 목소리가 들렸는지 이클립스의 말이 끝나자마자 세 사내들
이 화들짝 놀란 얼굴로 이클립스를 향해 외치듯 말했다.

"마, 말하겠습니다."

"제, 제발 살려주십시오. 뭐든지 말하겠습니다, 나으리."

끔직한 고통 속에 죽어가는 동료의 모습에 사내들은 이제 의리에 대
한 생각을 모두 지워 버리며 목숨을 구걸했다. 동료의 죽어가는 모습
을 보고 있자 살아야 한다는 본능이 이성을 마비시켰다.

"됐어. 무리하지 않아도 좋아."

무엇이든 말하겠다는 사내들의 외침에도 이클립스는 차갑게 대꾸했
다. 정말로 관심조차 없다는 표정이고 말투였다.

“아닙니다. 말하겠습니다. 제발 들어주십시오.”

“여, 여기서 동쪽으로 대로를 따라 계속 가다가 네 번째 사거리에서 우측으로 잡고 주욱 가다 보면 간판에 헬 박스라고 적혀 있는 작은 여관이 보일 것입니다. 그곳이 우리 길드의 아지트입니다.”

차가운 이클립스의 목소리에 사내들은 다급하게 도둑 길드의 위치에 대해 설명해 주었다. 그런 사내들을 바라보는 이클립스의 얼굴이 안쓰럽다는 것처럼 변했다.

“말귀를 못 알아듣는 녀석들이군. 이미 필요없다고 말했지 않은가? 쯧쯧, 그러니 말하라고 할 때 미리미리 말했어야지. 어리석은 녀석들. 그럼 즐거운 시간을 보내도록.”

“나, 나으리!!”

“살려주십시오, 나으리!”

사내들이 살려달라고 외쳐 댔지만 이클립스는 한차례 고개를 흔들다 이내 멀찌감치 서 있던 리켄을 향해 걸음을 옮겼다.

“끄아아아아.”

“끄으으으.”

이클립스가 사내들을 지나치는 순간, 주위에 가득하던 식귀들이 사내들을 덮쳐 갔고 이내 끔찍하고 처절한 비명 소리가 울려 퍼졌다.

“뭐야? 살려주는 거 아니었어?”

다가온 이클립스를 향해 리켄이 오만상을 찌푸리며 흘낏 죽어가는 사내들을 보다 물었다. 그러자 비웃는 듯한 웃음을 머금고서 이클립스가 대답했다.

“잊었나 본데 난 마족이네. 인간의 비명 소리, 특히 저렇게 구성지고 아름다운 소리를 좋아하는 마족이지. 어때? 아름답지 않나, 리켄 군?”

"마족이 아니라 변태겠지. 이런 놈을 내가 친구라고. 흐이구~"

"후후후."

낮게 웃는 이클립스와 투덜거리는 리켄은 천천히 골목 안을 벗어나 대로로 나갔다. 골목을 벗어나는 순간, 사내들이 터뜨리는 커다란 비명 소리가 더 이상 들려오지 않았다. 이클립스가 식귀를 불러냈을 때 골목 밖으로는 소리가 나가지 못하도록 리켄이 마법을 썼기에 가능한 일이었다. 그렇지 않았다면 아무리 늦은 저녁이고 음산한 골목이었더라도 순찰대원들이나 경계병들이 들이닥쳤을 일이다.

"흠… 저쪽으로 가면 되겠군. 오늘 안에 해결하는 게 좋겠지? 어서 가지, 리켄 군."

"명령하지 마, 짜샤! 나도 들었어! 이게 어디서 감히……."

투닥거리며 말싸움을 시작하긴 했지만 대로로 나온 이클립스와 리켄은 사내들이 말한 곳을 향해 빠르게 걸어가고 있었다.

"웬 놈들이야? 못 보던 놈들인데?"

이클립스와 리켄을 발견한 사내 하나가 어둠 속에서 튀어나오며 둘을 막아섰다. 사내 뒤로 헬 박스라고 써 있는 아주 작은 나무 간판이 보이자 리켄의 입꼬리가 묘하게 올라갔다.

"레퍼토리가 비슷한 걸 보니 제대로 도착한 모양이다, 이클립스."

"훗."

비웃는 듯 콧방귀를 끼며 이클립스가 잠시 주변을 둘러보다 사내에게로 걸어갔다. 황도에서 가장 변두리에 있을 것 같은 이곳은 주위가 마치 거미줄처럼 연결된 작고 기다란 골목들이 사방으로 뻗어 있는 곳이었다. 도둑들이 도망간다면 멀찌감치에서 포위를 하더라도 잡기가 힘든 최고의 요지였다.

"길드장을 만나러 왔다."

"뭣이? 뭐 이런 건방진 놈이 다… 컥!!"

이런 늦은 시각에 길드장을 만나러 왔다는 터무니없는 말에 막아서 있던 사내가 침을 뱉으며 이클립스의 멱살을 잡으려 했다. 그러나 사내가 손을 뻗었을 때 지독한 통증이 머리에서 전해졌다.

"크악!!"

격한 비명을 터뜨리며 사내는 두 손으로 머리를 잡고는 곧바로 바닥에 주저앉았다. 이클립스와 두 걸음이나 떨어져 있었는데도 마치 보이지 않는 강한 힘에 머리가 잡힌 것 같았다.

"마지막으로 물어보지. 길드장은 어디에 있나?"

"크흑, 무, 무슨 말씀을 하시는지. 모, 모르겠……."

머리가 터질 것 같은 고통에도 불구하고 사내는 딱 잡아떼며 고개를 흔들었다. 사내는 이클립스와 리켄이 좋은 의도로 길드장을 만나러 온 것은 아니라고 생각했다. 그럴 수밖에 없는 것이 길드장을 만나러 온다면 길드에서 미리 연락을 주었거나 다른 동료들로부터 소식이 있어야 정상이었고 그렇지 않다면 모두가 거부 대상이었다. 길드의 아지트 앞을 지키는 사내로서는 당연히 모른다고 해야만 하는 일이었다.

"어떻게 하는 게 좋을 것 같나, 리켄 군?"

"짜식, 잘난 척하더니 역시 어려움에 처했을 땐 이 몸의 높은 지혜를 필요로 하는군. 후헤헤."

모른다는 사내의 말에 리켄은 망설임없이 리켄의 의사를 구했다. 이미 이곳이 도둑 길드의 아지트라는 걸 알고 있었기에 더 이상의 정보는 소용이 없었다. 길드장의 위치를 물어본 것 역시 그저 형식에 불과

한 물음일 뿐이었다. 이제부터 어떻게 할지는 그야말로 마음먹기에 달려 있었고, 지금까지 비교적 조용히 따라준 리켄의 방법을 택하려 물어본 이클립스였다.

"뭐, 여기까지 왔으면 된 것 아냐? 그냥 밀어붙이자고. 지들이 뛰어봐야 벼룩이지. 가봐야 어딜 가겠어, 안 그래?"

"후후. 그래, 때로는 무식한 방법이 통하는 법이지."

"크억!"

낮은 웃음과 함께 이클립스가 사내에게로 고개를 돌려 눈빛을 빛낸 순간 사내의 머리가 수박이 으깨지듯 부서지며 사방으로 피와 뇌수를 퍼뜨렸다. 쓸모없는 사람들은 모두 죽일 생각인 모양이었다. 잔인한 이클립스의 행동에 리켄마저 고개를 흔들었다.

"으이구, 꼭 그렇게 죽여야 되냐? 더럽게."

"거듭 말하지만 난 마족이라네. 영광스럽고 자랑스러운 마족의 피가 흐르는 무적의 마족 전사지. 후훗, 나에겐 이런 일 따윈 숨을 쉬는 것처럼 자연스러운 일이니 너무 신경 쓰지 말게. 그동안 이스님 때문에 자네가 내 본모습을 많이 잊은 모양이군. 후후."

"님은 무슨 얼어죽을. 그 미친 노친네 때문에 이렇게 끌려 다니는 것도 억울해 죽겠는데. 아이구, 네놈 때문에 또 내 처지가 생각나잖아. 으이구, 으이구, 내가 드래곤 망신을 다 시키고 다닐 줄이야!!"

끔찍하고 처참한 시체를 앞에 두고도 둘은 아무렇지도 않게 시시덕거렸다. 마족인 이클립스에겐 이런 정도의 일은 늘상 있는 일 같았고 리켄 역시 더럽다는 표정만 지을 뿐이었다.

"훗, 그럼 놈들은 어디에 있는지 한번 볼까."

스으윽.

한동안 리켄과 노닥거리던 이클립스가 사악한 미소와 함께 앞쪽에 있는 작은 건물을 향해 손을 양 옆으로 휘저었다. 그러자 검은 기운이 그의 손 움직임과 함께 무지개처럼 생겨났으며 그 검은 기운 속으로 건물 내부의 전경이 그대로 드러났다.

말이 여관이지 무너질 것처럼 허름하고 지저분한 2층 건물에는 고작 여섯 명의 사내들만이 보이고 있었다. 1층에는 3,40대로 보이는 다섯 명의 사내들이 커다란 식탁 위에서 포커를 치고 있었으며 지하에 비밀스럽게 만들어진 방으로 30대 후반의 날카로운 사내가 작은 탁자에 앉아 서류 같은 것을 유심히 바라보고 있었다. 이클립스는 직감적으로 지하에 있는 사내가 도둑 길드의 장이라고 생각했다. 눈매가 예사롭지 않았고 무엇보다 사내에게서 은은한 암흑의 기운이 느껴졌다. 마족과의 계약을 통해 모종의 힘을 얻은 인간들에게서 느껴지는 기운이었다.

마족과의 계약을 위해선 인간들에게 금지돼 있는 모종의 의식을 통해야만 했고 보통 계약자가 죽은 후 영혼을 받는 조건으로 암흑의 힘이 주어지게 되는 것이 관례였다. 현재 세이트란 대륙에서 제법 많은 인간들이 암암리에 마족과의 계약을 통해 힘을 얻고 있었다. 죽으면 영혼을 바쳐야 하지만 인간으로선 상상도 할 수 없는 어마어마한 힘을 얻을 수 있기에 복수나 권력, 부나 영광을 얻기 위해 마족과의 계약을 하는 사람의 숫자가 점차 늘어나는 실정이었다.

"후훗, 겨우 그 정도 힘을 얻기 위해 계약을 한 것인가? 이거 일이 아주 싱겁게 끝나겠군."

길드장이 얻은 암흑의 힘이라면 혼자서 잘 훈련된 정예 기사 백 명을 이길 수 있는 엄청난 힘이었다. 하지만 이클립스에겐 어린아이 장난에 불과할 뿐이었는지 비릿한 미소가 피어올랐다. 마족과의 계약을 통해 영혼을 바치는 사람들의 대부분이 영혼의 존재에 대해 부정하거나 영혼을 마족에게 준다는 일도 대수롭지 않게 생각하는 부류들이었다. 하지만 일단 마족에게 영혼이 넘겨지게 되면 그때부터 지옥 같은 고통이 영원히 지속된다. 인간의 영혼을 마족들은 대부분 자신들의 무기에 쓰거나 힘을 보강하는 데 사용하기 때문이다. 무기나 특정 아이템에 인간의 영혼을 집어넣고 그 영혼에게 지속적으로 끔찍한 고통을 가하면 그 고통 때문에 영혼의 노여움과 증오가 증폭되고 그렇게 증폭되는 힘이 무기나 마족들의 힘에 보탬이 되는 것이다. 하지만 이것은 중급 마족까지만 해당되는 일이었다. 상급 마족부터는 아무리 많은 인간들의 영혼을 사용하더라도 보탬이 되지 않았고, 오로지 본인들의 노력 여하에 따라 힘이 증강되기 때문이다. 그렇기에 최상 귀족 계급의 이클립스에게는 마족과의 계약에 따라 힘을 얻은 인간들이 아무리 많아봤자 그저 숫자만 많은 허수아비로밖에 보이지 않았으며 하급 마족들의 힘 따위가 마왕과 거의 동등한 힘의 소유자인 이클립스에게 통할 리 만무했다.

"뭘 그리 뜸 들이고 있는 거야, 이클립스? 어서 끝내고 돌아가야지. 이러다가 이스한테 혼나면 너 죽을 줄 알아!"

"너무 보채지 말게. 그렇지 않아도 곧 시작하려 했네."

리켄의 투덜거림에 이클립스는 건물을 향해 천천히 팔을 뻗었다.

"흡!"

쿠쿵.

손바닥을 건물을 향해 들고 흡 하는 이클립스의 기합이 터진 순간, 헬 박스라는 간판의 2층 건물이 굉음과 함께 순간적으로 무너져 내렸다. 으슥하긴 했지만 주변으로는 많은 건물들이 밀집해 있었다. 그런데도 누구 하나 밖으로 나오는 사람이 없었다. 역시 리켄이 마법을 걸어 소리가 밖으로 새어 나가지 못하게 했기에 가능한 일이었다.

"그냥 끄집어내서 족치면 될 것 가지고. 무슨 일을 그리 시끄럽게 만드는 거냐, 이클립스!!"

"후훗, 이보게, 리켄 군. 이쪽이 더 재밌지 않나?"

"재미있는 거랑 귀찮은 것도 구별 못하냐? 으이구, 지겨우니까 어서 빨리 끝내기나 해!"

"그래, 그래."

커다랗게 웃으며 이클립스가 무너져 버린 건물 잔해들을 향해 걸어 갔다. 그 역시 더 이상 시간을 끌고 싶지 않았기에 지금부터는 서두를 생각이었다.

쿨럭, 쿨럭.

"뭐, 뭐야, 갑자기?"

"쿨럭, 이거 살아난 건가?"

무너진 건물 잔해들을 헤치며 사내들이 모습을 드러냈다. 2층 건물이 완전히 무너졌음에도 사내들에겐 작은 생채기 하나 보이지 않았다. 이클립스가 의도적으로 힘을 가했기에 가능한 일이었다. 아직 대신관이 잃어버린 목걸이에 대해 정보를 얻지 않았기에 사내들을 죽이지 않은 것이고, 일단 위력적인 힘을 과시해서 사내들에게 공포를 보여준다면 훨씬 수월하게 일을 마무리지을 수 있다고 생각한 이클립스였다.

"이놈인가?"

"악!"

쿨럭거리며 고개를 숙이고 기침을 토하는 사내의 머리칼을 와락 움켜잡아 올려 확인해 봤다. 길드장을 찾는 것이지만 포커를 치던 사내였다.

"이 개자식이, 네놈이 이렇게 한 것인가?"

"그래."

퍽!

욕부터 내뱉는 사내의 말에 이클립스는 대답과 동시에 머리칼을 잡고 있던 손을 바닥을 향해 내리찍었다. 퍽 하는 소리와 함께 사내의 머리가 터지며 피와 뇌수를 사방으로 퍼뜨렸다.

"꼭 죽여도 더럽게 죽여요. 에이, 더러."

뒤쪽 멀리서 팔짱을 낀 리켄의 비아냥거림이 들려왔지만 이클립스는 상관하지 않은 채 건물의 잔해들을 바라보았다. 어느새 잔해에 깔려 있던 사내들이 모두들 밖으로 나와 있었다.

"어어억!!"

"으헉!!"

어리둥절한 표정으로 건물 무더기를 헤치고 나오던 사내들 모두가 끔찍한 죽음을 맞이한 동료의 모습에 비명을 터뜨려 댔다. 하지만 단 한 명, 모여 있는 사내들의 뒤쪽에 우뚝 서 있는 30대 후반의 사내는 잔뜩 살기를 머금고 이클립스를 노려보고 있었다. 도둑 길드의 리더인 길드장이었다.

"호오~"

이클립스 역시 곧 길드장을 찾을 수 있었다. 보통 이 정도로 처참한 장면을 보게 되는 사람들은 놀라던가, 겁에 질려 비명을 터뜨리거나, 혹은 기절하는 것이 대부분이었다. 전쟁 경험이 많은 기사라고 할지라도 인상 정도는 찡그렸다. 하지만 길드장은 잔뜩 독이 오른 독사처럼 살기를 머금고 오직 이클립스만을 노려보고 있었다.

“쓰레기 중에 그래도 네놈이 조금은 쓸 만하군. 네놈이 길드장이란 놈인가?”

“그렇다.”

자신감이 넘치는 모양인지 길드장은 순순히 고개를 끄덕이며 느린 걸음으로 이클립스에게 다가갔다.

“여기가 어디인 줄 알고… 쯧쯧, 힘 좀 쓴다고 무서운 게 뭔지를 모르는 놈들이군. 후후.”

2층짜리 건물을 한순간에 파괴시킨 이클립스의 능력에도 길드장은 오히려 가소롭다는 웃음을 터뜨렸다. 이클립스에게서도 같은 부류의 미소가 피어올랐다.

“호오, 제법인걸!”

“제법 배포가 있는 놈이군. 하긴 그렇지 않고서야 이곳을 침범할 리 없지. 하지만 오늘은 상대를 잘못 골랐다, 멍청이들. 이제 네놈들은 처절한 공포 속에서 죽을 것이다. 용서는 바라지 마라.”

“훗, 마음대로.”

다섯 걸음 앞에 멈춰 선 길드장의 위협에도 이클립스는 비웃음을 머금으며 팔짱을 꼈다. 기다려 줄 테니 한번 해볼 테면 해보라는 무언의 의사였다. 길드장의 날카로운 눈매가 점차 가늘어졌다. 무시당했다고 생각한 모양이었다. 길드장은 곧 앞쪽으로 두 팔을 뻗으며 뭔가를 중얼거리기 시작했다.

슈우우우─

길드장의 중얼거림이 시작되고 얼마 지나지 않았을 때였다. 이클립스의 한 걸음 앞쪽으로 돌연 검은 바람이 생성되더니 맹렬한 속도로 둥글게 회전하며 무서운 바람 소리를 일으켰다.

휘이이잉~

바람 소리는 소름이 끼칠 정도로 귀를 자극했으며 회전하는 속도 역시 무시무시할 정도로 빨랐다. 그리고 잠시 후, 둥그렇게 회전하는 검은 바람 사이로 뭔가 검은 물체가 천천히 지상 위로 올라오는 모습이 보였다. 길드장이 이클립스를 향해 말했다.

"자, 마지막으로 기회를 주지. 어느 놈이냐? 어느 놈이 감히 우리 길드에 위해를 가하려고 시킨 것이냐? 지금이라도 늦지 않았다. 사실대로 말한다면 용서해 주지."

이클립스와 리켄을 길드장은 어딘가 다른 경쟁 도둑 길드에서 보낸 킬러쯤으로 생각한 모양이었다. 그것 외엔 이클립스나 리켄 같은 실력자를 보낼 리 없다는 생각에 길드장은 주동자를 알아내려고 아량을 베풀 수 있다고까지 말했다. 하지만 돌아오는 것은 이클립스의 비릿한 조소뿐이었다.

"너 정말 재미있는 놈이로구나? 이거 정말 재밌군. 후후후."

"큭, 이놈이 끝까지!!"

이클립스의 반응에 화가 머리끝까지 오른 길드장이 검은 회오리를 향해 손을 휘둘렀다. 그러자 불룩 튀어나와 잠시 움직임을 멈추고 있던 검은 물체가 소용돌이 밖으로 빠르게 커져 갔다.

크워어어.

거대한, 5미터는 훌쩍 넘을 것 같은 거대하고 우람한 괴물이 소용돌이 밖으로 모습을 드러내 커다란 괴성을 터뜨리자 그때까지 맹렬하게 맴돌던 검은 바람들이 일시에 사라졌다. 괴물이었다. 일곱 개의 뾰족한 뿔이 달린 커다란 황소 같은 머리에 짐마차보다 두꺼울 것 같은 시커먼 몸통. 다섯 개의 손톱과 발톱은 검게 빛나고 있었지만 단검보다 예리한 빛을 뿜내고 있었다. 조금만 스치더라도 웬만한 나무 정도는 일격에 베어버릴 것 같았다. 또 시뻘건 빛을 발하는 세 개의 눈은 어둠 속에서도 섬뜩하게 빛나고 있었다.

"크하하하."

괴물이 완전히 모습을 드러내자 잔인한 미소를 머금고 있던 길드장이 이클립스를 보며 커다란 웃음과 함께 말을 이었다.

"마족 서열 3위인 악투미쿠스를 들어보긴 했는지 모르겠군. 악투미쿠스! 계약에 따라 나의 명령을 따르라. 저놈들을 산 채로 다리부터 천천히 씹어 먹어라!"

크워어어.

길드장의 명령에 마치 알아듣는 것처럼 괴물이 괴성을 터뜨리며 이클립스를 향해 고개를 돌렸다. 순간 괴물의 움직임이 굳어졌다.

"네놈이 언제부터 서열 3위가 됐지? 서열 일만 위 안에도 못 드는 걸로 알고 있었는데 말이야. 후후."

크… 크워… 어… 어……!!

이클립스의 웃음 가득한 얼굴과 마주한 악투미쿠스는 찢어질 것처럼 커다랗게 입을 벌리고 있었다. 너무도 익숙한, 아니, 동경의 대상이자 마족들에겐 최고의 상징인 이클립스의 얼굴을 악투미쿠스가 모를 리 없었다.

끄, 꾸워어어억, 꾸워어어억!!

"뭐, 뭐야?!"

이클립스의 눈과 마주친 악투미쿠스가 돌연 비명을 터뜨리며 괴로운 듯 발버둥 치기 시작하자 길드장의 얼굴로 당황한 기색이 역력히 나타났다. 너무도 갑작스러운 아직 싸움조차 하지 않은 악투미쿠스의 반응이 놀라운 모양이었다. 이클립스의 표정 역시 변했다. 다만 길드 장과는 반대로 어이없다는 얼굴이었다.

끄어억…….

마치 처절한 사투 끝에 죽음을 맞이하는 것처럼 악투미쿠스는 오래 도록 비명을 터뜨리다 이내 나올 때와 반대로 땅속으로 사라져 버렸다.

"아, 악, 악투미쿠스!!"

애원하는 목소리로 길드장이 악투미쿠스를 불러댔지만 이미 사라진 악투미쿠스는 더 이상 나올 생각을 하지 않았다.

"이, 이게… 이게 도대체 어떻게 된……."

믿었던 악투미쿠스가 사라지자 길드장은 경악한 표정으로 한동안 정신을 차리지 못했다. 영혼과 바꾸는 조건으로 맺은 마족 서열 3위인 악투미쿠스였다. 계약에 의해 언제라도 위험할 때면 소환할 수 있었으 며 아무리 대단한 능력자라도 악투미쿠스의 일격을 받아낸 사람은 단 한 명도 없었다. 그런 악투미쿠스가 싸움 한번 하지 않은 채 고통스런 비명과 함께 사라져 버린 것이 길드장은 믿을 수 없는 모양이었다. 그 러나 길드장의 패닉 상태는 오래가지 않았다. 역시 한 단체를 이끄는 사람다웠다.

"뭔가 잘못된 거야. 주문이 틀린 건가?"

악투미쿠스를 불러내는 주문이 틀린 것이라고 결론지은 길드장은 다시 한 번 악투미쿠스를 불러내기 위해 주문을 외우기 시작했다. 하 지만 그의 입이 열리기 전에 뭔가가 길드장을 향해 눈부신 속도로 쏟 아져 왔다.

픽!

"크악!"

주문을 외우려던 길드장의 몸이 뭔가에 맞은 듯 바닥으로 쓰러졌다. 리켄이었다.

"아유, 이 짜식이. 고작 그 따위 허접 나부랭이를 믿고 까분 거냐? 괜히 기대하고 있었잖아, 짜샤! 이걸 그냥 콱 죽여 버릴까 보다!"

길드장은 건물 잔해 더미 위에서 부들부들 전신을 떨고 있었다. 그의 한쪽 볼 전체가 시커멓게 멍들어 있었지만 다행히(?) 기절하지는 않았다.

"허억!!"

지금까지 조용히 사태를 지켜보고 있던 다섯 명의 도둑 길드원들이 찢어질 듯 입을 벌리며 놀라고 있었다. 악투미쿠스라는 괴물이 사라진 것보다 무적을 자랑하던 길드장을 한 주먹에 뻗게 해버린 리켄의 움직임이 놀라운 것 같았다.

"이 자식들이 어딜 쳐다봐? 눈깔아!"

다섯 사내들이 시선을 집중하자 리켄이 인상을 구기며 그들에게 달려가 무식한 발차기를 날려댔다.

"언제나 철이 들는지."

어린아이 같은 리켄의 행동에 이클립스가 어이없다는 표정으로 고개를 흔들다 바닥에 쓰러져 있는 길드장에게 다가가 머리채를 잡아 올렸다.

"이봐?"

"큭! 도, 도대체 누구십니까?"

머리카락이 잡혔는데도 길드장은 반항하지 않았다. 오히려 복종하겠다는 듯 존칭으로 반문했다. 이클립스의 한쪽 입꼬리가 미묘하게 올라갔다.

"우리에 대해서는 모르는 것이 네놈 신상에 좋을 것이다. 얼마 전, 대신관님께서 가지고 계시던 보물이 없어진 것은 네놈이 더 잘 알 것이다. 그렇지?"

"아, 아닙니다. 아무리 저희들이 도둑질을 하고 있어도 어떻게 신전의 물건을, 그것도 지고지순하신 대신관님의 물건을 훔치겠습니까? 절대, 절대로 아닙니다. 믿어주십시오, 나으리! 하늘에 맹세코 그런 쳐죽일 짓은 절대 하지 않았습니다. 정말입니다. 나으리!!"

길드장은 이클립스를 황실에서 파견된 사람으로 생각했다. 그렇지 않고서야 자신처럼 마족과 계약을 맺어 엄청난 힘을 사용할 수 있는 사람이 이렇게까지 처절하게 당하지는 않을 것이다. 하루 전, 황실에서 파견 나온 두 귀족이 중앙 대신전에 들렀다는 이야기도 들어 알고 있었다. 많은 숫자의 병사들이 귀족을 알아보지 못한 죄로 땡볕 아래에서 기절할 정도까지 기합을 받았다는 이야기를 웃으며 들었던 길드장이었는데 신전에 들렀다는 귀족들의 인상착의가 지금 앞에 있는 두 남자들과 너무도 흡사하게 느껴졌다.

"그래? 하는 수 없지."

길드장의 말이 끝나자 이클립스는 대수롭지 않다는 표정으로 잡았던 머리칼을 풀고는 리켄을 향해 입을 열었다.

"어이, 리커이스 백작?"

이클립스의 이상한 말투에 길드원들을 구타하는 데 굉장한 집중력을 보이던 리켄이 토끼처럼 커다랗게 눈을 뜨고는 이클립스를 향해 욕을 쏟아 부으려 했다. 하지만 이클립스의 표정이 사뭇 진지했기에 곧바로 맞장구를 쳐주었다.

"엥? 아, 으응. 왜 그러시나, 이클립스 백작?"

"아무래도 대신관님의 보물을 찾기는 틀린 일인 듯싶네. 언제까지 도둑 길드를 수색한다고 될 것도 아닐 것 같아. 빼돌렸거나 팔아버렸어도 예전에 팔아버렸을 테지."

"그렇지, 그렇지!"

"그래서 말인데 이놈들을 잡아가서 죄를 뒤집어씌우자고. 그래야 일이 빨리 끝날 것이고 우리도 좀 쉬어야지. 안 그런가?"

이클립스는 황실에서 파견 나온 귀족처럼 행세했다. 그렇기에 대신관의 호칭에 님이라는 존칭까지 쓴 것이다. 오래전이지만 이클립스 역시 인간 세상을 돌아다닌 적이 있었다. 그때의 기억으로 도둑 길드나 어쌔신 길드의 길드장 정도 되는 인간들은 강하게 나가면 나갈수록 더욱 반발했었다. 그렇기에 이렇게 귀족 행세를 선택했고, 역시나 길드장은 곧바로 반응을 보였다.

"무, 무슨 말씀이십니까? 저희들은 절대로 하지 않았습니다. 이건 너무 억울합니다. 나으리, 제발!! 대신관님의 물건을 훔쳤다는 이유로 죽는다면 창피해서 죽지도 못합니다. 선처해 주십시오, 나으리!!"

중앙 대신관의 명성은 세이트란 대륙의 구석구석까지 자자했고 도둑질을 업으로 삼고 살아가는 길드장 역시 비록 좋지 못한 일을 하고는 있었지만, 나름대로 대신관을 존경하는 모양이었다. 터져 나오려는 웃음을 간신히 참으며 이클립스가 말을 이었다.

"어쩌겠느냐, 네놈이 뒤집어쓰는 수밖에. 단서 하나 없이 언제까지 대륙을 돌아다닐 수는 없거든. 이래 보여도 나도 바쁜 사람이야. 그러니 네놈이 이해하거라."

"나으리! 솔직히 말씀드리겠습니다. 사실은……."

아무래도 모든 죄를, 그것도 대신관이 아끼는 보물을 훔친 죄를 뒤집어쓸 것 같자 길드장은 다급하게 말을 이었다.

"얼마 전에 이상한 놈들이 이곳을 찾아왔습니다. 검은 로브로 전신을 가린 놈들이었는데, 모두 셋이었습니다. 어떻게 우리 길드가 신전 내부 지도를 가지고 있다는 걸 알았는지 신전 내부 지도를 달라고 하더군요. 요즘 길드 재정 상황이 좋지 않아서 그놈들한테 팔았을 뿐입니다. 그놈들이 지도를 사고 며칠 후에 대신관님께서 보물을 잃어버렸다는 소문을 들었습니다. 그러니 저희 길드와 저는 절대로 훔친 것이 아닙니다. 나으리, 선처해 주십시오."

"누구냐, 그놈들이? 신상은 파악하고 지도를 팔았겠지?"

"저, 저도 자세히는 모릅니다. 워낙 깊은 로브를 쓰고 있던 놈들이라, 확인할 길이 없었습니다. 단지 놈들이 쓰는 말이 북쪽 사투리가 있는 것밖에는… 정말입니다. 이게 제가 아는 전부입니다, 나으리!"

"음……."

이클립스의 표정이 심각해졌다. 길드장의 말에 따르면 대신관의 목걸이를 훔친 것은 로브를 썼다는 사람들이 확실했다. 하지만 신전에서는 그 어떤 흔적이나 자취를 찾을 수 없었다. 마족 최강의 전사인 자신과 에인션트 급 드래곤인 리켄의 이목을 피한다는 것은 그들이 보통 실력자가 아니라는 반증이었다. 게다가 북쪽 말투를 썼다는 것은 사람이라는 말이었다. 또 사람이 아니더라도 엘프나 다른 종족 중 이클립스와 리켄조차 찾을 수 없을 정도로 흔적을 남기지 않는 종족은 없었다.

"네놈! 지금 한 말이 사실이겠지?"

"제 목숨을 걸겠습니다. 사실이 아니라면 언제라도 찾아오십시오. 곧바로 제 목을 바치겠습니다, 나으리."

비장할 정도로 표정을 굳히며 길드장이 대답했다. 이클립스는 길드장이 진실을 말하고 있다는 것을 알 수 있었다. 하지만 어떻게 대신관의 목걸이를 흔적도 없이 훔쳐 갈 수 있는지 도무지 이해할 수 없었다.

"그놈들이 어디로 갔는지 혹시 모르나? 작은 단서라도 좋다."

"저도 잘은 모르겠습니다만, 그놈들끼리 말하는 중에 언뜻 대산맥이라고 했던 것을 들었습니다만."

"대산맥? 확실한가?"

무서운 얼굴로 이클립스가 반문했다. 대산맥은 세이트란 대륙의 중앙에서 거미줄처럼 사방으로 뻗어가는 거대한 산맥의 이름이었다. 험난하고 위험한 건 둘째 치고서라도 이곳 황도에서 대산맥까지의 거리는 인간의 걸음으로 두 달을 꼬박 걸어야 했다. 물론 이클립스나 리켄의 워프 마법이라면 눈 깜짝할 사이에 도착하겠지만, 문제는 대산맥의 거대한 넓이였다. 대신관의 목걸이를 아무런 흔적도 없이 훔칠 수 있는 능력자들이 만약 마음먹고 대산맥에 숨어든다면 찾기란 더욱 어려울 것이다.

"빌어먹을."

낮은 욕지기와 함께 이클립스가 돌아서 이스가 있는 주점을 향해 걸음을 옮기기 시작했다. 그런 그의 미간이 잔뜩 일그러져 있었다.

"뭐야, 벌써 가는 거야? 어이, 이클립스?"

리켄이 자신의 이름을 외치며 쫓아오는데도 이클립스는 한마디 대꾸없이 주점으로 걸어갔고 심상치 않은 이클립스의 모습에 리켄 역시 더 이상 투덜거리지 않고 그의 뒤를 쫓았다.

"살펴 가십시오, 나으리들! 그 못된 도둑놈들을 꼭 붙잡으시길 기원하겠습니다. 안녕히 가십시오, 나으리들!!"

처음 만났을 때 보인 자신감은 어디로 갔는지 멀어지는 이클립스와 리켄을 향해 굽실거리며 인사하는 길드장의 얼굴엔 안도감이 짙게 피어올라 있었다.

어느새 동쪽 먼 하늘이 조금씩 밝아지기 시작했다. 어둠 속에서 붉을 밝히던 거리의 가로등들도 하나둘 꺼져 갔고 이른 새벽부터 일터에 나가는 사람의 모습도 가끔씩 눈에 띄었다. 하지만 황도에 있는 대부분의 집이나 상점들은 여전히 불이 꺼져 있었다.

"허어, 그것참. 일이 묘하게 흘러가는구나."

거의 모든 상점들에 불이 꺼져 있었지만, 이스와 이클립스, 그리고 리켄이 있는 주점 안은 여전히 불을 밝히고 있었다. 먼저 도착한 이스가 주인에게 양해를 얻어 불을 켜놓고 있었다. 숙박비로 이클립스가 이미 상당한 돈을 선불해 놓은 상태였기에 주인은 아무런 불평도 하지 않았다.

"허어!"

이클립스에게 대략적인 사실을 전해 들은 이스는 한숨부터 내쉬었다. 이스 역시 길드장으로부터 신전의 지도를 얻은 사람들이 대신관의 목걸이를 훔쳐 간 것이라고 생각했다. 하지만 지금으로선 그들이 어디에 있는지, 정말로 대산맥에 있을지도 알 수 없는 일이었다.

"허어, 난감한 일이로다."

나오는 것은 한숨뿐이었다. 아무리 생각을 정리해 봐도 이렇다 할 좋은 방법이 떠오르지 않았는지 이스는 연신 고개를 흔들었고 리켄이나 이클립스도 조용히 입을 다물고 있었다.

"그놈들 목적이 뭘까?"

침묵을 깨고 제일 먼저 리켄이 혼잣말하듯 입을 열자 이클립스가 미간을 좁히며 대답했다.

"흠, 좋은 지적이야. 내가 알기론 대신관의 목걸이는 그렇게 비싸지 않은, 어디서나 흔하게 볼 수 있는 목걸이였지. 게다가 대신관이 가지고 있던 물건이니 마음대로 팔 수도 없는 일이지. 아무런 가치조차 없는 물건 때문에 일족이 몰살당할 수 있는 일이니 누가 그것을 사려 들겠어. 놈들은 분명 돈 때문에 일을 계획한 것은 아닌 것 같네, 리켄 군."

대신관은 황제조차 어떻게 할 수 없는 위치였다. 전 국민의 정신적인 지주였으며 전쟁 선포 같은 국가의 중요한 일이 있을 때면 대신관과 황제가 동시에 허락을 해야만 할 정도로 정치적인 힘도 무시할 수 없었다. 만약 제국의 황제가 대신관을 핍박한다는 소문이 퍼진다면 제국의 중소 국가들이 반기를 들 수도 있는 일이었다. 그런 대신관의 보물을 훔치는 일은 보통 배포가 큰 사람이 아니고선 꿈도 꾸지 못할 일이었다. 이스가 고개를 끄덕이며 다시금 긴 한숨을 내쉬었다.

"흐음, 진아의 말이 맞는 것 같구나. 그런데 무엇 하러 그것을 훔친 것일꼬? 설마 그자들이 내가 하려는 일을 위해서 그런 것은 아닐 터인데 말이다. 허어, 그것참."

"아!!"

이스의 혼잣말을 듣던 이클립스와 리켄이 흠칫 놀라는 표정을 하며 서로를 바라보았다. 그럴 가능성을 배제하지 못할 것 같았다. 자신들의 이목을 속일 정도로 뛰어난 능력자들이었다. 그런 능력자들이 도둑 길드장의 말로는 세 명이었다. 돈도 되지 않는 것을 위해 세 명이나 되는 뛰어난 능력자들이 움직였다는 말은 그들이 뭔가 다른 목적을 위해서 움직였을 가능성이 높았고, 또 그것은 이스가 하려는 파괴신의 부활일 수도 있었다.

"이, 이클립스?"

잠시 이클립스를 바라보던 리켄이 당황한 표정으로 말했다.

"그놈들이 파괴신을 부활시키려고 그랬다면 큰일이잖아. 그렇지, 이클립스. 응?"

"이스님."

"왜 그러느냐, 진아야?"

갑자기 호들갑을 떨어대며 안절부절 못하는 리켄의 물음에는 대답하지 않은 채 이클립스는 진지한 표정으로 이스를 향해 말했다.

"대신관의 목걸이를 훔쳐 간 녀석들은 저와 리켄의 이목을 속일 수 있을 정도니 보통 능력자는 아닐 것 같습니다. 하지만 그 녀석들이 꼭 파괴신을 부활시키려고 목걸이를 훔쳤다는 것은… 아직 단정할 수 없는 일입니다."

"그렇겠지."

"그리고 지금으로선 그 녀석들이 어디로 갔는지 또 어디에 숨었는지도 알 수 있는 길이 없습니다. 그렇다고 이렇게 마냥 앉아 있을 수도 없는 일이고 말입니다. 그래서 말씀인데, 저는 우선 대산맥으로 가보는 것이 어떨까 합니다. 도둑 길드장이 말한 것을 완전히 믿을 수는 없지만, 우선 대산맥으로 가서 잠시 그곳을 둘러보았으면 합니다."

"흐음."

이스는 잠시 생각에 잠겼다. 단서라고는 길드장이 말해 준 몇 가지밖에 없었지만 그것들만으로는 모래사장에서 바늘 찾기나 다름없었다. 또 길드장의 말을 전적으로 믿을 수도 없는 일이었다. 그저 대화 중에 언뜻 엿들은 내용이었기에 신뢰하기에는 무리가 있었다. 하지만 지금으로선 이클립스의 말을 따르는 것이 좋을 것 같았다.

"그래, 지금은 진아 말을 따르는 것이 좋을 것 같구나. 가봐서 아니면 다시 이곳으로 와 찾아보는 수밖에. 가자꾸나. 어서 그 대산맥이라는 곳에 다녀오자꾸나."

리켄과 이클립스의 워프 마법이라면 눈 깜짝할 사이에 대산맥과 이곳을 오갈 수 있었기에 고개를 끄덕이며 자리에서 일어선 이스 일행은 천천히 주점을 나서서 밖으로 나갔다. 아직 해는 떠오르지 않았지만 먼 하늘 저편이 조금씩 밝아지는 걸 보면 머지않아 밝은 태양이 솟아오를 것 같았다.

"이스, 마법 쓸까요?"

서늘한 새벽 공기를 마시며 잠시 걷던 리켄이 이스에게 다가왔다. 이제 리켄도 마냥 느긋하게 있을 수만은 없었는지 서두르는 기색이 완연했다. 이스와 이클립스의 파괴신 부활 계획에 차질이 생기는 것은 그도 환영하는 일이었지만, 얼굴도 모르는 자들이 파괴신을 부활시킨다는 것은 용서할 수 없었다. 하지만 어디에 있는지 어디의 누구인지 알 수 있는 길이 없으니 절로 마음이 급해지는 리켄이었다.

"그래, 그렇게 하려무나. 아니, 저 아이는?"

고개를 끄덕이던 이스가 순간 놀라는 표정으로 리켄의 어깨 너머를 바라보았다. 상점과 상점 사이의 작은 골목 앞에 작은 소녀가 쭈그려 앉아 울고 있는 모습이 보였다. 그런데 안면이 있는 소녀였다. 이스와 헤어져 어머니를 만나겠다고 떠났던 하프 엘프 소녀였다. 이스는 서둘러 소녀에게 다가갔다.

"아가, 또 무슨 일이 있는 게냐? 어머니를 찾겠다고 갔었지 않으냐?"

“아? 나, 나으리. 흐흐흑.”

“허어?”

이스를 발견한 소녀는 곧 그의 품에 안기며 커다랗게 울음을 터뜨렸고 이스는 말없이 소녀의 등을 토닥여 주었다.

“무슨 일인지 이 할아비에게 말해 보려무나. 이 할아비가 들어줄 수 있는 일이라면 뭐든지 해주겠느니라.”

어머니에게 찾아간 일이 잘못된 것 같다고 이스는 직감적으로 느낄 수 있었다. 그렇지 않고서야 소녀의 울음이 이렇게 서럽고 애틋하게 다가오진 않을 것이다.

“흐흑, 어, 어머니가 계셨던 곳에 갔었어요. 그런데…….”

오랫동안 이스의 품에서 서럽게 흐느끼던 소녀가 울먹이며 이야기를 시작했다.

도둑들이 있던 골목에서 이스와 함께 벗어난 소녀는 얼마 지나지 않아 어머니를 찾겠다고 떠나갔다. 조금 더 몸을 추스르고 다음날 날이 밝은 뒤에 찾아가라는 이스의 만류도 있었지만, 소녀는 한시라도 빨리 어머니를 찾고 싶다고 말하며 이스와 헤어졌다. 한기를 느낄 정도로 싸늘한 새벽 공기였기에 소녀의 걸레처럼 찢어진 옷으론 추위를 느낄 정도였지만 소녀는 밝은 얼굴로 어머니가 있다는 저택을 향해 뛰고 또 뛰었다. 숨이 턱까지 차 오르고 몸도 욱신거렸지만 어머니를 노예에서 벗어나게 할 수 있다는, 앞으로는 함께 살 수 있다는 생각에 그런 것은 상관하지 않았다.

저택에 도착한 소녀는 늦은 새벽임에도 불구하고 큰 소리로 문지기를 불렀다. 다른 때 같았으면 새벽에 소란을 떠는 하프 엘프를 가만 놔

두지 않을 문지기였지만, 소녀가 부탁과 함께 이스가 되찾아준 백만 씰이라는 거금을 내놓자 문지기는 흔쾌히 허락한 후 소녀를 그녀의 어머니가 거주하는 곳으로 안내해 주었다. 소녀가 만나려는 사람이 노예였고 지금은 새벽이었기에 다른 사람들의 눈에 띄지만 않는다면 별다른 문제가 없다고 생각한 것이다.

“에, 에이프릴, 네가 어떻게 여길…….”

5년 만에 만나는 딸의 모습에도 소녀의 어머니라는 여자는 기쁨보다 당혹감과 거부감이 깃든 표정으로 소녀, 에이프릴을 맞이했다. 15세 정도의 딸이 있는 여자로는 보이지 않을 정도로 놀랍도록 아름다운 여자였다. 커다란 키와 날씬하고 쭉 뻗은 몸매가 긴 금발 머리와 어울려 30대 초반의 처녀라고 해도 믿을 정도였다. 풍만한 가슴과 요염한 눈매가 지나치게 도발적이었지만 노예라고 하기보다 지적인 일을 하는 지식인에 가까워 보이는 여자였다.

“아!”

오랜 세월 동안 노예로 일했던 어머니의 깨끗하고 정갈한 모습에 에이프릴은 다행이라는 듯 눈물을 글썽였다.

“어, 어머니!”

오랜 기다림 끝에 만나는 어머니였다. 잠시 말을 잇지 못하던 에이프릴은 기쁨의 눈물을 흘리며 어머니의 품으로 안겨들었다. 하지만 에이프릴의 어머니는 딸의 어깨를 감싸지도 않은 채 미간부터 찌푸렸다.

“에이프릴, 여긴 왜 왔니?”

“네?”

너무도 냉정하고 사무적인 말투에 에이프릴은 품에서 떨어져 당황한 표정으로 어머니를 바라보았다. 아무런 감정이나 표정없는 어머니의 얼굴이 보였다.

"어머니?"

냉정한 어머니의 표정에 에이프릴의 목소리가 사뭇 떨려왔다. 에이프릴은 그러나 어머니의 이런 냉정한 반응의 이유를 생각할 수 있었다. 거지 같은 몰골로 찾아왔으니 당연했다.

"어머니, 저 돈 다 모았어요. 이것 보세요. 이제 어머니도 노예가 아니에요. 그리고 이 돈이면 얼마든지 행복하게 둘이서 살 수 있어요, 어머니."

비록 몰골은 거지 같았지만 사실은 이렇게 돈을 많이 가져왔다고, 그러니 일부러 냉정하게 대할 필요 없다는 뜻으로 에이프릴은 품에서 수표 다발을 꺼내 보였다. 하지만 어머니라는 여자는 흘낏 수표를 보았을 뿐이었다.

"미안하지만 그만 돌아가렴. 나는 이곳에서 떠날 생각이 전혀 없단다. 이젠 너도 너의 삶을 개척할 나이가 됐으니 내가 없어도 그 돈으로 잘 살아갈 수 있을 거야."

"어, 어머니, 왜 그러세요?"

직접 들었지만 믿을 수 없었는지 에이프릴은 멍한 표정으로 다가가 어머니의 두 손을 잡았다. 하지만 여자는 곧바로 에이프릴의 손을 뿌리쳤다.

"돌아가렴."

"어, 어머니."

에이프릴의 몸이 미세하게 떨리기 시작했고 입도 부들부들 떨렸다. 5년이 넘도록 기다리고 기다리던 어머니가 이렇게 차갑게 대해줄지는 절대로 생각하지 못한 일이었다. 헤어지기 전까지도 언제나 자애롭고 상냥하게 대해주시던 어머니였다. 그렇기에 에이프릴은 좀처럼 충격에서 헤어나지 못하고 멍한 표정으로 어머니만을 바라보았다.

"무슨 일이야? 빨리 들어오라고!"

뒤쪽에 있는 작은 건물의 창문이 드르륵 열리며 40대 초반으로 보이는 사내가 나타나 어서 들어오라고 여자를 재촉했다. 여자와 함께 사는 사내인 모양이었다.

"다시는 찾아오지 말거라. 네가 찾아온 것이 알려지면 이 어미가 저택에서 쫓겨날지도 모르는 일이다. 그럼, 조심해서 가거라."

싸늘한 말투로 에이프릴에게 말한 여자는 조금의 망설임도 없이 사내가 있는 작은 집으로 들어가 버렸다.

"어… 머… 니……."

에이프릴의 두 눈에서 두 줄기 굵은 눈물이 흘러내렸다. 사람들에게, 노예에게조차 천대받으며 멸시당하는 하프 엘프. 어머니의 냉정하고 싸늘한 반응은 자신이 하프 엘프이기 때문이라고 생각했다. 하지만 에이프릴은 좀처럼 지금의 현실이 믿어지지 않았다. 머리 속으로는 하프 엘프이기 때문이라고 생각했지만이 모든 것이 거짓말 같았다.

"아아."

어머니라는 여자가 들어간 낮은 건물에서 아주 작은 비명 소리가 들려오자 에이프릴은 빠르게 창문 가까이 다가갔다. 작은 소리였지만 분명 여자의 비명 소리였기에 혹시 어머니께 무슨 일이 생긴 것인지 걱정하며 에이프릴은 열려져 있는 창문으로 고개를 내밀었다.

"아!!"

창문으로 얼굴을 가져가 확인하던 에이프릴의 얼굴이 경악으로 물들었다. 멀지 않은 곳에 가로등이 있었기에 창문 안의 모습은 어렵지 않게 볼 수 있었다. 실오라기 하나 걸치지 않은 자신의 어머니와 조금 전에 재촉하던 40대 초반의 사내가 사랑을 나누고 있었다. 순간 에이프릴는 그녀의 어머니와 시선이 마주쳤다.

"흐흑!"

그때까지 희망을 잃지 않았던 에이프릴은 어머니의 차가운 눈빛과 비릿한 미소에 울음을 터뜨리며 저택을 벗어났다.

"허어, 어찌 어미가 돼서 제 자식을 그리도 매몰차게 내칠 수 있단 말인가. 안타까운 일이로다."

긴 한숨을 토하며 이스가 다시금 하프 엘프 소녀, 에이프릴의 가녀린 어깨를 안아주었다. 이 가여운 아이가 무얼 잘못했다고 어미라는 사람이 그렇게까지 심하게 대하는 것인지 이스는 이해할 수 없었다. 그가 보기엔 그저 남들보다 귀가 조금 클 뿐, 귀엽고 어여쁜 아이였다. 겨우 그런 것 가지고 천대하거나 학대하는 사람들이 이스에겐 이상하고 어이없는 일이었다.

"아가."

"네, 어르신."

부드럽게 머릿결을 쓰다듬어 주며 이스가 입을 열었다.

"너무 상심하지 말거라. 어쩌면 어머니께서 다른 일이 있어 그랬을 수도 있을 것 같구나. 그러니 날이 밝으면 다시 한 번 찾아가 보려무나."

완벽하게 내친 것이었지만 이스는 어떻게 해서든 위로하고 싶었다. 그러나 에이프릴은 쓸쓸한 미소를 지으며 고개를 저었다.

"아닙니다, 나으리. 저 같은 하프 엘프 따위에게 어머니라니, 당치도 않아요. 제가 너무 터무니없는 생각을 했던 것 같아요."

어느새 마음을 가다듬은 에이프릴이 조용하고 차분하게 대답했지만 그녀의 목소리엔 조금의 힘도 느껴지지 않았다. 그토록 보고 싶어 어린 나이에도 불구하고 5년이 넘도록 고생을 겪으며 간신히 만난 어머니. 하지만 꿈에서 그리던 어머니와 현실의 어머니는 천지 차이였다.

"허어."

조용히 침묵을 지키고 있는 에이프릴의 머리를 쓰다듬으며 이스는 다시 한숨을 내쉬었다. 가엽고 불쌍한 에이프릴에게 뭐라도 해주고 싶었지만 아무리 생각해 봐도 소녀를 위해 더 이상 해줄 수 있는 일이 없었다.

"저, 나으리?"

"오냐, 아가. 말해 보거라."

한동안 이어지던 침묵을 깨고 에이프릴이 조용히 입을 열었다.

"저, 괜찮으시다면 제가 나으리를 따라가도 될까요? 무엇이든 하겠어요. 이래 보여도 빨래하고 밥도 잘하고 노래도 잘하거든요?"

살아갈 목적을 잃어버린 에이프릴은 어떻게 해서든 이스와 함께하고 싶어했다. 이스가 준 수표가 있어 어디를 가더라도 돈 걱정 하지 않고 살 수 있었지만 지금은 이스를 따라가고 싶었다. 세상 어디를 가더라도 하프 엘프에게 이스처럼 따듯하게 대해주는 사람은 없을 것이다. 인자하고 자상한, 마치 친할아버지 같은 이스라면 노예가 되더라도 상관없다는 생각에 에이프릴은 눈물까지 글썽이며 애원했다.

"허허허, 그렇게 하자꾸나. 이 할아비하고 같이 다니면서 세상 구경 하는 것도 괜찮은 일이지. 사람은 자고로 어려서부터 견문을 넓혀야 도리를 깨우치고 세상 보는 눈을 넓힐 수 있는 일이지. 허허허."

이스는 머뭇거리지 않고 허허 웃으며 고개를 끄덕였다. 눈물 섞인 에이프릴의 애틋한 눈망울이 그의 마음을 움직이게 한 것이다. 또 아직은 어린아이였기에 혼자서 사람들 틈바구니 속에 살게 하는 것보다 잠시 함께 다니며 세상 구경을 하는 것도 좋을 것 같다는 생각에 흔쾌히 고개를 끄덕인 이스였다.

"안 됩니다, 이스님."

지금껏 조용히 지켜보던 이클립스가 고개를 흔들며 다가왔다.

"이스님 마음을 모르는 것은 아니지만 그 소녀는 방해만 될 것 같습니다. 다시 한 번 생각해 주십시오, 이스님."

"허허허. 괜찮다, 진아야. 이 할아비하고 함께 다니는 데 무슨 방해가 되겠느냐. 내가 잘 돌볼 것이니 걱정하지 말거라."

"하지만."

"허허허."

이스는 소녀와 함께 다니는 것이 기쁜 모양이었는지 이클립스의 반대에도 그저 웃음만 머금었다. 할 수 없이 이클립스는 자신의 뜻을 접을 수밖에 없었다. 그 역시 이스의 힘에 굴복해 인질이나 마찬가지로 함께하고 있는 것이니 이스가 하자는 것을 반대할 입장도 아니었다. 또 얼굴 가득 웃음을 머금으며 좋아하는 이스를 보자 더 이상 반대하고 싶지도 않았다. 생각해 보니 마족 최강의 전사인 자신과 현존하는 드래곤들 중 최고의 공격력을 자랑하는 리켄, 거기에 이스까지 함께이니 하프 엘프 소녀가 마음먹고 방해해 봤자 통하지 않을 것은 뻔한 이치였다.

"어이, 꼬마! 이름이 뭐야? 우리하고 함께한다면서 이름은 알려줘야지, 앙?"

“네. 아, 네. 에이프릴. 에이프릴 감마입니다. 그냥 에이프릴이라고 불러주세요.”

이클립스가 물러서자 이번엔 리켄이 깡패처럼 건들거리며 에이프릴에게 다가갔다. 나름대로 기선을 잡겠다는 생각이었는지 리켄의 표정이 사뭇 일그러져 있었지만 에이프릴은 웃음이 터지려는 것을 간신히 참아야 했다. 이스가 나섰다.

꽁.

“악!! 왜 때려요! 내가 뭘 잘못했다고요?!”

“이 녀석, 홍아야. 어찌 어린아이에게 그리 무섭게 구는고? 앞으로 한동안 같이 다닐 터인데. 좀 더 잘 대해주어야지!!”

“에이 씨! 잘 대해주려고 이름부터 묻고 있었는데 왜 때리는 거예요?!”

꽁.

“때린 데 좀 그만 때리라고 했잖아요!! 우잉~”

“하하하.”

이스와 리켄의 모습에 참지 못하고 에이프릴은 웃음을 터뜨렸다. 이스도 그렇지만 홍아(리켄)라는 사람(?) 역시 좋은 사람이라고 생각했는지 에이프릴의 얼굴에 밝은 미소가 피어올랐다. 진아(이클립스)라는 사람이 조금 못마땅한 표정을 지었지만 그것은 자신이 하프 엘프이기 때문이 아닌 그들의 일에 방해를 주지 않을까 하는 걱정 때문이란 걸 에이프릴도 느낄 수 있었다. 이들 모두 각자 차이가 조금 있을 뿐 멸시하거나 하찮은 벌레처럼 대하진 않았다. 에이프릴은 그것만으로도 가슴이 따스해지는 것 같았다.

“이스님.”

“그래, 말해 보거라, 진아야.”

모두가 움직일 생각도 하지 않자 이클립스가 나섰다.

“더 이상 시간을 끄는 건 좋지 않을 것 같습니다. 어서 대산맥으로 출발해 놈들을 찾아보는 것이 좋을 듯합니다.”

“허허. 그래, 그렇게 하자꾸나. 이 아이를 만나서 이 할아비가 깜빡했구나.”

그제야 일행의 목적이 생각났는지 이스는 허허 웃으며 기다란 수염을 쓰다듬었다. 이클립스가 곧바로 리켄에게 말했다.

“리켄 군, 준비하게.”

“명령하지 마, 짜샤! 나도 듣고 있었어.”

이스에게 쥐어박힌 머리가 아픈지 리켄은 머리를 쓰다듬으며 워프 마법을 시행했고 순간 일행 주위로 둥그렇게 빛의 기둥이 생기더니 이스와 리켄, 이클립스와 에이프릴이 자리에서 순간적으로 모습을 감췄다. 7서클의 마법사가 한 시간을 외워도 실행 가능성이 30%밖에 되지 않는다는 워프 마법을 눈 깜짝할 사이에 리켄이 실행한 것이다. 마법을 아는 누군가가 봤다면 턱이 빠질 정도로 입을 벌리고 경악했겠지만 레드 드래곤인 리켄에게는 아무것도 아닌 일상적인 마법이었다.

휘이이잉~

워프 마법으로 사라져 간 이스 일행의 주위로 슬쩍 돌개바람이 일다 사라졌다. 아직까지 해는 떠오르지 않았고 황도 대부분의 건물들 역시 잠에서 깨어나지 못하고 있었다.

콰아아아―

이스 일행이 워프 마법으로 사라지고 대략 10여 분 정도가 흘렀을 때였다. 멀리서 커다란 불꽃이 무서운 소리와 함께 치솟아올랐다. 불이었다. 커다란 저택 전체가 큰 불에 휩싸여 있었다. 에이프릴의 어머니가 노예로 일하고 있는 저택이었다.

쿠우우우―

마치 누군가가 의도적으로 방화한 것처럼 갑자기 치솟은 불꽃치고는 너무도 큰 불이었다. 밝은 불덩어리가 번쩍인 순간, 저택 전체가 불꽃에 휩싸인 모습이었다.

화르르―

아직 단잠을 자고 있을 시간이었기에 저택에서 불을 피하기 위해 움직이는 사람은 한 명도 찾아보기 힘들었다. 인명 피해가 상당할 듯싶었다.

저벅. 저벅.

무서운 기세로 타오르는 불꽃 사이로 누군가의 움직임이 보였다. 저택의 커다란 정원 근처였다. 여자, 에이프릴이 어머니라고 부르던 여자였다. 노예들이 입던 치장이 거의 없는 원피스가 아닌 기다란 로브 속으로 발목까지 내려오는 핏빛 원피스 차림이었다.

화르르.

뜨거운 불길이 사방에서 다가오는데도 여자는 신경조차 쓰지 않는 모습이었다. 놀라운 장면은 모든 것을 집어삼킬 것처럼 사납게 타오르는 불길이 그녀의 근처로는 다가가지 않았으며 불이 붙어 있던 곳도 그녀가 다가가면 사그라졌다.

"호호호."

정원 한 가운데에 멈춰 선 여자가 요염한 웃음을 머금으며 주변을 둘러보았다. 커다란 아름드리 나무들이며 정원사가 정성을 쏟아 부었을 정원수들이 타오르는 불길 속에서 순식간에 재로 변해갔다.

"지겨웠어."

냉정한 눈초리로 주변을 둘러보던 여자가 슬쩍 시선을 아래쪽으로 가져가며 오른손에 들고 있던 무언가를 눈 높이까지 들어 올렸다. 사람, 그것도 40대 초반으로 보이는 남자의 목이 여자의 손에 들려져 있었다. 무언가 날카로운 것에 잘렸는지 사내의 목 아랫 부분은 주르륵 피가 흐를 뿐 아무것도 보이지 않았다.

"그동안 즐거웠어."

얼마 전 에이프릴이 왔을 때 그녀와 사랑을 나누던 남자의 목이었다. 그런데도 여자의 얼굴엔 비릿한 조소만이 보이고 있었다.

"안녕."

쪽 소리가 날 정도로 사내의 이마에 입을 맞춘 여자는 들고 있던 사내의 목을 아무런 망설임 없이 타오르는 불 속으로 던져 버렸다.

"나쁜 놈들, 미리 알려주기나 할 것이지."

자신과 몇 년 동안이나 함께 지냈던 사내의 목이 순식간에 타버리는데도 여자는 하늘을 바라보며 뿌득 이빨을 갈아댔다. 그런 여자의 눈으로 짙은 살기가 나타나다 곧바로 사라져 버렸다.

"두고 보자, 이놈."

허공을 향해 원망 섞인 목소리로 중얼거리던 여자가 다시금 뭔가를 중얼거리자 여자의 몸이 순간적으로 사라졌다. 리켄이 워프를 했을 때와 똑같았다.

"불이야!"

여자의 모습이 사라짐과 동시에 저택 주변의 집들에서 사람들이 놀라며 뛰어나왔다. 어떤 이는 무서운 불길을 피해 가재도구를 챙겼고 어떤 이는 어떻게 해서라도 불을 끄기 위해 물을 찾았다.

화르르르.

화마는 커다란 저택만을 태울 뿐 다른 곳으로 옮겨 붙지 않았다. 오히려 저택의 모든 것을 순식간에 태워 버린 불길이 점차 사그라지고 있었다.

제8장 에리엘

“아!!”

도시 속 풍경에서 눈 깜짝할 사이에 주변 모습이 온통 우거진 나무들과 수풀들로 바뀌자 에이프릴이 감탄하며 주변을 두리번거렸다. 아무리 둘러봐도 그 끝이 보이지 않을 정도로 끝없이 이어진 크고 작은 산들로 빽빽한 주변이었다. 마치 산과 숲으로 이루어진 바다 같았다. 이곳이 어디인지는 황도에서 떠나기 전 이클립스의 말을 들어 알 수 있었지만, 대산맥이라는 지명은 그저 몇 번 들어만 봤을 뿐 직접 눈으로 확인한 것은 난생처음인 에이프릴은 아직 해가 완전히 떠오르지 않아 어둠침침한 주변인데도 마냥 신기하다는 얼굴로 바라보았다.

“대, 대단해요!”

한동안 주변을 둘러보던 에이프릴이 초롱초롱 눈망울을 빛내며 리켄을 향해 고개를 돌렸다. 에이프릴은 워프라는 마법이 어떤 것인지 알 순 없었지만 워프라는 엄청난 마법을 통해 눈 깜짝할 사이에 이런 먼 곳까지 올 수 있게 한 리켄이 대단해 보였다.

"헤헤헤, 뭐 이런 것쯤이야 얼마든지, 언제든지, 이 몸은 아무렇지도 않게 할 수 있지. 그러니까 너무 놀라지 말라구. 헤헤헤."

에이프릴의 칭찬, 아주 오래간만에 들어보는 칭찬에 리켄의 어깨가 으쓱 올라갔다.

"어때, 짜샤? 내가 이런… 응?"

득의양양한 표정으로 이클립스에게 고개를 돌려 자랑하려던 리켄의 미간이 살짝 일그러졌다. 이스와 이클립스의 심상치 않은 얼굴 때문이었다. 리켄은 서둘러 그들의 시선을 쫓았다.

"엇! 저건!"

하늘은 어느새 사뭇 밝아져 있었기에 마법을 이용하지 않아도 주변을 보기엔 어려움이 없었다. 그런데 일행이 있는 지점으로부터 대략 50여 걸음 떨어진 허공에 누군가가 공중에 둥실 떠 있는 모습이 보였다. 나뭇가지 위에 올라 있는 것도 아니고 뭔가를 이용한 것도 아닌 스스로가 둥둥 떠 있었다. 쭉 뻗은 가느다란 몸매에 발목 아래까지 내려갈 것 같은 기다란 금발 머리. 수영할 때에나 입을 것 같은, 몸에 착 달라붙어 굴곡을 고스란히 보여주는 옷과 맨발 차림의 여자였다. 대략 20대 후반에서 30대 초반으로 보이는 외모였다.

"큭!!"

이스 일행들의 시선을 느꼈는지 금발의 여자가 허공에서 천천히 일행들 쪽으로 고개를 돌렸다. 순간 이클립스의 얼굴이 잔뜩 일그러졌다.

"에… 리… 엘……!!"

부서질 것처럼 꼭 다물린 이클립스의 하얀 이빨 사이로 누군가의 이름이 흘러나왔다.

에리엘. 허공에서 무감정한 표정으로 일행들에게 시선을 주고 있는 여자의 이름이었다. 이클립스와 좋지 않은 인연이 있었는지 에리엘을 바라보는 이클립스의 눈동자가 점차 붉게 변하고 있었으며, 에리엘의 몸 주변으로도 에메랄드 빛 아지랑이가 이글거리며 피어올랐다.

"이스님."

"그래, 말해 보거라."

에리엘에게서 시선을 떼지 않으며 이클립스가 이스를 향해 말했다.

"저놈은, 저놈만은 반드시 죽여야 합니다. 부디 허락해 주십시오."

이클립스의 눈은 이미 핏빛으로 물들어 있었으며 뼈가 부서질 것처럼 꼭 쥐어진 주먹도 부들부들 떨리고 있었다. 그에게서 뿜어져 나오는 살기로 십여 걸음 안팎의 주변은 나뭇잎이며 풀잎들이 순식간에 타들어갈 정도였다. 만약 주변에 사람이 있었다면 심장이 마비돼 죽을 정도로 이클립스에게서 뿜어져 나오는 살기는 더욱 기세를 높여갔다.

"허어."

절로 탄식부터 터지는 이스였다. 이성이 마비될 것 같은 살기를 머금으면서도 자신에게 허락을 구하는 것이 대견했지만, 이클립스의 말 속에서 진한 슬픔과 분노가 느껴졌다.

"진아야."

"네, 이스님."

"조심하거라."

"아!!"

조심하라는 이스의 말에 이클립스의 어깨가 움찔거렸다. 걱정 가득한 이스의 말 때문이었다. 가식이나 거짓이 조금도 느껴지지 않는, 듣는 이의 가슴이 찡할 것 같은 애정이 담겨 있는 말이었다.

"걱정하지 마십시오, 이스님. 빨리 끝내고 돌아오겠습니다."

죽일 듯한 눈초리로 에리엘을 노려보던 이클립스가 이스를 돌아보며 부드럽게 미소 지었다. 살기는 여전했지만 상당히 안정을 되찾은 모습이었다.

"혼자서 괜찮겠어? 도와줄까?"

이스에게 살짝 고개를 끄덕인 이클립스가 에리엘을 향해 날아가려 할 때였다. 리켄이 이클립스의 앞을 막아섰다. 좀처럼 보기 힘든 진지한 표정의 리켄이었지만 이클립스는 고개를 흔들었다.

"칫!"

리켄은 두말없이 길을 비켜주었다. 함께 싸우고 싶은 마음은 굴뚝같았지만 비장한 이클립스의 얼굴을 보자 더 이상 말을 할 수가 없었다. 그러나 리켄은 두 주먹을 꼭 쥔 채 에리엘에게 날아가는 이클립스를 끝까지 주시했다. 만약 무슨 일이라도 벌어진다면 곧바로 달려가겠다는 걱정스런 표정으로 긴장을 늦추지 않았다.

"오랜만이네요. 저주받을 더러운 피의 계승자, 이클립스."

대략 삼십여 걸음 앞에 멈춰 선 이클립스를 보며 에리엘이 상냥하게 고개를 끄덕이며 미소 지었다. 보는 것만으로도 기분이 좋아질 것 같은 환하고 화사한 미소였다. 하지만 이클립스의 일그러진 얼굴은 변함이 없었다.

"흥, 천계(天界)의 수장 에리엘. 그 창녀 같은 옷차림은 여전하군. 빛의 수호자라서 그런지 속이 훤히 보이는 옷만 입고 다니나 보군. 딴에는 괜찮다고 생각하는지 모르겠지만 보는 사람 입장도 생각해 줘야지.

토할 것 같잖은가?"

"이!!"

구역질난다는 표정으로 이클립스가 말하자 에리엘의 미간이 조금이지만 좁혀졌다. 그녀가 입고 있는 옷은 해변이나 인공적으로 만든 수영장에서 여자들이 즐겨 입고 다니는 원피스 수영복과 너무도 똑같은 모습이었다. 아니, 수영복 말고는 달리 입을 일이 없어 보이는 옷이었다. 그런데 에리엘이 입고 있는 엷은 풀빛 옷은 살짝이지만 속이 비치는 옷이었다. 속옷이라면 모를까 외출복으로는 정신이 어떻게 되지 않는 한 입고 다니지 않을 것 같았다.

속살이 보이는 수영복 같은 옷을 입은 에리엘은 그것 말고는 다른 어떤 것도 몸에 걸치지 않았다. 우윳빛으로 빛나는 새하얀 살결과 엷은 풀빛 원피스 수영복, 발목 아래까지 내려오는 화려하게 웨이브 진 금발 머리, 투명한 호수 같은 눈동자의 모습이 어딘지 신비스럽고 성스럽게까지 느껴졌지만, 지나치게 육감적인 몸매가 가장 먼저 눈에 띄는 모습이었다.

"훗, 찔리나 보군. 천계의 창녀!"

"호호호."

한동안 이클립스의 말에 불쾌한 표정을 짓던 에리엘에게서 커다란 웃음이 터져 나왔다.

"그래요. 천계의 창녀라 말한다면 뭐라고 할 말은 없군요, 호호호. 그대가 말하는 천계의 창녀에게 전대의 마왕이었던 아버지와 마계 최강의 전사였다는 그대의 형이 왜 죽었을까요? 고작 천계의 창녀에게 마왕이라는 자와 최고의 전사가 힘 한 번 쓰지 못하고 죽었다니 정말 궁금한 일이지요?"

"큭!"

에리엘의 말이 끝나기도 전에 이클립스의 몸에서 검은 파동이 터지듯 뿜어지며 사방으로 뻗어 나갔다. 그 순간 검은 연기 같은 것이 타오르듯 그의 몸 주위에 나타나더니 불꽃이 일렁이는 것처럼 흔들렸다.

"얕보지 마라, 에리엘. 이 몸은 이미 오래전에 아버지와 형의 힘을 넘어섰다."

"호호호."

강렬한 살기가 느껴지는 이클립스의 말투에도 에리엘은 비웃음을 터뜨렸다. 하지만 이클립스의 기운이 상승하자 그녀의 몸 주위에 아지랑이 같은 에메랄드 빛 기운이 더 더욱 밝은 빛을 발했다. 겉으론 웃고 있었지만 그녀 역시 힘을 모으는 모양이다.

슈우우—

에리엘과 이클립스가 뿜어내는 기운이 허공에서 부딪치며 매서운 돌개바람을 일으켰다. 서로 간의 거리가 삼십여 걸음이나 떨어져 있음에도 서로의 기운이 허공에서 보이지 않는 싸움을 시작한 것 같았다.

"호홋."

에리엘에게서 돌연 피식하고 웃음이 터져 나왔다. 이클립스가 살기 가득한 무서운 눈으로 노려보고 있는데도 그녀의 표정은 너 따윈 안중에도 없다고 말하는 것 같았다. 비웃음을 머금으며 에리엘이 입을 열었다.

"그때의 그 집쟁이가 이렇게까지 성장할 줄이야. 세월의 힘은 역시 무시할 수 없는 것 같아요. 하지만 아쉽군요. 그대가 얼마나 성장했는지 확인하고 싶지만 제겐 그리 시간이 많지 않군요. 지금이라도 늦지 않았어요, 이클립스. 방해하지 말고 물러서면 그냥 넘어가 드리죠. 그때처럼 말이에요.”

“으아아아아!!”

더 이상 참지 못하고 이클립스가 비명 같은 함성을 터뜨리며 두 손을 가슴 앞에 모았다. 순간 그의 주변에서 춤추듯 일렁이던 검은 기운들이 두 손 사이로 무섭게 모여들었다.

슈슈슈.

“크아아아!”

잠시 두 손 사이에 힘을 집중하던 이클립스가 기합과 함께 두 손을 천천히 좌우로 끌어당겼다. 그러자 손 사이에 모여들었던 검은 기운들이 이클립스의 양손으로 갈라지며 둥그런 공 같은 형태로 만들어졌다.

치지지직.

두 개의 검은 기운이 손에 만들어지자 이클립스에게서 뿜어져 나오는 검은 기운들이 더욱 기세를 더해갔으며 돌개바람처럼 소용돌이치던 주변은 초대형 폭풍이 몰아치는 것처럼 변했다.

“하아, 하아!”

모든 힘을 두 손에 있는 검은 기운에 집중한 것인지 이클립스의 얼굴이 힘겨워 보였으며 연신 거친 호흡을 토해냈다.

“크크크.”

몇 번 거칠게 숨을 고른 이클립스의 하얀 이빨이 무섭게 번뜩였다. 어느새 붉은빛만을 발하는 두 눈동자와 하얀 이빨. 이제 이클립스는 마족 최강의 전사로 돌아간 모습이었다.

“흥.”

에리엘의 얼굴에서 비웃는 듯한 웃음이 사라졌다. 겉으론 콧방귀를 끼었지만 무시할 수 없는 이클립스의 힘을 그녀가 모를 리 없었다.

슈우우우우.

뭔가를 드는 것처럼 에리엘이 두 손을 천천히 어깨 높이까지 들었다. 순간 그녀의 두 손에서 눈부신 빛의 덩어리가 나타나더니 빠르게 검의 형태를 이뤄갔다.

"관용을 베풀어 용서해 줬더니 역시 마족은 은혜를 모르는 더럽고 저주받을 족속이로군요."

아름다운 에리엘의 눈동자에 짙은 살기가 아른거렸다. 이제 그녀도 진심으로 이클립스를 대할 생각인 것 같았다.

쿠콰콰!

그녀의 키보다 훨씬 커다란, 눈부시게 빛나는 검을 이클립스에게 겨누자 주변에서 맹렬하게 소용돌이치던 돌풍이 더욱 위세를 더해갔다.

"흐음."

멀리서 바라보던 이스의 얼굴에 근심이 어리기 시작했다. 이미 반경 몇백여 미터가 순식간에 초토화되어 가고 있었다. 아름드리 나무들과 커다란 바위덩어리들이 무섭게 몰아치는 대기의 흐름에 허공을 날아다니고 있었으며 크고 작은 동물들 역시 마찬가지였다. 리켄은 만약을 대비해 자신이 알고 있는 방어 마법 중 최강의 것을 준비하고 있었고, 이스는 그저 가만히 뒷짐을 지고 있었지만 그와 에이프릴 주위로는 그 어떤 것도 침범하지 못했다. 에이프릴은 잔뜩 겁먹은 얼굴로 이스의 뒤에 붙어 있었다.

휘이이잉~

귀청이 따가울 정도로 주변에서 맹렬한 기세로 바람이 몰아치고 있었지만 이스는 허공에 있는 두 인물들에게 시선을 떼지 못한 채 연신 고개를 흔들어댔다. 리켄이 이스 가까이 다가왔다.

"왜 그래요, 이스?"

"진아의 상대가 보통 강한 것이 아니구나. 흐음."

"이클립스 녀석, 위험하겠죠? 도와야 하겠죠? 지금이라도 도울까요, 네?"

걱정스런 얼굴로 리켄이 이스의 팔을 흔들어댔다. 이스가 허락만 한다면 이클립스가 뭐라 하지 않을 것이기에 리켄은 이스의 고개가 끄덕여지기만을 기다렸다. 하지만 기대와는 달리 이스의 고개는 가로저어졌다.

"이 할아비도 그렇게 하고 싶은 마음이 굴뚝같단다. 하나, 저 여인을 향한 진아의 원한이 태산처럼 높고 바다처럼 깊은 듯싶구나. 저런 상대와 싸우는 것인데, 다른 이가 도움을 준다면 진아의 마음이 편치 않을 것이야. 자기의 원한을 다른 이의 힘을 빌려 갚는다면 얼마나 수치스런 일이겠느냐. 또한 진아의 상대가 한 명인데 우리 모두가 나선다면 창피한 일이지. 너무 걱정 말거라. 저 여인의 힘이 무서울 정도로 강하긴 하지만 진아 역시 누구보다 잠재력이 뛰어난 아이다. 이 할아비가 생각하기에도 이번 싸움은 많은 어려움이 따를 것 같지만, 진아에게는 커다란 도움이 될 것이니 조용히 지켜보자꾸나."

"알겠어요."

리켄은 의외로 순순히 고개를 끄덕였다. 입장을 바꿔놓고 생각해 봐도 마찬가지일 것 같았다. 그리고 이스가 곁에 있었다. 마법도, 다른 어떤 것도 이용하지 않은 채 드래곤과 마족 최강의 전사를 이기는 인간 같지 않은 인간이었다. 그동안 함께 지내며 이스가 보인 이클립스에 대한 애정이라면 위험할 때 보고만 있지는 않을 것이기에 어느 정도 마음을 놓을 수 있었다.

“이클립스.”

다시금 이클립스가 있는 허공으로 리켄이 시선을 옮겼을 때 에리엘에게 달려드는 이클립스의 모습이 보였다.

“으아아아!”

원한과 분노가 가득 담겨 있는 함성을 터뜨리며 이클립스가 에리엘을 향해 두 손을 내려쳤다. 소름이 돋을 정도로 강렬한 힘이었고 이스와 리켄이 아니고선 볼 수조차 없을 정도로 빠른 움직임이었다. 그러나 에리엘의 검 역시 만만치 않은 속도로 이클립스의 힘을 막았다.

콰쾅!!

이클립스의 손에서 폭사된 두 개의 검은 기운과 에리엘의 눈부시도록 빛나는 검이 허공에서 부딪친 순간, 귀청이 떨어질 것 같은 굉음이 대지에 퍼져 나갔다. 그러나 굉음보다 먼저 두 인물이 반대로 튕겨 나가는 모습이 보였다. 이클립스와 에리엘이었다.

“크흑.”

대략 오십여 걸음 정도 떨어진 허공에 멈춰 선 이클립스의 입에서 검은 액체가 울컥울컥 쏟아지고 있었다. 허리까지 내려오는 탐스러운 머리도 반 이상이 타버렸고 망토와 옷 모두가 걸레처럼 찢어졌다. 하지만 왼팔에 비하면 아무것도 아니었다. 단 한 번의 힘 대결의 결과, 이클립스의 왼쪽 팔이 팔꿈치 아래부터 보이지 않았다.

“하아, 하아.”

처참한 이클립스와는 달리 에리엘은 가볍게 숨을 고를 뿐 피를 흘리거나 상처를 입은 곳이 없었다. 몸의 이곳저곳에 생채기 같은 가벼운 상처만 보일 뿐이었다.

“호호호.”

잠시 호흡을 가다듬은 에리엘에게서 커다란 웃음이 터져 나왔다. 단 한 번의 힘 대결이었지만 실력의 차이가 명확히 드러났다고 생각했는지 에리엘은 손에 들려져 있던 눈부시게 빛나는 검을 없애 버리며 말을 이었다.

"그래도 명색이 마족 최강의 전사라고 해서 조금이지만 기대를 했었는데, 제 기대가 너무 컸던 것 같군요."

"크크크."

에리엘의 비웃음 가득한 말을 음산한 웃음으로 대신한 이클립스가 말했다.

"팔 하나를 내주고 약점을 알았으니 아쉬울 것은 없다. 나야말로 실망이다, 에리엘. 내 아버지와 형을 죽인 원수가 겨우 이 정도였을 줄은 미처 몰랐다. 크크크."

"호호호. 마족은 자존심밖에 없다고 하더니 그 몰골을 하고도 입은 죽지 않았군요. 쯧쯧, 용서해 줄까 생각했었는데 아무래도 그대 같은 더러운 족속들은 소멸되어야 자신의 주제를 파악할 것 같군요."

"크크크, 내 말이 사실인지 거짓인지 이제부터 보여주마."

하얀 이빨이 모두 보이게 웃어 보인 이클립스가 양 옆으로 두 팔을 뻗었다. 그러자 검은 기운들이 가공할 속도로 그의 가슴 앞으로 모여들기 시작했다.

"새롭게 마족 최고의 전사라는 이름을 얻은 나의 힘을 보여주지."

쿠쿠쿠쿠.

치지지지.

가슴 앞에 모이던 검은 기운이 점차 커지며 이클립스의 몸 전체를 휘감았다. 검은 스파크들이 맹렬하게 돌아가는 검은 기운 주위에 나타났으며 그것의 굵기가 점차 커져 갔다.

"쯧쯧, 저주받을 어리석은 족속들."

할 수 없다는 표정으로 에리엘은 다시금 눈부신 빛을 발하는 검을 만들었다. 이번만큼은 반드시 죽여 버리겠다고 생각한 에리엘의 눈동 자에 살기가 가득 피어올랐다.

"흐아아아!"

온 산을 쩌렁쩌렁 울릴 정도로 커다란 기합을 터뜨리며 이클립스가 움직였다. 순간 오십여 걸음이나 되던 거리가 눈 깜짝할 사이에 좁혀 들었다.

콰쾅!

이클립스의 검은 기운이 에리엘의 검에 부딪치며 굉음을 쏟아냈다. 하지만 이번엔 튕겨 나가지 않았다.

파치치치.

수십 개의 눈부신 빛덩어리들이 에리엘의 검에서 뿜어지며 이클립 스의 검은 기운을 뚫고 지나갔다. 빛의 덩어리 하나하나가 지나칠 때 마다 이클립스의 몸도 여기저기 뜯겨지거나 떨어져 나갔다. 순식간에 이클립스의 두 다리가 허벅지까지 없어졌고 팔꿈치부터 뜯겨진 팔도 어깨까지 움푹 사라졌다. 눈을 스치고 지나간 빛무리에도 한쪽 눈이 순식간에 타버렸다. 하지만 이클립스는 조금도 움츠러들지 않고 마지 막 힘을 가했다.

"죽어라, 에리엘!!"

수많은 빛무리가 쏟아지는 순간에도 이클립스는 에리엘의 약점을 놓치지 않았다. 그것은 검에 힘을 가할 때 순간적으로 나타나는 작은 틈이었고 마지막 남은 힘을 한곳에 집중한 이클립스는 두 다리와 한쪽 팔, 그리고 한쪽 눈을 내주며 에리엘의 약점에 모든 힘을 쏟아 부었다.

"엇?"

찰나의 순간에 나타나는 빈틈을 비집고 이클립스가 들어오자 침착하던 에리엘에게서 다급한 외침이 터졌지만 이미 피할 시간이 없었다. 에리엘은 전력을 다해 이클립스에게 달려들었다.

콰콰콰쾅.

"우왓!!"

"까아아악!!"

어마어마한 폭발이 허공에서 터져 나왔다. 멀찌감치 지상에서 둘을 보고 있던 리켄과 에이프릴이 비명을 터뜨리며 몸을 움츠릴 정도였다.

콰콰쾅! 콰콰콰쾅!!

폭죽이 터지는 것처럼 허공에서 시작된 폭발은 수십 번도 넘게 이어졌다. 무서운 폭풍이 뒤를 이으며 주변 몇백여 미터가 순식간에 초토화됐다. 너무도 커다란 폭발음에 리켄은 방어 마법조차 시행하지 못한 채 고개를 숙이고 있었으며 에이프릴 역시 이스의 등 뒤에서 잔뜩 겁을 먹은 채 몸을 떨고 있었다.

"허어."

아름드리 나무들이 뿌리째 뽑혀 날아가고 커다란 바위가 부서질 정도의 위력적인 폭발과 폭풍이 몰아쳤지만 이스와 리켄, 그리고 에이프릴 주위 십여 걸음은 아무런 피해도 없었다. 이스가 조용히 힘을 썼기에 가능한 일이었다. 하지만 이스의 표정이 좋지 못했다. 자욱한 흙먼지와 매캐한 연기들이 시야를 가득 메우고 있었지만 그의 눈으론 두 인물의 모습이 보이고 있었기 때문이다.

휘이이이~

오랜 시간 동안 지속되던 폭발과 폭풍이 사라지고 잠시 후 산 아래에서 강한 바람이 불어와 시야를 막고 있던 흙먼지들과 연기들을 날려버렸다.

"아."

주변이 조용해지자 리켄이 서둘러 움츠렸던 몸을 풀고 주변을 둘러보았다. 이클립스를 찾는 모양이었다.

"이, 이클립스!!"

초토화돼 버린 대지 위에 비스듬히 쓰러져 있는 이클립스의 처참한 모습을 리켄은 오래지 않아 발견할 수 있었다. 순간 리켄에게서 가공할 살기가 폭발했다.

"우아아아!!"

슈우우우.

괴성을 터뜨리던 리켄의 몸이 푸른빛으로 감싸였다고 생각한 순간 그의 몸이 하늘로 치솟았다. 그리고 이스와 에이프릴 위로 산 하나를 덮을 정도로 거대한 그림자가 나타났다. 인간의 외형으로 폴리모프하고 있던 리켄이 본래의 모습으로 돌아간 것이다.

[쿠워어어어어!]

본래의 모습을 되찾자마자 리켄은 커다란 괴성을 터뜨렸다. 이클립스의 처참한 모습에 이성을 잃었는지 리켄의 괴성에 담긴 살기가 온 대지를 뒤덮을 것 같았다.

[쿠워어어어, 쿠워어어어!!]

리켄은 연신 괴성을 터뜨리며 주변을 둘러봤다. 에리엘을 찾는 것 같았지만 너무도 이성을 잃어서인지 좀처럼 찾지 못하고 끊임없이 괴성을 터뜨려 댔다.

"허어."

리켄이 에리엘을 찾느라 정신이 없을 때 이스는 에이프릴을 등에 업고 느린 걸음으로 이클립스를 향해 걸어갔다. 두 다리를 잃고 한쪽 팔이 완전히 보이지 않았으며 눈도 하나밖에 남지 않은 이클립스는 그리 멀리 있지 않았다.

"하아."

이클립스 근처까지 걸어간 이스는 좀처럼 입을 열지 못했다. 처참한 이클립스의 모습이 자신 때문인 것 같아 마음이 아파왔다.

울컥.

"크윽."

몇 움큼이나 되는 검은 액체를 입 밖으로 토하면서도 이클립스는 에리엘을 찾는 데 정신이 팔려 이스가 도착한 것도 알아차리지 못했다. 이스 역시 가만히 그를 지켜보고 있었다.

"크크크."

이스의 걱정과는 달리 이클립스는 즐거운 웃음을 흘렸다. 그의 시선 맞은편 이백여 걸음 밖으로 에리엘의 모습이 이스에게도 보였다.

"이, 이런, 이럴 수가!!"

경악한 얼굴로 에리엘은 고개를 숙이고 있었다. 선홍색 피가 온 가슴을 적시고 있었지만 그럭저럭 형태를 유지하고 있는 상체였다. 하지만 하체의 모습에서 그녀가 경악하는 이유를 알 수 있었다. 허리 아래부터 아무것도 보이지 않았다. 상체는 그런대로 형태를 유지했지만 미끈한 다리와 볼록한 둔부가 보이지 않았다.

"이, 이럴 수가! 저런 마족 따위에게 내가… 내가……!"

고고한 아름다움을 풍기던 에리엘의 눈동자가 심하게 떨리고 있었다. 믿을 수 없는 모양인지 아랫입술도 부들부들 떨리고 있었다. 이클립스의 아버지인 전대의 마왕과 미족 최강의 전사라는 그의 형을 동시에 소멸시켜 버린 에리엘이었다. 그런데 고작 이클립스에게 당했다. 아버지와 형의 죽음에도 겁에 질려 울고 있던 어린아이였다. 그런 아이가 이런 무서운 전사로 성장했다는 사실이 끔찍한 상처보다 더욱 에리엘을 경악하게 하고 있었다.

[쿠워어어어.]

"아!!"

오랫동안 믿을 수 없다는 표정으로 하체를 바라보던 에리엘이 들려오는 드래곤 피어에 깜짝 놀라며 고개를 들었다. 거대한 레드 드래곤이 그녀를 노려보며 포효하고 있었다. 에리엘은 직감적으로 보통 드래곤이 아니란 걸 느낄 수 있었다. 느껴지는 힘의 기운, 포효 속에 녹아 있는 살기의 위력, 천계의 수장과 엇비슷한 힘을 갖는다는 에인션트 급 드래곤이었다. 그것도 보통 에인션트 급 드래곤이 아닌, 레드 드래곤이었다. 드래곤 중 최강의 공격력과 방어력을 보유한 레드 드래곤이 에인션트 급이라면 다른 드래곤들보다 몇 배는 강력한 파워를 뿜을 수 있었다.

"이, 이런!!"

시야를 온통 가로막고 있는 리켄의 모습에 에리엘은 어떻게 해서든 몸을 움직이려 했다. 하지만 그것은 생각뿐, 몸이 말을 듣지 않았다. 움직일 힘도 없을 뿐더러 천족들만이 쓸 수 있는 성력(聖力)조차 조금도 일어나지 않았다. 천계로 간다면 뜯겨진 몸이야 시간만 보낸다면 재생되지만 문제는 그때까지 버틸 재간이 없을 것 같았다. 하늘에서 광적으로 포효하는 레드 드래곤이 자신을 가만 나둘 리 만무했던 것이

다. 천족의 정보력으로 알아낸 것 중에 하나가 바로 레드 드래곤이었
다. 마족 이클립스와 최강의 레드 드래곤이 서로 긴밀한 관계를 유지
한다는 정보. 처음 들었을 때는 믿지 않았던 에리엘이었다. 두 종족 모
두 자존심이 너무 강하기에 서로 만나봤자 싸움밖에 하지 않을 것이라
고 생각했었다. 하지만 지금 보니 그것이 자신의 착각이었다는 걸 알
수 있었다.

"후우."

한동안 안간힘을 쓰며 몸을 움직이려 시도하던 에리엘이 한숨과 함
께 고개를 흔들었다. 모든 것을 포기한 모양이었다.

[쿠우우우.]

리켄의 입에서 화염이 이글거렸고 수천 개가 넘을 것 같은 불덩어리
들이 주변 하늘을 온통 메우고 있었다. 블레스와 함께 강력한 위력의
마법이 이제 곧 에리엘에게 집중 포화를 시작하려는 모습이었다.

"끝이군."

자조 섞인 미소를 머금으며 에리엘은 눈을 감아버렸다. 개미 한 마
리 죽일 힘도 없을 뿐더러 모든 책임은 그녀 때문이었다. 전대의 마왕
과 형의 힘을 넘어섰다는 이클립스의 말을 가볍게 여기고 방심했던 것
이 컸지만, 지금으로선 후회해 봤자 소용없었다.

[쿠우우우.]

리켄의 입에서 불덩어리들이 더 더욱 기세를 더해갔으며 주변을 메
우고 있는 화염 덩어리들 역시 마찬가지였다. 최고의 힘으로써 상대할
것 같다고 생각한 에리엘은 마지막을 준비했다.

"리켄, 이 자식, 리켄!!"

[크르르르르.]

막 블레스와 마법이 에리엘에게 쏘아지려 할 찰나였다. 비틀거리며 울컥울컥 검은 피를 토하던 이클립스가 하나밖에 남지 않은 눈을 치뜨며 리켄에게 외쳤다.

"이 자식, 누가 손대라고 했어?! 저놈은 내가 없애 버린다! 그 누구도 손대게 하지 않을 것이다! 멈춰라, 리켄! 이 멍청한 자식아!!"

쩌렁쩌렁 울리는 이클립스의 외침 속에는 살기까지 느껴졌다. 덕분인지 이성을 잃었던 리켄이 블레스와 마법을 없애 버린 후 이클립스를 향해 고개를 돌렸다.

[움직이지도 못하면서 무슨 헛소리야, 이클립스? 이 기회가 아니면 저런 놈을 쉽게 죽일 수 없다고.]

"제기랄! 아버지와 형의 원수를 갚는 데 남의 손을 빌릴 순 없다. 마족의 원수는 암흑의 피를 이은 자만이 갚아야 한다. 내가 갚아줄 것이다."

[지랄이군.]

할 수 없다는 듯 고개를 흔들어대던 리켄이 순식간에 인간의 모습으로 폴리모프해 이클립스 곁으로 내려서며 투덜거렸다.

"이 짜샤, 그 몸으로 어떻게 빚을 갚냐? 저놈이 기다려 줄 것 같아?"

"크크크, 저놈의 약점은 이제 충분히 알았다. 지금은 그냥 놔둘 수밖에 없지만 앞으로 만난다면 내 상대가 되지 않을 것이다."

"입은 살아가지고. 에잉, 아까워라. 천계의 수장을 죽일 수 있었는데."

이클립스가 이렇게까지 나온다면 더 이상은 어떻게 할 수 없다고 생각했는지 리켄은 손가락을 소리나게 팅기며 아쉬움을 달랬다.

"흐음, 괜찮겠니, 진아야?"

걱정스런 표정으로 지금까지 아무 말도 하지 못하고 있던 이스가 다가왔다. 이클립스의 말은 에리엘이라는 원수를 놓아준다는 말이었고 앞으로 다시 한 번 싸우겠다는 의미가 담겨 있었다. 이런 처참한 모습으로 후일을 기약한다는 말이 의아한 이스였다. 이클립스가 이스를 보며 대답했다.

"네, 이스님. 저는 마족입니다. 이 정도라면 제가 살고 있는 마계로 돌아가지 않아도 삼사 일 정도면 재생될 것입니다. 걱정하지 마십시오."

"허허허, 그런 수가 있었더냐? 정말로 다행이로구나. 허허허."

안도한 얼굴로 이스는 너털웃음을 터뜨렸고 그를 바라보던 이클립스의 얼굴에도 살며시 미소가 피어올랐다.

"저 여인도 마찬가지더냐?"

한참 동안 안도의 웃음을 터뜨리던 이스가 에리엘을 보며 말했다. 에리엘은 여전히 고개를 숙이고 있었다.

"네. 하지만 저 여자는 제가 사는 마계와는 정반대인 천계(天界)라는 곳의 수장입니다. 인간은 아니지만 인간과 가장 비슷한 종족이라 할 수 있습니다."

"흐음, 천계라……."

사람이라고 하기엔 지나치게 강했고 또 느껴지는 묘한 기운에서 이클립스나 리켄 같은 묘한 종족이라 생각했던 이스였다. 천계나 마계는 처음 듣는 말이었고 제법 궁금하긴 했지만 그것보다 그녀가 이곳, 대산맥에 있었던 이유가 더욱 궁금했기에 이스는 천천히 에리엘을 향해 걸어갔다. 아주 낮은 가능성을 가지고 대산맥에서 파괴신의 부활을 위한 열쇠의 행방에 대해 조사하려던 이스였다. 그런데 대산맥에 도착하자 천계라는 곳의 수장을 만났고 처음 그녀를 봤을 때 뭔가를 찾는 듯 주변을 두리번거리고 있었다. 그렇다면 에리엘도 도난당한 목걸이에 대한 것을 조금이라도 알지 않을까 하는 생각에 직접 물어보려 움직이는 이스였다.

"허어?"

에리엘에게 다가가던 이스가 의아한 표정을 지으며 멈춰 섰다. 그 순간 에리엘의 주위로 타원형의 커다란 빛무리가 나타났다.

슈욱. 슈악.

빛무리가 곧 사라졌고 대신 두 여인이 나타났다. 에리엘처럼 수영복 같은 옷차림의 여자들이었다. 천족들이었다.

"엇!"

갑작스럽게 두 여자가 나타나자 이클립스와 투닥거리던 리켄이 깜짝 놀라며 공격과 방어 마법을 준비했고, 이클립스 역시 강렬한 살기를 뿜어댔다. 하지만 새롭게 나타난 두 천족 여인들은 잠시 이스 일행을 노려봤을 뿐, 곧 에리엘을 부축하더니 일행들의 시야에서 사라져 버렸다. 천계로 돌아간 것 같았다.

"허어, 그것참."

낮은 탄식을 토하며 이스가 이클립스에게로 몸을 돌렸다. 일이 엉뚱하게 돌아가고 있었다. 도난당한 목걸이의 행방을 쫓기 위해 왔던 대산맥에서 에리엘이라는 천계의 수장을 만났고 커다란 싸움이 일어났다. 주변 수백여 미터가 초토화돼 버릴 정도로 큰 싸움이었기에 만약, 이곳 대산맥에 목걸이를 훔친 자들이 있다면 벌써 낌새를 알아차리고 다른 곳으로 거처를 옮겼을 가능성이 컸다. 생각 같아선 지금이라도 주변을 둘러보고 싶은 이스였지만, 부상당한 이클립스를 그대로 놔둘 수 없었고, 아직도 등에 업고 있는 에이프릴을 안정시켜야 하는 것이 먼저였다.

"자리를 옮기자꾸나. 아무래도 여기보단 조용하고 시원한 곳을 찾아서 이 아이를 편하게 해야겠구나."

따라오라는 듯 고개를 끄덕인 이스가 먼저 걸음을 옮겼고 이클립스를 안은 리켄이 뒤를 따랐다.

"어째서 천계의 놈들이?"

에리엘과 두 천족 여인들이 사라져 간 자리를 보며 이클립스가 낮게 중얼거렸다. 어째서 이런 곳까지 천족이 나타났는지, 사람들이 사는 세상에는 결코 모습을 드러내지 않던 천족이, 그것도 천계의 수장이라는 자가 직접 나타난 것인지 한쪽밖에 없는 이클립스의 검은 눈동자에 의아함이 피어올랐다.

4일이 훌쩍 지나갔다.

에리엘과 이클립스와의 싸움이 있고 난 후 이스 일행은 두 개의 산을 넘어 적당한 곳에 자리를 잡았다. 콸콸거리는 계곡 물소리가 시원하게 들리고 햇볕이 잘 드는 커다란 바위 위에 쉴 곳을 마련한 일행은 이클립스의 몸이 회복되기만을 기다렸다. 다행히 이틀이 지나자 이클립스의 몸은 완벽한 모습을 갖추며 재생됐다. 하지만 조금 더 머무르며 몸을 추스르는 것이 좋다는 이스의 말에 일행은 이틀을 더 같은 자리에서 머무르고 있었다.

4일이라는 짧은 시간 동안 일행에게 작은 변화가 있었다. 마족이라는 이클립스가 싸우던 무서운 모습과 레드 드래곤이라는 어마어마한 신분(?)의 리켄이 폴리모프하기 전의 모습을 봤으면서도 에이프릴은 이클립스와 리켄을 무서워하지 않고 잘 따르며 서로가 허물없이 지낸다는 점이다. 리켄의 바보 같은 행동과 이스의 따뜻함, 그리고 이클립스의 냉정하지만 치우치지 않는 감정을 단 며칠 만에 느낄 수 있었던 에이프릴은 이상하리만치 그들을 거부하거나 껄끄러워하지 않았다. 다른 사람들이 무서워하는 드래곤이었고 마족이었다. 아니, 무서움을 넘어서 두 단어 중 하나만 들어도 경기를 일으킬 정도였다. 하지만 에이프릴을 대하는 이클립스와 리켄은 여동생을 대하는 것처럼 편안하고 따스했다. 사람들에게 멸시와 경멸만을 받아오던 에이프릴에게는 이클립스와 리켄이 무서움의 대상이 될 리 없었다.

"할아버지, 할아버지."

"오냐. 우리 강아지가 무슨 일로 할아비를 찾는 것인고?"

'나으리'라고 깍듯이 예를 갖췄던 에이프릴이었지만 이스가 지나가는 말고 이 할아비 손녀나 하자라는 말에 너무 기쁜 나머지 하루 종일 할아버지, 할아버지하고 이스를 불러대는 에이프릴이었다. 어머니와 헤어지고 5년이 넘도록 사람들의 냉정하고 경멸적인 시선을 겪었던 에이프릴에게 아직까지 이스처럼 다정하고 따뜻하게 대해준 사람은 한 명도 없었다. 에이프릴은 정말로 이스를 친할아버지처럼 따르며 좋아했다.

"에이프릴, 이 녀석! 그건 내 옷이란 말이다. 감히 인간, 아니, 아니, 하프 엘프 따위가 드래곤 중 최강인 이 몸의 망토를 훔치다니, 용서하지 않겠다. 서라, 에이프릴!"

"꺅! 훔친 게 아니에요. 너무 냄새나서 빨려고 그랬단 말이에요."

"어찌 됐든 용서할 수 없다. 벌로 알밤 다섯 대만 맞아라!"

"까아악, 싫어요!"

　콸콸거리며 흐르는 계곡 사이에서 에이프릴과 리켄은 어린아이처럼 장난치며 즐거운 한때를 보내고 있었다. 모르는 사람이 본다면 친남매 사이라고 생각할 정도로 둘 사이는 허물이나 가식이 보이지 않았다.

　"허허허."

　커다란 바위 위에 앉아 리켄과 에이프릴을 보던 이스가 너털웃음을 터뜨렸고 옆에 앉아 있는 이클립스 역시 미소를 머금고 있었다. 어느새 완벽한 제 모습을 되찾은 이클립스에게선 4일 전에 있었던 싸움의 흔적은 조금도 찾아볼 수 없었다. 팔과 다리, 눈이 완벽하게 재생됐으며 걸레처럼 찢어졌던 옷까지도 재생돼 있는 모습이었다. 리켄과 에이프릴의 뛰노는 모습을 바라보며 조용히 이클립스가 입을 열었다.

　"물어보지 않으시는 겁니까?"

　"무엇을 말이냐?"

　"며칠 전에 있었던……."

　지난 4일 동안 이스는 아무것도 물어보지 않았다. 어째서 에리엘과 싸운 것인지, 어떤 원한이 있는 것인지, 한마디 물음도 없이 조용히 지켜봐 준 이스였다. 이제 대산맥에서의 목적은 없다고 해도 과언이 아니었다. 그런데도 싫은 내색 없이 한마디도 물어오지 않은 이스는 몸이 재생되는 이클립스 곁에서 근심 어린 표정으로 조용히 바라보고 있었다. 이클립스는 에리엘과 관계된 일들을 말해 주고 싶었다. 마족이 아닌 인간이었다. 인질이나 마찬가지로 함께 다니고 있었으며 지극히 개인적인 일이었는데도 왜인지 과거에 대한 일들을 말해 주고 싶은 마음이 일었다.

　"그래, 말해 주겠니?"

　"네."

부드럽고 인자한 얼굴로 돌아보는 이스를 향해 이클립스 역시 미소로 대답하며 천천히 입을 열어갔다.

휘이이~

우거진 나무들 사이로 시원한 바람이 스치며 듣기 좋은 소리가 들려왔다. 맑게 갠 하늘과 즐겁게 노니는 에이프릴을 보며 이클립스가 자신의 이야기를 시작했다.

제9장 추억

우르르, 우르르르.

콰쾅!

끝이 보이지 않을 정도로 이어져 있던 마왕성의 외벽이 모래성처럼 무너져 내렸고 웅장한 위용을 뽐내던 마왕성의 내성과 본성, 그리고 마족들이 거주하던 모든 건물들이 뒤를 따랐다. 검회색 대지 위로는 셀 수 없이 많은 마족들과 마물들의 시체가 산처럼 쌓여 있었고 그들이 흘린 검은 피가 강물처럼 흐르고 있었다.

"아버님, 더 이상은 무립니다. 후일을 기약하셔야 합니다."

대략 열서너 살 정도로 보이는 작은 체구의 꼬마 아이가 잔뜩 겁먹은 표정으로 다급히 말했다. 허리까지 내려오는 탐스러운 흑발 머릿결에 고급스런 검정색 상하의와 망토를 걸치고 있는 아이였다. 마왕의 둘째 아들인 이클립스였다.

"아버님, 피하셔야 합니다!"

몇 번이고 다급하게 이어지는 이클립스의 외침에도 그의 앞쪽에서 등을 보이고 서 있는 마왕에게선 아무런 반응도 나오지 않았다. 투박하게 여기저기 삐친 검은 머리를 엉덩이 아래까지 기르고 있는 마왕의 넓은 등과 어깨가 뒷모습뿐이었지만 틈 하나 보이지 않는 거대한 성벽이 우뚝 가로막고 서 있는 것 같았다.

슈우우우우—

언제나 똑같은 회색 빛 하늘 저편으로 셀 수 없을 정도로 많은 천계의 전사들이 서서히 이클립스와 그의 아버지 주위로 몰려들기 시작했다. 셀 수조차 없을 정도로 많은 천계의 전사들이었다. 마치 눈이 오는 것처럼 회색 빛 하늘의 대부분을 푸른 빛무리에 감싸인 천계의 전사들이 온통 장악하고 있었다.

"아버지!!"

다시금 이클립스의 다급한 외침이 터져 나왔지만 마왕에게선 단 한 마디 대답조차 없었다. 이클립스가 재차 아버지를 부르려 할 때 마왕의 고개가 살짝 옆으로 돌려졌다. 시원스런 콧날에 굵은 눈썹, 서글서글한 붉은 눈매가 강인함이 저절로 느껴지는 얼굴이었다.

"왔구나."

마왕이 고개를 돌리고 잠시 후, 이클립스 바로 앞으로 타원형의 검은 기운이 생기며 한 명의 청년이 나타났다. 20대 중반 정도로 보이는 잘생긴 미남이었다. 이클립스와 마왕과는 달리 짧은 머리에 조금 마른 듯한 체형의 소유자인 그는 겉모습으론 약할 것 같았지만 그가 바로 마족 최강의 전사이자 이클립스의 형인 세이제리스였다.

"어서 오너라. 갔던 일은 잘됐고?"

“네, 아버님.”

세이제리스에게 뭔가를 확인하던 마왕의 눈빛에 신뢰가 가득 담겨 있었다. 마왕 다음으로 강력한 힘의 소유자인 세이제리스였기에 어려울 때마다 믿음이 가는 모양이었다.

“형! 이제 더 이상은 힘들어요. 여길 벗어나 다른 곳으로 피해요. 그런 다음, 그런 다음……”

“이클립스.”

눈물을 글썽이며 제대로 말을 잇지 못하는 이클립스의 머리를 한차례 쓰다듬은 세이제리스가 몸을 낮춰 이클립스의 얼굴을 바라보며 말했다.

“잘 들어라, 내 사랑스런 동생 이클립스. 아무런 힘도 없는 너에게까지 이런 힘든 일을 하게 할 순 없다. 내 아들 녀석도 이미 피신했으니 너도 어서 피하거라. 드래곤 로드와 이미 이야기를 마쳤으니 그에게 가면 아무리 천계 놈들이라 해도 어찌할 수 없을 것이다.”

“싫어요!! 형과 함께가 아니라면 저도 남아 있을 거예요! 형하고 같이 죽을 거예요!”

다른 누구보다 따스하게 대해주었고 언제나 미소로써 대해준 형을 이대로 떠나보낼 수 없었다. 이곳에 남겨진다는 것은 곧 죽음이라는 걸, 형이 죽음을 택한 것을 어린 이클립스도 느낄 수 있었다.

“내 사랑스런 동생 이클립스.”

돌이질 치는 이클립스를 보며 세이제리스가 굳은 표정으로 말을 이었다.

“이곳은 아버지와 형으로도 충분하다. 그러니 이클립스, 이 형의 마지막 부탁을 들어주렴. 내 아들을, 그 녀석을 부디 영광스런 마족의 태양으로 성장할 수 있도록 네가 도와주려무나. 어서 떠나야 한다. 더 이상 시간을 지체했다간 돌이킬 수 없다. 어서, 이클립스."

"싫어요. 싫다구요, 싫어요. 저도 싸울 겁니다. 형하고 함께 있을 거예요. 크흐흑."

"이클립스."

결국 눈물을 터뜨리는 이클립스의 모습에 세이제리스는 동생을 꼭 끌어안았다. 마왕의 직계 아들임에도 좀처럼 마족으로서 각성하지 못해 인간의 어린아이 같은 힘밖에 없는 동생을 언제까지고 옆에서 지켜주고 싶었지만, 이젠 그럴 수 없다는 것이 마음을 아프게 했다.

"놔두거라. 마족의 피를 이었으면 응당해야 할 일. 그 녀석에게도 마족의 긍지가 있다면 마족답게 죽을 수 있을 것이다."

"아, 아버지?"

마왕에게서 의외의 목소리가 들려오자 이클립스를 꼭 안고 있던 세이제리스가 놀란 표정으로 고개를 돌렸다. 언제나 지나치다 싶을 정도로 냉정하게 이클립스를 대하던 아버지였지만, 천계와의 전쟁이 터지자 무슨 수를 써서라도 무사히 드래곤 로드에게 보내야 한다고 신신당부했던 마왕이었다. 그때 보였던 아버지의 모습은 무서운 마왕이 아닌, 자식에 대한 걱정과 애정으로 가득해 있었다. 힘없는 둘째 아들에 대한 애정을 마왕은 마음속 깊은 곳에 숨겨두었던 것이다. 그런 아버지가 갑작스레 이클립스의 죽음에 대해 말하자 세이제리스는 어째서인지 이유를 물어보려 했다. 그러나 마왕의 입이 먼저 열렸다.

"지금은 도망쳐도 소용없다."

"아!!"

아무런 감정이 느껴지지 않는 마왕의 목소리에 세이제리스는 순간

주변을 바라보았다. 어느새 근처의 모든 곳이 천계의 전사들로 가득
차 있었다. 어림잡아도 수십만은 넘을 것 같은 어마어마한 숫자였다.
아무리 마왕과 마족 최강의 전사라 해도 저 정도 숫자라면 어림없는
일이었다. 또한 지금은 이클립스를 도망치게 할 수도 없었다. 워프를
사용할 수도 있었지만, 그렇게 된다면 천계의 전사들이 워프의 종착점
을 알아차릴 것이고 세이제리스의 아들 역시 무사하기 힘들었다.
　"훗, 많이도 살아남았군."
　자조 섞인 미소만이 피어올랐을 뿐, 마왕은 조금도 위축되지 않았
다. 마왕이 어둠의 힘으로 만들어낸 수많은 마족 전사들과 마물들이
천계와의 전쟁에서 모두 죽어 나갔다. 그런데도 천계 전사들의 숫자는
그리 줄지 않은 모습이었다. 천계 전사들과 마계 전사들 간의 힘 차이
가 상당한 듯했기에 씁쓸한 미소가 절로 피어오르는 마왕이었다.
　"후하하하."
　잠시 고개를 저었을 뿐 마왕은 이내 허공을 향해 커다란 웃음을 터
뜨렸다.
　"어리석은 천계의 전사들이여, 이곳은 나의 땅, 나의 대지. 영광스런
마족의 숨결이 살아 숨 쉬는 곳. 자, 오너라. 내 진정한 마왕의 힘을 보
여주리라! 크하하하."
　호탕한 웃음과 함께 마왕의 몸 주위로 검은 기운이 불처럼 타올랐
다. 순간 대지가 지진이 일어난 것처럼 요동 치기 시작했고 모든 공기
의 흐름이 움직임을 멈추었다.
　"이것이 마왕의 힘이다!!"
　붉은 눈초리로 포효하며 마왕이 오른손을 허공으로 뻗었다. 그러자
그의 손 앞으로 치지직거리는 검은 스파크가 나타나더니 순식간에 검

으로 변했다. 족히 3미터가 넘는 기다란 검이었다.

쉬이이이—

검을 잡자 마왕의 기운이 더욱 기세를 더해갔다. 무언가 보이지 않는 힘이 내리누르는 것처럼 주변 공기가 무거워졌으며 마왕 주위로 굵은 뇌전들이 요란하게 번뜩였다. 폭풍처럼 마왕 주위에서 맹렬하게 소용돌이치던 검은 기운들 역시 소름 끼치는 소리를 내며 속도를 더해갔다. 세이제리스가 이클립스의 어깨를 짚으며 입을 열었다.

"잘 보거라, 이클립스. 저것이, 지금 아버님께서 잡고 계신 검이 '원혼의 검'이라는 것이다. 오직 마계의 주인이신 아버님만이 사용할 수 있는 무적의 검이란다. 이제부터 두 눈 똑바로 뜨고 아버님을 지켜보거라. 원혼의 검을 들고 싸우는 마왕님의 모습이야말로 우리 천만 마족의 긍지이자, 자랑이다."

"네, 형."

눈물 자국이 가득한 얼굴이었지만 이클립스는 자못 비장한 표정으로 고개를 끄덕여 주었다. 그런 이클립스를 따스한 시선으로 바라보던 세이제리스가 마왕에게 걸어가며 말을 이었다.

"착하고 귀여운 내 동생 이클립스, 아버지만큼은 아니지만 이 형도 제법 쓸 만한 힘을 가지고 있단다. 잘 보려무나."

말을 마침과 동시에 세이제리스가 두 손을 가슴 앞에 모으더니 힘을 모았다. 그러자 검은 기운이 그의 가슴 앞으로 모이며 둥그런 두 개의 기운이 양손에 생겨났다. 아버지보다는 훨씬 약한 느낌이었지만, 이클립스에겐 그 어느 것보다 훌륭하고 멋진 모습으로 보였다.

"형."

참았던 눈물이 다시금 쏟아졌다. 어린 이클립스도 느낄 수 있었다.

지금 보이는 형과 아버지의 모습이 마지막이 될 것이라는 걸. 이클립스는 어떻게든 눈물을 그치고 형과 아버지의 마지막 모습을 똑똑히 기억하려 했지만 흐르는 눈물은 좀처럼 그치지 않았다.

"이클립스."

"네, 네. 아버지."

그렇게 애원하고 불러도 대답조차 하지 않던 마왕이 고개를 돌려 이클립스를 바라보았다. 붉게 물든 마왕의 눈동자에 애틋함이 피어올랐다. 이클립스로서는 난생처음 보는 아버지의 따스한 시선이었다.

"미안하구나."

"아버지."

간신히 참아왔던 눈물이 다시금 쏟아졌다. 처음 보는 시선이었고 표정이었다. 하지만 그것보다 아버지의 약한 모습이 이클립스의 마음을 더 더욱 아프게 했다.

"아버지는 최강이세요. 누구도 이길 수 없는 최강의 마왕이에요. 힘내세요, 아버지!!"

"녀석, 긍지 높은 마족은 눈물을 보이는 것이 아니다."

씩 웃는 얼굴로 다가온 마왕이 이클립스의 머리를 거칠게 쓰다듬다 검을 들고 있지 않은 손으로 아들의 가녀린 어깨를 감싸 안았다.

"이 아비는 영원히, 영원히 너를 사랑할 것이다. 이클립스, 내 사랑하는 아들."

"아버지, 흐흐흑."

아버지의 강철 같은 품이 이클립스에겐 무엇보다 따스하게 다가왔다. 하지만 그것은 오래가지 않았다. 마왕은 다시 한 번 이클립스를 강하게 안아준 후 천천히 일어서 허공을 향해 고개를 돌리며 커다란 외침을 토했다.

"네놈들이 나를 이길 수 있을지 모르나 우리 마족의 긍지는 영원히 꺾이지 않을 것이다!"

쿠쿵!

말을 마침과 동시에 마왕과 세이제리스의 검은 기운이 허공으로 폭사되듯 눈부신 속도로 날아갔다. 잠시 후 하늘 위에서 두 개의 검은 기운과 수많은 천계의 전사들이 격렬하게 부딪치며 귀청을 찢을 것 같은 굉음이 끊이지 않고 터져 나왔다.

쿠쿠쿠쿠쿵.

"아……."

이클립스는 입을 벌리고 하늘 위에서 벌어지는 엄청난 광경을 바라보았다. 장관이었다. 아버지의 생신 때마다 있었던 마법의 불꽃놀이와는 비교도 안 될 정도로 아버지와 형이 한 번씩 움직일 때마다 수십 수백 개의 불꽃이 허공에서 터져 나갔다. 허공에 떠 있는 셀 수 없을 정도로 많은 천계의 전사들 하나하나가 최상급 마족만큼 강한 힘을 소유한 능력자들이었지만 역시 마왕은 마왕이었다. 원혼의 검이 한 번씩 허공에서 번뜩일 때마다 천계의 전사들이 백 명 이상씩 죽어 나갔다. 세이제리스 역시 만만치 않았다. 마족 최강의 전사답게 두 손에서 몰아치는 검은 기운에 천계의 전사들이 속수무책으로 죽어 나갔다.

"형, 아버지. 흐흐흑."

아버지와 형을 지켜보던 이클립스의 얼굴이 눈물로 범벅이 되어갔다. 꿈이라고 생각할 정도로 엄청난 아버지와 형의 힘이었지만, 천계 전사들의 숫자가 너무도 많았다. 죽여도, 죽여도, 순식간에 수천이 넘는 천계 전사들이 죽어 나갔지만, 하늘을 온통 메우고 있는 천계 전사들의 숫자는 변함이 없는 것 같았다.

쿠콰콰콰쾅! 쿠콰콰쾅!

불꽃을 향해 달려드는 부나방처럼 천계 전사들은 끊임없이 죽어가면서도 마왕과 세이제리스를 향해 악착같이 달려들었다. 지독하리만치 악독하게 달려드는 천계 전사들의 모습에 이클립스는 저들이 정말 빛의 신 라 샤이테의 후예들인지 의아했다. 그에겐 아버지와 형에게 달려드는 천계 전사들의 모습이 마치 마계 곳곳에 즐비한 마물들이 먹이를 향해 달려들 때의 모습과 너무도 흡사하게 보였다.

"힘내세요, 아버지! 형! 제발!!"

응원은 하고 있었지만 시간이 두 시간이 훌쩍 지나자 이클립스의 표정이 점차 어두워져 갔다. 이제 그의 눈으로도 식별할 수 있을 정도로 마왕과 세이제리스의 움직임은 현격하게 느려져 있었다. 두 시간이 넘도록 셀 수 없을 정도로 많은 천계 전사들을 죽인 둘이었다. 또 단 한 순간도 시간을 주지 않고 달려드는 천계 전사들이었기에 아무리 마왕이고 마족 최강의 전사라 해도 무리가 따르는 것은 당연한 이치였다.

"흐흐흑……!"

천계 전사의 가벼운 공격도 피하지 못하고 상처 입는 아버지와 형의 모습에 이클립스는 땅바닥에 주저앉으며 오열을 토했다.

"아?"

흐느끼던 이클립스가 눈물을 그치며 자리에서 벌떡 일어섰다. 아버지와 형 주위를 빽빽이 에워싸고 끊임없이 공격을 가하던 천계 전사들이 돌연 공격을 멈추고 거리를 두며 물러서는 모습 때문이었다. 이클립스가 봐도 아버지와 형이 오래 버티지 못할 것 같았다. 아니, 버티기는커녕 지금 당장 쓰러져도 이상한 일이 아니었다. 그런데 천계 전사들은 포위를 풀고 멀찌감치 거리를 두고 있었다. 이클립스는 제발 천계 전사들이 이대로 물러서 그들의 천계로 다시 돌아가기를 기원했다. 그러나 그의 바람은 이루어지지 않았다.

슈우우우—

천계 전사들이 물러서고 잠시 후, 눈부신 빛무리가 나타나더니 곧 천계 전사 한 명이 모습을 드러냈다. 멀리 떨어져 있는 이클립스의 몸이 떨릴 정도로 대단한 힘을 가진 전사인 듯했다.

"아!!"

새로이 나타난 천계 전사는 잠시 동안 마왕과 세이제리스를 바라보며 뭔가를 중얼거리더니 곧바로 눈부시게 빛나는 검을 들고서 마왕과 세이제리스를 향해 달려들었다. 온몸에 무수한 상처를 입은 마왕과 세이제리스는 달려드는 천계 전사를 향해 마지막 남은 힘을 쏟아 부었다.

쿠콰콰쾅!!

"아버지!"

고막이 터질 것 같은 어마어마한 폭발이 터져 나왔다. 상당한 거리가 떨어져 있는 지상까지 폭풍 같은 뜨거운 기운이 느껴질 정도였다. 하지만 이클립스는 울부짖으며 폭발 가까이까지 달려갔다. 불길하고 무서운 예감에 살이 익을 것 같은 뜨거운 바람 따윈 안중에도 없는 듯했다.

"아, 아버… 지… 형……."

달려가던 이클립스의 걸음이 얼마 가지 못하고 멈춰졌다. 그의 앞으로 뭔가가 땅 위로 후드득하며 떨어지고 있었다. 잘려지고 뜯겨진 팔과 다리들, 기다랗고 검은 검을 잡고 있는 손. 확인할 수조차 없을 정도로 일그러진 얼굴이며 몸통들이 이클립스의 앞쪽으로 떨어져 내렸다. 누구인지 이클립스는 알 수 있었다. 마왕만이 쓸 수 있다는 원혼의 검과 손잡이를 아직까지도 강하게 잡고 있는 손. 아버지와 형의 시체 조각들이었다.

"아, 아으… 으……."

눈물이 나오지 않았다. 입술이 부들부들 떨려왔고 몸도 주체할 수 없을 정도로 떨리기 시작했다. 아버지와 형의 죽음. 하지만 슬픔보다 지독한 공포가 이클립스의 정신을 지배하기 시작했다. 도망칠 수도 싸울 수도 없는 현실이었다. 워프라는 마법조차 모를 뿐더러 각성하지 못한 마족은 이름만 마족일 뿐, 인간의 어린아이보다 약한 존재였다. 아직까지 천계 전사들은 셀 수 없을 정도로 많았다. 그렇다면 이제 곧 자신 역시 아버지나 형처럼 처참하게 죽을 것이라는 생각에 이클립스의 얼굴은 사색이 돼버렸다.

"더러운 피의 계승자여."

"헉."

뒤쪽에서 여인의 목소리가 들려오자 화들짝 놀란 이클립스가 빠른 속도로 고개를 돌렸다. 목소리의 주인공은 커다란 키에 발목 아래까지 내려오는 화려하게 웨이브 진 금발의 여인이었다. 이클립스의 눈망울에 깊은 공포가 나타났다. 아버지와 형을 처참하게 죽인 천계 전사였다.

"안쓰럽군."

여인은 가소롭다는 미소를 머금으며 자신의 앞에서 벌벌 떨고 있는 이클립스를 경멸 어린 시선으로 바라보았다.

"이따위가 마왕의 후계자라니, 쯧쯧."

여인의 비웃음에도 이클립스는 한 마디 대꾸도 못한 채 애처롭게 전

신을 떨고 있었다. 앞에는 분명 여인이 서 있음에도 이클립스에게는
아버지와 형의 처참한 모습만이 끊임없이 떠오르고 있었다.

　"정말, 어이가 없구나. 그래도 네 아비는 더럽긴 해도 의지 하나는
봐줄 만했는데, 어떻게 마왕의 아들이 이 모양일까, 호호호."

　여인은 결국 커다란 웃음을 터뜨렸다. 무서운 카리스마를 발휘하던
마왕의 아들이자 마족 최강의 전사의 동생이 울보에 겁쟁이라고는 보
지 않았다면 믿을 수 없는 일이었다. 마족 하면 가장 먼저 떠오르는 단
어가 바로 자존심이었다. 아무리 약한 마족이거나 궁지에 몰려 죽음을
눈앞에 둔 마족이라도 이클립스 같은 모습을 보인 마족을 여인은 지금
까지 단 한 번도 보지 못했다. 죽는 순간까지 발악하거나 얕은 수를 써
어떻게 해서라도 피해를 입히려는 것이 마족들의 본성이라고 믿어왔던
여인에게 잔뜩 겁에 질려 벌벌 떨고 있는 이클립스의 모습은 너무도
유쾌하고 재미있게 다가왔다.

　"잘 들어라, 저주받은 더러운 피의 계승자여."

　오랫동안 간드러지게 웃음을 터뜨리던 여인이 표정을 바로하며 말
을 이었다.

　"마왕이었던 네 아버지와 형을 죽인 천계 전사가 바로 이 몸이다.
잘 기억해서 잊지 말아라. 내 이름은 에리엘. 천계의 모든 전권을 쥐고
있는 자의 성스러운 이름이니라. 생각 같이긴 마왕의 아들인 네놈도
찢어 죽이고 싶지만, 그렇게 하면 이 더럽고 지저분한 마계의 어딘가에
서 다시금 마왕의 존재가 나타나겠지. 호호호. 죽지 말거라, 겁쟁이 울
보 마족이여. 네가 마왕의 권위를 이어받는다면 네게서 생겨나는 마족
들 역시 약할 터. 호호호, 마계 역사상 가장 약한 마왕과 마족들의 탄
생이 기다려지는구나."

　더러운 오물을 바라보는 시선으로 잠시 이클립스를 바라보던 에리엘이 천천히 허공을 향해 날아올랐고 주변에 있던 천계 전사들도 하나둘 에리엘의 뒤를 따랐다.

　"호호호."

　"아무도 믿지 않겠지? 저따위가 마왕의 아들이라니."

　"그러게 말야, 호호호."

　점차 멀어지는 천계 전사들의 비웃음 소리가 공포에 물든 이클립스에게 쏟아졌다.

　"반드시 살아남아서 꼭 마왕이 되거라. 절대로 자살하지 말고 말이야. 호호호."

　천계로 떠나기 직전 에리엘이 다시금 이클립스에게 조롱 섞인 비아냥거림을 뱉고는 자취를 감췄고 다른 천계 전사들 모두가 한 마디씩 하고서 마계를 떠나갔다.

　에리엘의 말은 사실이었다. 마계에서 마왕과 마족이 모조리 죽어버리면 얼마 뒤 마계의 어느 곳에서 새로운 마족이 탄생한다. 그렇게 탄생된 새로운 마족은 곧 마왕으로서의 힘을 얻게 되고 스스로가 가지고 있는 어둠의 힘으로써 새로운 마족과 마물들을 생산하게 된다. 마왕에 의해 탄생된 마족이나 마물의 힘은 마왕이 어느 정도의 힘을 가지고 있느냐에 달려 있었다. 마왕의 힘이 강하다면 그에 걸맞는 마족과 마물이 만들어지는 것이고 그렇지 않다면 약한 것들이 나타나는 것이다. 그러나 마왕이 죽고 몇 명의 마족들이 살아남는다면 살아남은 마족들 중 가장 강한 어둠의 힘을 가지고 있는 자가 얼마 뒤 마왕의 힘을 얻게 되는 것이 마계의 질서였다.

　마계에서 마족 모두가 죽은 후 새로운 마왕이 마계에 탄생되기까지는, 마계의 시간으로 천 년 뒤에나 일어나는 현상이었다. 그러나 에리엘은 이클립스를 죽이지 않았다. 이클립스를 마지막으로 남은 마족이라고 완벽하게 착각한 것이다.

"크흐흑."

한마디 대꾸조차 하지 못하고 이클립스는 이빨을 갈며 눈물을 흘리고 있었다. 이제 무서움과 두려움은 더 이상 느껴지지 않았다. 대신 죽고 싶을 만큼의 수치스러움이 밀려들었다. 마계의 황태자가 적 앞에서 겁에 질려 아무것도 하지 못하고 벌벌 떨고 있던 것이 저주스러웠다. 다른 마족들보다 현저히 떨어지는 능력도 그랬다. 마족으로 태어나면 누구나 백 년에서 이백 년 사이에 각성을 하는 것이 보통이었다. 그런데 오백 년이 지나도 이클립스는 각성은커녕 제대로 된 힘조차 쓸 수 없었다. 때문에 많은 고위급 마족들이 곱지 않은 시선으로 그를 바라보았고 마왕인 아버지조차 자신을 아들 취급도 하지 않았었다.

"빌어먹을… 크흐흑. 어째서, 어째서……!"

절로 욕지거리가 입 밖으로 새어 나왔다. 생각하면 할수록 너무도 한심했다. 마계 역사상 자신 같은 겁쟁이 마족은 유일무이할 것 같았다.

"이렇게 사느니, 이렇게 사느니!!"

에리엘 앞에서 겁에 질려 벌벌 떨던 이클립스의 표정이 비장하게 변했다. 어린 아들을 잘 돌봐달라는 형의 마지막 부탁이 뇌리에서 떠나지 않았지만, 너무도 수치스러웠다. 이런 상태로는 조카를 볼 면목도 없었다.

"나 같은 마족은……."

이클립스는 차라리 이곳에서 죽는 것이 앞으로 마왕이 될 조카를 위해 좋을 것이라고 생각했다. 가족들 모두와 다른 마족들 모두가 죽었다면 그 원한이 더욱 강할 것이고, 그렇다면 더욱 강한 마왕이 탄생될 것이라고 생각을 마친 이클립스는 한쪽에 떨어져 있는 날카로운 무기를 집어 들었다. 천계와의 싸움에서 누군가 떨어뜨린 무기였다.

"크윽……."

무기를 집어 들은 이클립스는 망설임없이 그것을 이마 정가운데로 가져갔다. 고위급에 속하는 마족들은 생명의 근원이 각기 다른 곳에 위치해 있었다. 어떤 마족은 발끝에, 어떤 마족은 손끝에. 셀 수 없이 많은 마족들의 숫자만큼이나 생명의 근원은 여러 군데에 위치하고 그것이 파괴되지 않는 한 고위급 마족들은 완전히 소멸당하지 않는다. 고위급 마족은 마왕이 가지고 있는 어둠의 힘으로 만들어진 마족이 아닌, 직계 혈족부터 마왕이 몸의 일부로 만들어낸 강력한 마족 전사들이었다.

이클립스는 이마 정가운데가 최대의 급소였고 생명의 근원이 있는 곳이었다.

"아악!"

스스로 목숨을 끊으려던 이클립스가 순간 깜짝 놀란 듯 비명을 터뜨리며 무기를 놓쳐 버렸다. 발끝에서 갑작스레 지독한 통증이 느껴졌다.

"크윽, 뭐, 뭐지?"

지독한 통증과 함께 발끝에서 검은 연기 같은 것이 몸을 휘감으며 서서히 위쪽으로 올라오고 있었다. 난생처음 보는 이상한 현상에 이클립스는 깜짝 놀라며 발을 움직여 다른 곳으로 가려 했다. 하지만 다리가 붙은 것처럼 몸이 움직이지 않았다. 어느새 검은 연기가 하반신을 모두 휘감고 있었다.

"끄아아악!!"

그래도 참을 만하던 통증이 검은 연기 같은 기운이 상체를 휘감자 참을 수 없을 정도로 강해졌다. 저절로 입에서 비명이 터져 나왔다. 마왕의 황태자로 태어난 그에게 육체적인 고통은 생소한 일이었으며 여태껏 단 한 번도 겪어보지 못한 일이었다. 마왕의 아들을 감히 건드릴 자가 없었을 뿐더러 조금이라도 위험할 때면 언제나, 형인 세이제리스가 그를 보호했었기에 조금의 육체적 고통도 느껴보지 못한 이클립스였다.

"끄아아아아아악~ 으아아아아악~"

검은 기운이 온몸을 휘감자 이클립스는 이성을 잃은 채 비명을 터뜨리며 발버둥 쳤다. 온몸은 활활 타오르는 용암 속에 있는 것처럼 견딜 수 없을 정도로 뜨거웠으며 뼈 마디마디를 톱으로 써는 것 같았다. 전신이 생선 회를 뜨는 것처럼 아파왔고 두 눈마저 꼬챙이 같은 것으로 후벼 파는 것 같았다.

"끄아아아악!!"

죽음보다 더한 고통이었다. 아무런 생각조차 나지 않고 끔찍하리만치 지독한 고통만이 이클립스의 정신과 몸을 휘감았다.

"휘류류류……."

시간이 지남에 따라 이클립스를 휘감고 있는 검은 기운이 점차 둥그렇게 커져 갔고 그에 따라 이클립스가 터뜨리는 비명도 더욱 커졌다.

그렇게 하루가 지나고 이틀이 지나도, 검은 기운과 이클립스의 비명은 끊이지 않고 이어졌다. 그리고 삼 일째 되는 날이었다.

"끄아… 아."

없어지지 않을 것 같던 검은 기운이 어느 순간 바람처럼 사라졌고 이클립스는 털썩하고 땅바닥에 주저앉았다. 삼 일 동안 지독하게 계속 되던 끔찍한 고통을 겪으면서도 격하게 숨을 토할 뿐, 이클립스는 기절 하거나 정신을 잃지 않았다.

"아?"

가쁜 숨이 어느 정도 안정을 되찾았을 때 이상한 현상이 일어났다. 이클립스의 온몸이 희미한 검푸른 색을 발하기 시작한 것이다. 그리고 조금씩 이클립스의 몸이 커져 갔다. 팔과 다리가 길어지고 어깨가 넓 어졌으며 가슴 역시 튼튼하게 변해갔다.

휘이이이이이~

검회색 마계의 대지를 훑으며 어디선가 불어온 후끈한 바람이 이클 립스의 몸을 한차례 스쳤을 때 더 이상 열서너 살 정도로 보이던 꼬마 아이의 모습은 찾을 수 없었다. 커다란 키에 다부진 어깨, 날카로운 눈 매를 한 20대 초반의 미청년이 경악한 표정으로 자신의 몸을 내려다보 고 있었다. 이클립스였다.

"이, 이것이… 각… 성?"

갑자기 커져 버린 몸이 어색하고 이상했다. 마족이라면 누구나 하게 되고 겪게 되는 각성. 그동안 이클립스는 어떻게 각성을 하는 것인지, 어떻게 해야 진정한 마족으로서 각성할 수 있는지 누구에게도 물어보 지 못했다. 계급이 낮은 마족들에게 물어보기엔 자존심이 허락하지 않 았고 형에게도 창피해서 물어보지 못했다.

"이것이……."

오랫 동안이나 믿을 수 없다는 표정으로 손바닥을 내려보던 이클립 스가 강하게 주먹을 쥐었다. 순간 가슴 저 밑바닥에서부터 몸이 부르르 떨릴 정도로 강렬한 힘이 느껴졌다. 이클립스는 순간 기합을 터뜨리며 힘을 모아봤다.

"흐읍!"

쿠우우우.

"허억!!"

자신이 한 일에 스스로가 놀라 버린 이클립스였다. 그저 기합을 터뜨리며 힘을 모아보자고 생각했는데 생각과 동시에 몸 주위에서 검은 기운이 눈 깜짝할 사이에 생겨나더니 폭풍처럼 맹렬하게 맴돌았다. 그와 동시에 가슴에서부터 느껴지던 강렬한 기운이 수십 수백 배 이상 커져갔다.

"으하하하! 으하하하하!"

믿을 수 없다는 표정으로 주변을 한참 동안 둘러보던 이클립스가 돌연 미친 것처럼 커다란 웃음을 터뜨렸다. 어째서 이제야 각성을 한 것인지, 하필이면 모두가 죽은 이후에 각성한 것인지, 커다랗게 웃고는 있었지만 이클립스의 붉은 두 눈에선 연신 굵은 눈물방울들이 떨어지고 있었다.

제10장 **마계**

"여기까지입니다, 이스님."

마족으로서 각성을 마치고 힘을 얻은 곳까지 이야기하던 이클립스가 씨익 웃는 얼굴로 이스를 돌아보았다. 이스도 인자한 미소를 지으며 이클립스의 어깨를 토닥여 주었다.

"장하구나. 아버지와 형님이 우리 진아를 대견하게 여기실 것이야."

에리엘을 향한 살기와 지독한 복수심이 이제 이해가 가는 이스였다. 불공대천지수(不共戴天之讐)라 해서 부모를 죽인 원수에 대한 정당한 방법의 복수는 이스도 인정하고 있었다. 입장을 바꿔 생각해 자신이 이클립스였더라도 에리엘만큼은 용서하지 못할 듯싶었다.

"그런데 말이다, 진아야?"

"네, 이스님. 말씀하십시오."

잠시 이클립스의 어깨를 토닥여 주던 이스가 궁금한 표정으로 말을 이었다.

"이 할아비가 언뜻 들은 것 같다만, 마족들이 산다는 마계와 천족들이 산다는 천계는 엄연히 다른 곳이 아니더냐? 어떻게 천계인들이 마계까지 들어와 그리 행패를 부릴 수 있었는지 궁금하구나."

"저도 확실하게는 잘 모릅니다만, 인간계의 시간으로 1천 년, 그러니까 마계의 시간으로는 1만 년이 되는군요. 마계 시간으로 1만 년에 한 번씩 천계와 마계 사이에 공간이 열리는 것입니다. 원래 천족이나 마족들 누구도 서로의 공간으로는 절대로 들어갈 수 없지요. 그렇지만 1만 년마다 공간이 열릴 때면 한동안은 아무런 방해도 받지 않고 서로의 구역을 마음대로 오갈 수 있는 것입니다. 그리고 그렇게 공간이 열릴 때마다 마계와 천계와의 전쟁이 벌어지는 것이죠. 마계가 전쟁에서 이기면 천계의 수장이 바뀌고, 반대일 때는 마계의 주인이 바뀌지요."

"아니, 어째서 1만 년마다 오갈 수 있는 것이지? 그것을 막아버리면 전쟁을 하지 않아도 되지 않겠느냐? 그리고 어째서 공간이 열릴 때마다 전쟁을 일으키는 것인지 이 할아비는 이해가 가지 않는구나. 서로 간에 피해만 볼 뿐이지 않느냐?"

이클립스의 말이 끝나자마자 이스에게서 질문이 쏟아졌다. 그런 이스의 얼굴로 안타까움이 짙게 피어올랐다. 전쟁을 해 상대의 왕을 죽여도 그곳을 통치하거나 완전한 결말도 나지 않는 헛된 싸움으로밖에 보이지 않아서였다.

"어째서 1만 년마다 공간이 열리는 것인지는 전대의 마왕이셨던 제 아버지께서도 많은 노력을 기울여 알아보셨지만 알 수 있는 길이 없었고, 저 역시 이유를 알지 못했습니다. 그리고 천계와의 전쟁은… 뭐라고 말씀드려야 할지 모르겠습니다만, 전대의 원한. 그리고 지난 세월

동안 서로 얽히고설킨 원한 때문이라고밖에……."

"허어!"

이스의 기다란 탄식을 끝으로 다시금 생각에 잠기는 둘이었다.

"무슨 생각을 그렇게 해요?"

어느새 깨끗하게 빨아진 옷차림으로 리켄이 웃으며 다가왔다. 에이프릴은 아직까지 계곡 물속에 발을 넣고 물장구를 치고 있었다.

"무슨 생각 하는 건데요? 도둑놈들 잡을 좋은 방법이라도 생각하는 거예요, 이스?"

"허허허."

이클립스에 대한 것들을 생각하느라 정작 중요한 것을 잊고 있던 이스가 리켄의 말에 너털웃음을 터뜨렸다. 리켄이 짜증 섞인 표정으로 이스 곁에 앉으며 투덜거렸다.

"딴생각하다가 찔리니까 웃는 거죠? 정말! 지금 뭐가 중요한데요? 이클립스, 이 녀석아! 너도 어서 생각해 봐. 맨날 잘난 척만 했으니까 이번엔 제대로 좀 생각해 보라구, 짜샤!"

"허허허."

"알았네, 알았어. 애들처럼 보채지 좀 말고 에이프릴 양과 놀고 있게."

이스는 그저 허허 웃는 것으로 대답을 대신했고 이클립스는 리켄과 정신 연령이 비슷한 에이프릴을 잠시 바라보며 대답했다.

"뭐, 뭐야? 에구, 그래, 약한 놈 때려봤자 나만 나쁜 놈 되지. 쳇."

이클립스의 말에 잠시 울컥 하던 리켄이었지만 곧 포기하고는 턱을 괴며 생각에 잠겼고, 나란히 앉아 있는 이스와 이클립스 역시 어느새 깊은 생각에 잠겨들었다. 처음 이스가 파괴신을 부활시킬 열쇠를 찾으려 할 때 리켄과 이클립스는 모든 일이 아주 간단하고 순조롭게 진행될 것으로 생각했었다. 그러나 막상 뚜껑을 열고 보니 정반대의 상황이 닥친 것이다. 보통 인간으로선 흉내조차 내지 못할 도둑질 솜씨와 행방을 알 수 없는 나머지 열쇠들. 게다가 인간계에 한 번도 내려온 적이 없다는 천계의 전사, 그것도 천계의 수장이자 최고 실력자인 에리엘과의 만남. 그런 것들을 생각하자 사건은 점차 미궁 속으로 깊이깊이 들어가는 느낌이었다.

"이스님."

"오냐."

다른 누구보다 진지하고 심각한 모습으로 생각에 잠겨 있던 이클립스가 이스를 바라보며 말을 이었다.

"마계로 가시지 않겠습니까?"

"마계? 진아가 살고 있다는 그곳 말이냐?"

마계로 가자는 이클립스의 말에 이스가 대답을 재촉했다. 쓸데없는 말을 하지 않는 이클립스였기에 좋은 생각이 있을 것으로 생각한 것이다.

"야, 인마!! 거기 가서 뭣하려고? 칙칙하고, 음침하고. 으으~ 생각만 해도 기분 나쁘다. 이스! 우리 가지 말아요. 거기 가봤자 기분만 잡쳐요!"

마계라는 곳에 가본 경험이 있는지 리켄이 이클립스에게 버럭 소리치고는 이스의 옷깃을 잡아 흔들었다. 하지만 이스는 이클립스만을 바라보았다.

"지금 상황에선 달리 할 수 있는 일이 없는 것 같습니다, 이스님. 이 넓은 대산맥에서 녀석들을 찾는 것도 어려울 것 같고, 그렇다고 도둑 길드를 찾아봤자 결과는 마찬가지일 것입니다.”

“그렇다면, 마계에 간다면 좋은 수가 생기는 것이니?”

이스의 물음에 이클립스가 자신에 찬 표정으로 고개를 끄덕였다.

“이곳, 인간계에는 수많은 마족들이 암암리에 활동하고 있습니다. 저는 할 수 없지만 마왕님이시라면, 그들을 마음대로 부릴 수 있지요. 대신관의 목걸이를 훔친 녀석들은 분명 대단한 능력자들일 것입니다. 아무리 힘을 숨기고 은밀하게 움직인다고 해도 수많은 마족들의 이목을 피하긴 어려울 것입니다.”

“허어, 우리 진아에게 그렇게 좋은 방법이 있었구나. 허허허.”

찰싹 하고 손뼉을 마주치며 이스가 너털웃음을 터뜨렸다. 확실히 좋은 방법 같았다. 아무리 뛰어난 능력이 있어봤자 일행 정도의 숫자로는 세이트란 대륙 같은 넓은 대지에서 도둑을 찾는다는 건 상당히 어려운 일이었기에 절로 웃음이 터지는 이스였다.

“야! 이 자식아! 그런 좋은 방법이 있었는데 왜 빨리 말 안 했어? 네 놈 때문에 시간만 허비했잖아, 짜샤?”

마계에는 절대로 가기 싫다던 리켄마저 눈빛을 빛내며 말하자 이클립스가 아무것도 아니라는 듯, 한차례 뒷머리를 매만진 후 대답했다.

“후홋. 이보게, 리켄 군. 지금 말한 것은 어디까지나 차선책이라네. 절대로 갑자기 떠오른 생각이 아니라는 점을 명심해야 할 것이야. 이 몸은 이스님과 함께했던 지금까지의 방식을 아주 선호한다네. 다른 이의 힘을 빌리는 것은 지금처럼 어쩔 수 없을 때에나 사용하는 마지막 방법이지. 후후후.”

“으이구, 또 시작했다.”

누가 봐도 갑자기 떠오른 생각임이 확실한데도, 뻔뻔스럽게 대꾸하는 이클립스의 행동에 리켄은 결국 고개를 설레설레 저으며 물러섰다. 그러자 이스가 입을 열었다.

"그래, 언제쯤 갈 수 있겠느냐, 진아야? 이제 몸은 괜찮아진 것이고?"

"네, 지금 바로 갔으면 합니다, 이스님."

"허허허, 그렇다면 어서 가자꾸나."

언제나 느릿느릿 행동하던 이스가 눈에 보이게 서둘렀다. 늦장 부리다 목걸이를 도둑맞은 일이 아직도 걸리는 모양이었다.

"아가."

"네? 왜요, 할아버지?"

"이제 가야겠다. 그만 놀고 이리 오너라, 우리 귀여운 강아지."

"네~"

에이프릴까지 도착하자 리켄이 다시금 이클립스를 재촉했다.

"어서어서 서둘러, 짜샤!"

"쯧, 이보게, 리켄 군. 마계의 시간은 인간계보다 10배는 빠르다네. 그렇게 서두르지 않아도 충분하니 보채지 말게."

한심하다는 표정으로 잠시 혀를 차던 이클립스가 허공을 향해 슬쩍 손을 휘저었다.

슈아아악.

이클립스의 손짓에 일행 앞쪽으로 기다란 타원형의 검은 홀이 생겼다. 마족들만이 사용하는 워프와 비슷한 마법이었다.

"하, 할아버지, 저건 뭐예요? 어디 가는 건가요?"

검정색의 이상한 홀이 무서운지 에이프릴이 이스의 품 안으로 들어왔다. 이스가 에이프릴의 머리를 쓰다듬으며 대답했다.

"허허허. 걱정하지 말거라, 아가. 마계라는 곳에 잠시 다녀올 것이
다. 저건 그곳으로 가는 문이니 무서워할 필요 없단다."

"에? 마, 마계요?"

깜짝 놀란 표정으로 이스에게 반문하는 에이프릴의 얼굴이 잔뜩 겁
에 질린 표정이었다. 영웅들의 서사시나 무서운 마왕과 맞서 싸우는
용사들의 이야기를 주로 노래하던 에이프릴이었기에 마계에 대한 두려
움이 밀려드는 모양이었다. 이클립스가 미소 띤 얼굴로 다가왔다.

"후훗, 에이프릴 양의 안전은 마족 최강의 전사인 저 이클립스가 이
름을 걸고 지켜 드리겠습니다. 이 이클립스가 있는 한, 그 무엇도 에이
프릴 양의 털끝 하나도 건드리지 못할 것입니다. 그러니 걱정 마십시
오."

"네, 감사합니다, 이클립스님."

이클립스의 믿음직스런 말에 에이프릴의 얼굴이 대번에 밝아졌다. 4일
밖에 안 되는 짧은 시간이었지만, 이클립스는 단 한 번도 허튼소리를 하
지 않았으며, 이스 역시 이클립스의 말에 강한 신뢰를 보이고 있었다. 리
켄 또한 에이프릴과 단둘이 함께 있을 때에는 이클립스에 대한 칭찬을 늘
어놓았다. 그리고 무엇보다 이스가 옆에 있었다. 마족과 드래곤이 깍듯이
대하는 이스와 함께라면 마계보다 더한 곳에 가더라도 안심이 될 것 같았
다.

"그럼, 가시죠."

"그러자꾸나. 허허. 마계라는 곳이 어떤 곳일지 궁금하구나. 허허
허."

이클립스가 우아한 몸짓으로 허리를 숙이며 검은 홀을 가리키자 에
이프릴의 손을 잡은 이스가 가장 먼저 들어갔고 리켄이 뒤를 이었으며

마지막으로 이클립스가 들어갔다.

"아!!"

"허어, 이곳이 마계라는 곳인고!"

검은 홀 속으로 들어가자마자 주위의 광경이 완벽하게 바뀌었다. 아름다운 계곡과 바위, 실록으로 가득한 푸른 숲, 눈부신 태양이 빛나는 맑고 푸른 하늘의 모습은 온데간데 없고 검회색 대지와 하늘이 이스 일행을 맞이했다.

"여, 여기가?"

너무도 삭막한 주변 풍경에 이스의 옷자락을 꼭 부여잡고 에이프릴이 떨리는 목소리로 중얼거렸다. 보이는 모든 것이 평지였고 하늘에는 구름 한 점 떠 있지 않았다. 산이나 작은 구릉조차 없었으며 풀 한 포기, 작은 나무 한 그루 보이지 않았다. 그저 검회색 하늘과 대지가 끝임없이 펼쳐져 있을 뿐이었다.

"영광스런 천만 마족의 주인이 계시는 곳, 이곳이 바로 마계입니다."

"지랄하네. 아무리 기분이 좋아도 이곳에 오자마자 더러워지는 곳이겠지."

등 뒤에서 이클립스와 리켄의 투덜거림이 들려오자 주변을 둘러보던 이스와 에이프릴이 뒤로 돌아섰다.

"아!!"

"허어."

고개를 돌린 이스와 에이프릴이 놀란 듯 입을 반이나 벌렸다. 그들의 앞으로 펼쳐진 놀라운 모습 때문이었다. 10층 높이의 건물만큼 높

을 것 같은 회색 빛 성벽이 끝임없이 이어져 있었으며 성벽 뒤로도 뾰
족뾰족한 궁전의 탑들이 무수히 솟아 있었다. 이야기 속에서 주로 공
포의 장소로 등장하는 마왕성의 모습이었지만 우아한 아름다움이 느껴
지는 웅장한 성이었다. 조금 전까지 경계하는 듯한 눈초리로 주변을
둘러보던 에이프릴에게서 감탄사가 절로 터질 정도였으며 이스 역시
자못 놀란 표정이었다. 이클립스가 손님을 접대하는 귀족 저택의 집사
처럼 우아한 포즈로 허리를 숙이며 마왕성을 가리켰다.

"마왕성에 오신 걸 환영합니다."

"쳇, 우중충하기는. 내 레어가 천만 배는 훨씬 좋겠다."

이클립스의 안내로 일행들은 멀리 떨어져 있는 마왕성을 향해 걸음
을 옮겼다. 거리가 가까워지자 마왕성의 모습이 더욱 또렷하게 보였
다. 멀리서 봤을 때도 장관이었던 것이 점차 가까워지자 더 더욱 아름
다워 보였다. 성벽을 이루고 있는 돌 하나하나의 테두리에 음각으로
문양이 들어가 있었으며 전체가 멋진 조화를 이뤄 하나의 작품처럼 보
일 정도였다. 이스가 참지 못하고 감탄사를 터뜨렸다.

"허어, 정말로 아름답고 웅장한 성벽이로다. 이렇게 아름다운 성벽
이라면 공격하는 이의 마음도 아플 것 같구나. 허허허."

"정말, 예쁜 성이에요, 이클립스님."

"하하하. 감사합니다, 에이프릴 양, 이스님. 에이프릴 양처럼 귀여우
신 분과, 이스님처럼 위대하고 너그러우신 분을 제 고향으로 모실 수
있다니, 저야말로 영광입니다. 그럼 안으로 들어가시죠."

에이프릴의 표정에선 더 이상 두려움이나 공포따윈 보이지 않았다.
모든 것이 마냥 신기하고 재미있는 것 같았다.

"이제 성문에 도착했군요. 저 성문을 지나 조금만 더 가면 마왕님께

서 계시는 내성으로 갈 수 있습니다."

어느새 성문 가까이 다다르자 이클립스가 다시 한 번 설명해 줬다. 하지만 이스와 에이프릴에겐 이클립스의 말이 들리지 않는 듯 놀란 표정으로 성문을 주시했다. 성문 앞에 있는 괴물처럼 생긴 병사의 모습 때문이었다. 성문을 지키는 자는 단 하나였다. 그런데 생김새가 괴상하고 특이했다. 두꺼운 갑옷을 입고 긴 창을 들고서 사람처럼 두 다리로 서 있는 모습이었지만, 머리는 뱀처럼 생겼으며 역시 뱀 같은 길고 굵은 꼬리까지 보였다. 창을 잡고 있는 손 역시 검녹색 비늘로 덮여 있었고 날카로운 손톱은 보통 사람의 손가락 길이만큼 길었으며 입 밖으로 연신 뱀 같은 혀를 날름거리고 있었다.

"웬 놈들이 감히… 헉! 이, 이클립스님! 마계의 자랑거리이자 천만 마족의 우상이시여. 어서 오십시오, 이클립스님."

뱀 얼굴의 보초병이 이스 일행들을 발견하고는 무서운 살기를 뿜으며 달려왔다. 하지만 이클립스의 모습에 언제 살기를 머금었냐는 듯, 절도있는 표정으로 허리를 숙였다. 마왕의 직계 혈족이자 마족 최강의 전사인 이클립스가 함께이기에 손님이라고 생각한 것 같았다. 이클립스가 허리를 숙이고 있는 보초병에게 한 걸음 다가가 말했다.

"마왕님께서는 계시겠지?"

"넷, 이클립스님. 내성에 계십니다. 어서 들어가십시오."

"알았다. 수고하도록."

간단히 치하를 마친 이클립스가 일행들을 이끌었다.

그그긍.

일행이 성문에 다가가자 거대한 성문이 부드럽게 스르르 열리며 널따란 연병장과 무수히 많은 회색 빛 성들이 펼쳐졌다.

"허어, 그것참. 상대의 외모를 가지고 뭐라 할 수는 없는 일이지만, 정말 괴이하게 생긴 병사로구나. 이 할아비가 평생을 살면서 저리 생겨 말까지 하는 것은 처음이로구나. 허허허."

뱀 머리 보초병의 모습이 이스로서는 신기하게 보인 모양이었다. 이클립스를 따라 걸어가면서도 연신 뒤쪽으로 시선을 주는 이스였다. 이클립스가 미소와 함께 대답했다.

"하하하, 이곳 마계에서는 저 보초병 정도면 그래도 봐줄 만한 마병일 것입니다. 마왕님께서 당신의 몸의 일부를 이용해 직접 만드신 고위급 귀족들을 제외하면 모두 저 보초병처럼 이상하고 흉측하게 생겼답니다, 이스님. 귀족들이라고 해봐야 그 숫자가 고작 일만이 조금 넘습니다. 이 넓은 마계에서 고위 귀족급 마족을 보기는 아주 어려운 일이지요."

"허어, 일만이라면 그래도 상당한 숫자일 터인데 어찌 보기 힘들다는 것인고?"

"고위급 마족들 대부분이 인간계에서 활동하거나 마계의 구석진 어느 곳에서 수련을 하고 있을 것입니다. 이 마계에서는 그다지 할 만한 일들이 없기 때문에 마왕님으로부터 직접 명령을 받았거나 각자의 의지로 인간계에서 활동하는 것이죠. 그렇게 인간계에서 활동하는 고위급 마족들과 다른 상위 마족들의 숫자를 합치면 상당할 것입니다. 그리고 그들의 정보력을 이용한다면 충분히 빼앗긴 목걸이를 찾을 수 있을 것입니다."

"허허허, 그렇구나. 그렇게 많은 숫자라면 틀림없이 금세 찾을 수 있을 것 같구나."

고위 마족들 대부분은 혹시나 있을 천족들의 움직임에 대한 정찰의 의미로 마왕이 직접 명령을 내려 인간계로 내려보낸 것이지만, 그 이하 마족들 대부분은 인간들의 영혼이 목적이었다. 하지만 그 사실을 이스에게 말해 줄 수 없었기에 이클립스는 교묘히 설명하지 않은 채 인간 세상에서 활동하는 마족들의 숫자를 부각시켰고 이스 역시 그것에 대한 것은 물어보지 않았다.

"그나저나 어디까지 가야 마왕을 만날 수 있는 것인고?"

어서 빨리 마왕을 만나고 목걸이의 행방을 물어보고 싶은 생각에 이스의 마음이 조급해진 것 같았다.

"조금만 더 걸어가면 마왕님이 계시는 내성이 나옵니다, 이스님. 잠시만 기다려 주십시오."

"아이 참, 할아버지도. 이제 다 왔는데 조금만 가면 되겠죠. 너무 서두르지 마세요."

"허허허, 내가 너무 서둘렀나?"

너털웃음을 터뜨리는 이스였고, 이클립스와 에이프릴도 미소 지었다.

"도착했습니다, 이스님. 이곳이 마계의 주인이자 천만 마족의 지배자인 마왕님께서 계시는 곳입니다."

"호오~"

어느새 거대한 궁전이 앞을 가로막고 있었다. 주위로 보이는 궁전들보다 몇 배는 훨씬 큰 건물이었다. 크기뿐만이 아니었다. 출입문에 새겨 있는 우아한 조각이며 궁전 외벽의 치장들이 같은 검회색 궁전 중에서 가장 뛰어난 아름다움을 뽐내고 있었다.

"정말 아름다워요!"

"허어, 실로 경탄이 절로 나올 것 같은 훌륭한 궁전이로다!"

내성 출입문을 오십여 걸음 앞에 두고 걸음을 멈춘 이스와 에이프릴이 감동했다는 듯한 표정으로 거대하고 웅장한 내성을 바라보았다. 공중에서 보지 않는다면 그 크기를 짐작하기 힘들 정도로 내성의 크기는 대단했으며 높이 또한 백여 걸음이 넘을 것 같았다.

"어서 들어가시지요."

이스와 에이프릴이 좀처럼 움직이지 않자 이클립스가 출입문을 가리키며 말했다. 그때였다.

쿵.

슈숙.

커다란 출입문이 부서질 것처럼 벌컥 열리며 누군가가 눈부신 빠르기로 쏘아져 나왔다. 사람의 눈으로는 제대로 식별조차 하기 힘든 속도였다. 리켄과 에이프릴이 깜짝 놀라 몸을 움츠렸을 뿐, 이스와 이클립스는 미동도 하지 않았다. 이스는 자신에게 쏘아지는 것이 아니기에 묵묵히 있었고, 이클립스는 이미 상대를 아는 듯 작은 미소를 머금고 있었다.

"작은아버지! 어디 가셨다 이제 오시는 거예요? 히잉~"

커다란 곰 같은 덩치가 달려들어 이클립스를 와락 끌어안았다. 드러난 팔뚝 하나가 리켄의 허벅지보다 두 배는 두터웠으며 넓은 등은 마치 오우거의 그것 같았다. 이클립스의 가슴 위로 마치 커다란 괴물이 덮친 것 같은 모습이었다.

"이런이런, 마왕님께선 이제 마계의 주인이십니다. 이제 어리광을 피울 나이가 아니시지 않습니까. 체통을 지키셔야지요."

"이이잉~ 싫어요, 싫어요. 자주 찾는다고 하시고선 3년 만에 찾는 게 어디 있어요?!"

덩치와는 어울리지 않게 이클립스를 안고 있는 마왕은 칭얼거리며 세차게 고개를 흔들었다. 그가 고개를 흔들 때마다 덥수룩하고 기다란 머리가 파도가 출렁이는 것처럼 요동 쳤다. 잠시 난감한 표정을 짓던 이클립스는 이내 부드러운 미소를 지으며 마왕의 등을 토닥여 주었다.

"에?"

지켜보던 리켄과 에이프릴, 이스의 얼굴이 어색하게 굳어버렸다. 아무리 적게 봐도 족히 2미터 30은 넘을 것 같은 마왕의 키였다. 외모 역시 20대 초반으로 보이는 이클립스와는 달리 마왕은 30대 중반쯤으로 보였으며 턱수염까지 기르고 있었고 얼굴 이곳저곳엔 깊은 상처가 새겨져 있었다. 덩치 또한 이클립스의 4배는 넘을 것 같았으며 어리광 부리듯 칭얼거리는 목소리는 굵직굵직했다. 도무지 어울리지 않는 이클립스와 마왕의 모습에 이스조차 멍한 표정이 돼버렸다.

"흐흠, 흠, 마왕님. 손님들께서 보고 계십니다. 체통을 지키셔야지요."

오래간만의 해후를 즐기던 이클립스가 이스의 어색한 얼굴을 발견하고는 헛기침을 토하며 마왕을 내려놓았다. 그제야 이스 일행을 발견한 마왕이 근엄한 표정을 지으며 말했다.

"그대들은 누구이기에 이곳 마계에까지 온 것인가?"

"후하하하."

각진 광대뼈와 두툼한 턱, 먹이를 향해 달려드는 맹수의 눈처럼 날카로운 눈매. 카리스마가 절로 느껴지는 마왕의 모습이었다. 그러나 어울리지 않게 어리광 부리던 장면에서 갑자기 변해 버린 모습에 리켄이 참지 못하고 웃음을 터뜨렸다. 이스 역시 작은 미소를 머금고 있었으며, 에이프릴만이 마왕이라는 공포스러운 단어 때문에 혼신의 힘을 기울여 웃음을 참고 있었다. 마왕의 얼굴이 순간 터질 것처럼 붉게 변했다.

"어느 안전이라고 감히… 엇? 리, 리켄 아저씨!!"

"이 망할 놈의 자식이 누구한테 아저씨래? 젊은 오빠한테."

천만 마족의 주인이자 드넓은 마계의 지배자를 향해 겁없이 웃음을 터뜨린 리켄을 죽일 듯한 눈초리로 노려보던 마왕의 얼굴이 순식간에 밝아졌다.

"리켄 아저씨!! 우아아아!!"

감격에 겨운 표정으로 잠시 리켄을 응시하던 마왕이 와락 달려들어 리켄을 끌어안았다. 너무도 강한 팔 힘에 리켄에게서 절로 비명이 터져 나왔다.

"으악, 어서 놓지 못해? 아파, 짜샤!"

"하하하, 너무 반가워서 그만……."

간신히 마왕의 마수(?)에서 벗어난 리켄은 뼈마디가 쑤시는 듯 한동안 어깨며 팔을 주물주물거린 후 어이없다는 표정으로 말했다.

"어떻게 된 거야? 도대체 무슨 일을 했기에 그 귀엽던 얼굴이 이렇게 망가진 거냐?"

"수련을 좀 심하게 하다 보니까요. 그리고 리켄 아저씨하고 헤어지고 각성도 했고요. 많이 변했지요?"

"그래, 짜샤. 밖에서 봤음 못 알아볼 뻔했다."

마왕의 두터운 어깨를 치며 리켄이 부드러운 미소를 지었다. 리켄이 처음 지금의 마왕을 만났을 때의 모습은 5, 6세 정도로 보일 때였다. 당시 나이가 어려서 미처 각성하지 못했던 마왕은 큰 눈망울과 도톰한 입술이 깨물어주고 싶을 정도로 귀여운 아이였다.

"짜식, 정말 많이 변했다."

마왕을 바라보는 리켄의 눈동자에 대견함과 애틋함이 살짝 스쳐 지나갔다. 처음 만났을 때의 이클립스만큼이나 당시의 마왕 역시 천계에 대한, 천족에 대한 원한이 깊고 깊었다. 변해 버린 마왕의 모습에서 리켄은 그가 얼마나 지독한 수련을 해왔는지 보지 않아도 알 수 있을 것 같았다

"아, 이럴 때가 아니지. 모두 들으라. 오늘부터 100일간 축제에 들어간다. 나 마왕의 작은아버지와 멋진 손님들이 오신 기념이다. 모두들 마음껏 즐기고 쉬어라. 이것은 마왕인 이 몸이 직접 선포하는 축제이다!!"

잠시 쑥스러워하던 마왕이 돌연 정색하며 허공에 대고 커다랗게 외쳤다. 마계에 있는 마물들과 마족들에게 내리는 명령이었다. 쩌렁쩌렁한 그의 목소리가 순간 마계 전체에 울려 퍼졌다. 잠시 귀를 막던 리켄이 마왕에게 투덜거렸다.

"에라, 이 녀석아! 무슨 축제를 백 일씩이나 하냐? 아예 일 년 동안 놀라 그러지?"

"어? 그렇게 할까요, 리켄 아저씨?"

"어이구, 말을 말자, 말을 말아."

"하하하."

리켄과 마왕은 서로를 보며 다시금 기분 좋은 웃음을 터뜨렸다. 외모가 변하고 서로 만나지 않은 지도 많은 시간이 흘렀지만, 서로를 생각하는 마음엔 변함이 없는 것 같았다.

"아참, 저분들은?"

한참 동안 웃어대던 마왕이 이스와 에이프릴을 향해 고개를 돌리자 이클립스가 가까이 다가오며 설명했다.

　"이분께선 요 사이 제가 모시는 분으로 존함이 이스라고 하십니다,
마왕님. 저보다도 그리고 마왕님보다도 훨씬 더 강하신 분이지요. 마
왕님과 제가 함께 상대해도 결코 이길 수 없는 분이십니다. 그리고 옆
에 계신 소녀는 이스님의 의손녀 되시는 분입니다."

　"아, 네?"

　부드러운 미소를 머금고 이클립스의 설명을 듣던 마왕의 얼굴이 경
악으로 변해 버렸다. 마족 최강의 전사인 이클립스보다, 이름만 들어
도 공포에 떠는 마왕보다 강하다는 이클립스의 말 때문이었다. 거기에
한술 더 떠서 둘이 연합 공격을 펼쳐도 결코 이길 수 없다는 말은 경악
을 넘어서 지금까지 듣고 있던 귀가 의심스러울 지경이었다.

　"무, 무슨……."

　믿을 수 없는지 마왕은 입만 벙긋거릴 뿐 제대로 말을 잇지 못했다.
천계의 수장과 싸워도 결코 지지 않을 자신감이 넘쳤으며 그만한 힘도
가지고 있다고 자부하던 마왕이었다. 지금도 수련을 게을리 하지 않았
고, 조금씩이지만 자신의 힘이 멈추지 않고 증가하는 것을 느낄 수 있
었다. 또한 만 년에 한 명밖에 나오지 않는다는 천재 마족 전사가 바로
이클립스였고, 이미 오래전 전대 마왕의 힘을 넘어선 그였으며 현재의
마왕과 싸운다면 승패를 가늠하지 못할 정도의 천재 전사였다. 그런데
도 결코라는 말까지 하며 이길 수 없다는 것을 강조하는 이클립스였다.
지금까지 마왕은 이클립스가 거짓말을 하거나 어떤 사실을 과장되게
말하는 것을 단 한 번도 보지 못했다. 또 혈족인 자신에게만큼은 죽으
면 죽었지 절대로 허튼소리를 하지 않는 이클립스라는 걸 누구보다 마
왕이 더 잘 알고 있었다.

　"꿀꺽."

오랫동안 믿을 수 없다는 표정으로 이클립스를 주시하던 마왕이 꿀 꺽 마른침을 삼키며 이스를 자세히 관찰했다. 하지만 아무리 봐도 60대 중반 정도로 보이는 노인이었다. 새하얗고 기다란 머리와 수염, 순백색 옷차림이 어딘가 신비스럽게 보이긴 했지만 그것뿐이었다.

"허허허, 이스라고 합니다."

마왕이 계속 보고 있자 이스가 웃으며 자신을 소개했다. 순간 마왕 이 화들짝 놀란 듯한 얼굴로 대답했다.

"아, 예예, 마계의 주인인 마왕입니다. 어릴 적에는 '드세이라' 라고 불렀지요. 마왕이 되면 어릴 때의 이름이 사라지며 마왕이라고 부르니 이스님께서도 편하게 불러주시지요."

이클립스와 단둘이 있을 때 자세히 물어보기로 결정한 마왕이 시원 한 미소를 지으며 이스를 대했다. 뭔가 모종의 계획이 있는 것 같았다. 그렇지 않고서야 이클립스가 결코라는 단어까지 쓰지는 않았을 것이 고, 마왕이 보기에도 아무런 힘도 느껴지지 않는 평범한 노인이었다.

"허락도 없이 불쑥 찾아와서 면목이 없구려. 하지만 이 늙은이의 일 이 다급해서 어쩔 수 없이 이리한 것이니 마왕께서 너그럽게 용서해 주시지요."

이클립스나 리켄을 대할 때와 달리, 마왕을 대하는 이스의 태도가 사뭇 진지했으며 말투에도 조심스러움이 가득했다. 마계라는 거대한 곳의 주인에 대한 최소한의 예를 갖추려는 마음 때문이었다.

"왜 그래요, 이스? 우리는 이름까지 막 바꿔서 부르더니 이런 어린 녀석한텐 왜 존댓말을 쓰는 거예요? 그냥 편하게 불러요, 편하게."

"허허허. 이 녀석, 홍아야. 아무리 나이가 어리고 연배가 낮다고 하 나, 저분은 마계의 주인이 아니시더냐. 한 단체의 주인에게 처음 보는 사람이 어찌 함부로 한단 말이냐.”

“쳇, 이럴 줄 알았으면 드래곤 로드 자리를 뿌리치지 않는 건데. 돌아가면 로드한다고 할까나. 에궁.”

투덜거리며 아쉬워하는 리켄 옆에 있던 마왕이 손뼉을 치며 주위를 모았다.

“자자, 어찌 됐든 우선 안으로 들어가세요. 작은아버지하고 리켄 아저씨가 왔는데 뭔들 못 들어드리겠습니까. 어서 들어가세요.”

마왕을 따라 일행 모두는 마왕이 나왔던 거대한 내성으로 들어갔다. 그 크기를 짐작하기 어려울 정도로 거대하고 아름다운 내성이었다. 이스와 에이프릴은 제법 기대에 찬 표정으로 발걸음을 옮겼다. 작품이라고 해도 손색이 없을 정도로 훌륭한 겉모습이라면, 내부의 모습은 더욱 뛰어날 것으로 생각한 둘이었다. 하지만 둘의 기대는 문 안으로 들어간 순간 무너졌다.

아무것도 보이지 않았다. 몇백여 미터가 넘을 것 같은 거대한 공간만이 보이는 특이한 내부의 모습이었다. 높다란 천장과 미세하게 검푸른 빛깔이 흐르는 바닥만 보일 뿐, 지붕을 받치는 기둥도 없었으며 창문도 몇 개밖에 없었다.

“허허허, 괜찮다, 아가야. 이 할아비가 있으니 걱정 말거라.”

“네.”

음산한 내부 전경에 에이프릴이 이스 곁으로 바짝 다가왔다. 받치는 기둥도 없는 거대한 내성은 훌륭한 건축가가 심혈을 기울여 만들었을 것 같았지만, 주변이 너무도 음산했다. 바닥과 벽, 그리고 천장에서 미세하게 흘러나오는 검푸른 빛이 절로 긴장감이 느껴졌다. 리켄이 어이없다는 표정으로 투덜거렸다.

"어이구, 정말 꼭 이렇게 해야 되냐? 아무리 마왕성이라도 그렇지, 내성이라면 좀 아늑하게 만들어야지, 이렇게 칙칙해서야 원. 쯧쯧."

"후훗. 이보게, 리켄 군. 아무리 형편없다고, 싫다고 해도 이곳은 오랜 역사를 자랑하는 우리 마계의 전통적인 마왕실 모습이네. 자네가 아무리 투덜거린다고 어떻게 되는 것도, 할 수 있는 것도 아니지. 게다가 남의 집에 왔으면 인사치레 겸 칭찬 몇 마디는 예의라네, 예의!! 하긴, 자네한테 예의를 찾으니 오우거한테 예절을 가르치는 게 빠르겠지만, 쯧쯧."

"이, 이게 어디서 혀를 차? 죽어볼래? 이 자식이 자기 홈그라운드에 왔다고 나의 무서움을 잊었나 본데? 한번 공포를 보여줄까, 앙?"

으르렁거리며 이클립스와 리켄이 서로를 향해 지독한 살기를 뿜어 대자 이스가 한숨과 함께 손을 썼다.

꿍! 꿍!

"악!! 에이 씨. 아, 알았어요. 농담이에요, 농담. 이제 제발 그만 좀 때려요. 말로 하면 다 알아듣는다고요."

"죄송합니다, 이스님. 다시는 이런 일이 없도록 조심하겠습니다."

얼굴만 보면 툭탁거리고 싸우는 리켄과 이클립스의 결말은 항상 이스의 머리 쥐어박기로 끝이 났다. 늘 있는 흔한 일이라 리켄과 이클립스의 살기 띤 말다툼에는 에이프릴조차 신경도 쓰지 않았다. 그러나 마왕의 얼굴은 놀라움과 경악으로 물들었다. 머리를 쥐어박히는 둘의 모습 때문이었다. 하나는 세이트란 대륙에서 최강의 공격력을 자랑하는 레드 드래곤이었고, 다른 하나는 마족 최강의 전사였다. 아무리 모종의 계획을 위해서 움직이는 것이라 해도 머리를 쥐어박히면 가만있을 성격들이 아니라는 건, 마왕이 더 잘 알고 있었다.

“저보다도 그리고 마왕님보다도 훨씬 더 강하신 분입니다. 마왕님과 제가
함께 상대해도 결코 이길 수 없는 분이십니다.”

순간 이클립스가 했던 말이 떠올랐다. 그때는 이클립스가 뭔가를 꾸
미고 있을 것으로 생각해 심각하게 고민하지 않았던 일이었는데, 지금
보이는 이클립스와 리켄의 행동은 그 말을 뒷받침하고 있었다.
“마왕님.”
“네? 아, 네. 말씀하세요, 작은아버지.”
거대한 내성의 중앙 부근에 도착했을 때였다. 이클립스가 걸음을 멈
추고 마왕을 향해 고개를 돌렸다. 중앙 부근엔 지금까지와 달리 주변
이 훤히 보일 정도로 밝았다. 제법 높다란 단상도 놓여 있었고, 해골과
뼈가 조각돼 있는 커다란 돌 의자까지 놓여 있었다. 마왕이 주로 애용
하는 의자인 모양이었다.
“저와 일행들이 이곳, 마계까지 오게 된 경유를 말씀드리겠습니다.”
“네. 말씀하세요, 작은아버지.”
진지한 이클립스의 말에 마왕도 긴장한 듯 자세를 바로했으며 다른
일행들 모두 조용히 이클립스의 말을 기다렸다.

쏴아아아—

먼 거리에 있는 창문을 통해 사나운 빗소리가 들려왔다. 일행들과
창문 사이의 거리가 상당히 떨어져 있음에도 빗소리가 제법 커다랗게
들려왔다.
언제나 어둠침침하고 음산할 것 같은 마계에도 봄, 여름, 가을, 겨울

의 계절 변화는 존재했다. 사람들이 사는 세상과 다른 점이 있다면 여름과 겨울이었다. 하얀 눈 대신 시커먼 눈이 2개월이 넘도록 내렸으며 사람이라면, 아무리 두꺼운 겨울옷을 입고 있어도 순식간에 얼어 죽을 정도의 혹한이 3개월간 지속되는 것이 마계의 겨울이다.

이스 이행이 도착한 시기가 다행히도 겨울이 아닌 여름이었다. 마계의 여름은 이틀에 한 번 간격으로 두 달 동안 계속적으로 비가 내리는 것을 제외하곤 별다른 불편 없이 움직일 수 있었다. 한 번 쏟아지면 4시간씩 쏟아지는 이 비라는 것은 봄, 가을, 겨울에는 볼 수 없는 오직 여름철에만 이틀 간격으로 쏟아진다. 그러나 마계의 누구도 쏟아지는 비를 좋아하는 이가 없었다. 대기 중에 섞여 있는 작고 미세한 쇳덩어리들 때문이었다. 마계의 대지를 이루는 것 중 30%가 철이고 대기 중에도 미세한 쇳덩어리들이 언제나 떠다니고 있었다. 그런 작고 미세한 쇳덩어리들이 비와 함께 쏟아지는 것이 인간 세상과 다른 점이었다.

"무… 무… 무, 무슨!!"

이클립스에게서 지금까지 일들을 들은 마왕이 제대로 말조차 잇지 못하며 일행들을 둘러보았다. 이클립스는 그가 처음 이스를 만났을 때부터 파괴신을 부활하기 위해 쿠르디르드 제국에 갔던 일, 그리고 대산맥에서 천계의 수장과 싸웠던 일 등 거의 모든 일들을 빠짐없이 말해주었고 리켄도 옆에서 간간이 끼여들어 자신에 대한 이야기도 꺼내놓았다. 마왕의 얼굴은 시시각각으로 변했다. 자신과 거의 차이가 없을 정도로 강력한 이클립스를 단 일 격에 쓰러뜨린 일과 이클립스와 동급의 레드 드래곤인 리켄 역시 한 방에 죽을 뻔했던 일, 이클립스와 리켄의 이목을 속이고 대신관의 목걸이를 훔쳐 간, 아직도 행방이 묘연한 도둑들의 이야기 모두가 귀를 의심할 정도로 믿을 수 없는 일들이었지만 무엇보다 일행들 모두가 파괴신의 부활을 위해 여행하고 있다는 말이 더 더욱 믿어지지 않는 마왕은 좀처럼 정신을 차리지 못했다.

"도와주십시오, 마왕님."

"후우."

오랫동안 멍한 표정으로 이스 일행들을 바라보던 마왕이 이클립스의 도와달라는 말에 정신을 수습하고 깊은 생각에 잠겨 버렸다. 곧바로 결정을 내릴 가벼운 사건이 아니란 건 이스 일행 모두 알고 있었기에 조용히 마왕의 생각이 결정나길 기다렸다.

쏴아아아—

빗소리의 기세가 더욱 크게 들려왔다. 모든 일행들이 침묵을 지키고 있기에 빗소리가 더욱 크게 들리는 것 같았다. 팔짱을 끼고 두 눈을 감은 채 생각에 잠긴 마왕은, 제법 많은 시간이 흘렀음에도 좀처럼 입을 열 생각을 하지 않았다.

"이건 제 개인적인 생각입니다만."

"네?"

마왕의 생각이 좀처럼 끝나지 않을 것 같자 이클립스가 참지 못하고 입을 열었다.

"어쩌면 1만 년마다 벌어지는 천계와 우리 마계와의 전쟁에 대한 비밀을 풀 수 있을지도 모릅니다, 마왕님."

"네? 그게 무슨……."

모든 일행들의 시선이 이클립스에게 쏟아졌다. 지금까지 이스에 의해 어쩔 수 없이 끌려 다니고 자의에 의해 했던 일은 단 한 번도 없다고 생각했던 그에게 이런 생각이 있을 줄 몰랐다는 표정들이었다.

"어, 어떻게 파괴신을 부활시킨다고 그걸 알 수 있지? 말도 안 되는 소리 아니야?"

마왕의 입이 열리기 전에 리켄이 목소리를 더듬으며 이클립스에게 말했지만, 이클립스는 마왕만을 바라보며 대답했다.

"마계나 천계, 그리고 인간계. 이 모든 공간에서 파괴신에 대한 언급은 많이 있습니다. 파괴신이 얼마나 강하고 또 얼마나 파괴적인가라는, 그런 말은 수도 없이 많이 있지요. 세 개의 열쇠, 그것으로 파괴신을 부활시킬 수 있다고 하는 건 극소수의 사람이나 마족, 그리고 천계 인물들만이 알고 있는 사실이지만 말입니다. 그런데 1만 년마다 천계와 마계 사이에 전쟁이 일어나는 이유에 대해서는 그 어디에도 써 있지 않았습니다. 마계와 천계가 생겨난 이래 계속 지속되는 전쟁임에도 말입니다. 어째서일까요. 어째서 아무도 모르는 것인지 저는 이해가 가지 않습니다."

잠시 말을 멈춘 이클립스가 마왕과 다른 일행을 조용히 살펴보았다. 리켄은 이클립스의 말에 수긍한다는 듯 고개를 끄덕이고 있었고 많은 영웅들의 이야기를 노래하던 에이프릴 역시 마찬가지였다. 이클립스의 말이 이어졌다.

"1만 년입니다. 1만 년마다 일어나는 천계와의 전쟁 결과에 따라서 우리가 살고 있는 이 마계라는 곳의 주인이 자주 바뀌었죠. 지금까지 전대 마왕님들도, 그리고 현 마왕님의 할아버지이자, 제 아버지인 전대 마왕님께서도 1만 년마다 일어나는 천계와의 전쟁이 왜 발생하게 됐는지, 어째서 1만 년마다 천계와 싸워야 하는지 오랜 세월 동안 심혈을 기울이셨지만 아무것도 밝혀진 것이 없습니다."

전대 마왕들에 대한 이야기가 이클립스에게서 흘러나오자 마왕의 얼굴이 점점 일그러져 갔다. 그에게도 결코 잊혀지지 않는 기억 중 하나가 바로 천계와의 전쟁이었다. 아버지와 할아버지가 천계와의 전쟁에서 죽고 다른 마족 친구들이며 수많은 마물들이 죽은 그때의 일은 결코 잊혀지지 않는 일이었다. 이클립스의 말은 계속됐다.

"우리 마계처럼 천계 놈들도 그 이유를 모를 것입니다. 전쟁이 있을 때마다 전쟁에 이긴다고 해도 천계의 피해는 상상할 수 없을 정도로 막대하지요. 또 전대의 마왕님께 당해 천계의 수장이 바뀐 일도 많았으니, 그들이 그 이유를 알고 있다면 가만있지 않을 테지요."

잠시 말을 멈춘 이클립스가 천천히 마왕 가까이 다가갔다. 전대의 마왕들에 대한 이야기에 마왕의 모습이 사뭇 흥분돼 있기에 어깨를 토닥이며 잠시 진정시킨 이클립스가 입을 열었다.

"저는 어둠의 신을 없애 버렸다는 파괴신을 부활시킨다면 1만 년마다 일어나는 전쟁에 대해 알 수 있을 것이라고 생각합니다. 그것밖에는 알 수 있는 길이 없습니다, 마왕님."

"하, 하지만……."

역시 파괴신이라는 이름이 주는 공포감 때문인지 마왕은 좀처럼 고개를 끄덕이지 않았다. 이클립스가 마왕의 눈을 똑바로 보며 말을 이었다.

"그 일을… 우리가 겪었던 일들을 언제까지나 계속… 계속 반복하고 싶으신 겁니까?"

"큭!!"

슈우우우──

마왕의 얼굴이 순간적으로 붉게 물들었다. 두 눈동자가 핏빛을 머금었으며 헝클어진 것 같은 기다란 머릿결도 바람에 일렁이듯 춤을 췄다.

검은 기운이 어느새 생겨나 마왕의 몸을 휘감고 돌았으며 팔뚝과 목으로 굵은 심줄이 터질 듯 솟아올랐다.

천계와의 전쟁이 일어나기 전까지 아무것도 모른 채 마왕성의 한쪽에서 한가로운 시간을 보내며 행복한 시간을 보냈던 마왕이었다. 그러던 어느 날, 전쟁이 일어났다. 전쟁이 일어나고 아버지는 자신을 드래곤 로드에게 보냈지만, 모든 사실은 각성으로 변해 버린 이클립스에게 전해 들었다. 자신에게만큼은 인자하고 자애롭던 할아버지의 전사 소식과 언제나 목표로 삼았던 아버지의 죽음. 그리고 모든 마족들과 마물들의 소멸. 하지만 그것으로 끝이 아니었다.

천계와의 전쟁 이후, 초토화된 마계에 도착한 이클립스와 현재의 마왕이 처음 발견한 것은 폐허 속에서 찾아낸 세이제리스의 일기였다. 그곳엔 전사한 마왕의 이야기와 세이제리스의 지난 일들이 자세히 적혀 있었다. 죽은 마왕의 아버지 또한 전에 있었던 천계와의 전쟁에서 죽은 일, 슬픔과 원한에 사로잡혀 있던 아버지를 곁에서 바라보며 지냈던 일, 그리고 앞으로도 계속될 전쟁들에 대한 걱정. 현재의 마왕 역시 천계에 대한 원한이 바다처럼 깊었고, 1만 년마다 열리는 공간에 대한 의문을 풀기 위해 백방으로 노력했었다. 하지만 모든 것은 수포로 돌아가고 앞으로 있을 전쟁을 준비하고 있었다. 이제 천계와의 전쟁도 얼마 남지 않았다. 인간의 시간으로 2년, 마계의 시간으로는 고작 20년밖에 시간이 없었다. 이번 전쟁을 이겨도 전쟁이 없어지는 것도 아니었고, 만약 진다면 다른 후예가 또 다른 원한과 슬픔 속에서 천계와의 전쟁을 준비할 것이고 시작할 것이며 그것은 영원히 끝나지 않고 이어질 일이었다.

"좋습니다."

불같은 분노 속에서 오랫동안 옛 기억을 회상하던 마왕의 입으로 탁한 음성이 흘러나왔다.

"제가 어떻게 도움을 주면 되겠습니까, 작은아버지?"

"감사합니다, 마왕님."

쉽지 않은 결정을 내린 마왕의 결단에 이클립스는 깊숙이 허리를 숙이며 예를 표했다. 고맙고 미안했다. 마계의 일원이지만 한 번도 마계의 일에는 관여하지 않고 자신의 뜻대로 움직인 이클립스였다. 마왕 역시 마찬가지였다. 아무리 혈족이고 자신의 힘과 동등한 능력자라고 해도 이클립스는 마왕의 명령을 들어야 하고 반드시 따라야 하는 주종 관계였다. 그럼에도 지금까지 단 한 번도 명령한 적이 없었고 가벼운 부탁도 하지 않았다. 이클립스는 자신이 아쉬울 때, 그것도 지금처럼 마계의 존폐가 걸려 있는 위험한 일을 거절하지 않고 수락해 준 마왕이 고마울 뿐이었다.

"말씀하세요. 제가 도와드릴 수 있는 일이 있다면 무엇이든 하겠습니다, 작은아버지."

"감사합니다, 그럼."

다시 한 번 허리를 숙인 이클립스가 말을 이었다.

"지금 우리에겐 파괴신의 부활을 위한 첫 번째 열쇠, 즉 대신관의 목걸이를 훔쳐 간 놈들의 소재가 제일 급합니다. 인간인 것 같지만 다른 인간들은 꿈에도 할 수 없을 정도의 능력을 보유한 그런 놈들인 것 같습니다. 지금 인간계에 있는 마족들에게서 혹시 그런 이상한 놈들에 대한 정보를 얻을 수 있으면 합니다."

"흐음, 알겠습니다, 작은아버지. 지금 인간계에는 아마도 일만 가까운 숫자의 우리 마족과 마물들이 암암리에 활동하고 있으니까 그리 어렵지는 않을 것 같아요. 제가 지금 곧 연락해서 알아보겠습니다."

고개를 끄덕이며 도와주겠다는 마왕의 말에 이클립스는 부드러운 미소로 대답을 대신하고 이스를 향해 다가왔다.

"잠시만 기다려 주십시오, 이스님. 우리 마족의 태양이신 마왕님께서 손수 힘을 빌려주셨으니 이제 곧 놈들의 소재를 파악할 수 있을 겁니다."

"그래, 고맙구나."

왠지 대답하는 이스의 목소리와 표정이 어두워 보였다. 그것을 눈치챈 리켄이 개구쟁이 같은 미소를 지으며 다가왔다.

"왜 갑자기 힘이 없어진 거예요, 이스?"

"허허허, 글쎄다."

장난스럽게 말한 리켄이 무색할 정도로 이스의 표정은 사뭇 어두웠다. 짧지 않은 시일 동안 마족과 드래곤, 그리고 하프 엘프라는 난생처음 보는 종족과 여행하며 이스는 파괴신에 대해 여러 가지를 생각하게 됐다. 어쩌면 그 파괴신이라는 것은 자신의 상상을 초월하는 존재일지 모른다. 만약 파괴신이라는 것이 저들이 말하는 것처럼 정말로 어마어마한 존재라면, 또한 자신이 만약 그 파괴신이라는 것에 지기라도 한다면, 일은 돌이킬 수 없는 상황이 될 것이다.

농담으로 시작한 일은 절대로 아니었다. 절실했다. 너무도 강한 자신이었기에 그 누구에게도 지지 않는다는 자신감이 넘쳐 있었지만 그건 시간이 지날수록 자기 자신을 조금씩 조여오는 압박감으로 변해갔다. 겉으론 평온하고 온화했지만 무언가에 쫓기는 사람처럼 초조해진 적이 한두 번이 아니었다. 그렇다고 지금에 와서 포기하고 싶은 마음도 없었다. 파괴신을 부활시키는 것을 포기한다면, 어쩌면 이 세계에 아주 오래전에 있었다던 인간을 초월했다는 마법사처럼 자신을 봉인하거나 어쩌면 무기력한 삶을 이어갈 것이다. 그렇게 살아간다는 건 이스에겐 죽는 것보다 못한 일이다.

"허어."

여러 가지 생각들로 머리가 복잡해지는 이스가 가벼운 한숨을 터뜨렸다. 자신만을 생각하는 이기적인 생각 때문에 이 세계에 커다란 위험을 주는 것이 아닌가 하는 걱정스런 생각과 반드시 파괴신을 부활하고픈 마음이 엇갈리고 있었다.

"이스."

"오냐."

근심 어린 이스의 표정에 리켄이 장난기가 없어진 얼굴로 말을 이었다.

"이젠 어쩔 수 없어요. 어쩌면 우리보다 먼저 열쇠를 훔쳐 간 놈들도 파괴신을 부활시키는 것이 목적일지 몰라요. 그런 형편없고 힘없는 놈들이 파괴신을 부활시키는 것보다, 이스가… 아니, 우리가 부활시키는 게 여러모로 낫지요. 안 그래요? 그놈들, 파괴신만 덜렁 부활시켜 놓고 아무것도 못하고 죽을 거예요. 그런 놈보단 우리가 그 파괴신을 없애 버리는 게 훨씬 가능성이 많죠. 그렇죠, 이스?"

"허허허."

자신을 위로하는 말에 이스는 너털웃음을 터뜨리며 리켄의 머리를 쓰다듬었다. 그다지 설득력은 없었지만 어느 정도 수긍이 가는 이스였다. 리켄의 말처럼 어쩌면 자신들보다 먼저 열쇠를 훔쳐 간 도둑들도 그 열쇠가 어디에 쓰이는지 알고 있을 확률이 높았다. 값어치도 없고 팔 수조차 없는 물건을 훔친 것이라면, 파괴신의 부활을 위해 도둑질을 했을 가능성이 더욱 컸다. 리켄의 말처럼 그들이 파괴신을 부활시키는 것보다, 이스 일행이 하는 것이 훨씬 좋을 것 같았다. 생각을 정리한 이스가 조금 나아진 표정으로 마왕을 향해 고개를 돌렸다. 제법 시간이 흘렀기에 혹시 정보가 들어오지 않았을까 하는 생각에서였다.

"흐음, 무엇을 하는 게지?"

마왕을 보던 이스의 고개가 갸우뚱거렸다. 마왕의 이상한 행동 때문이었다. 두 눈을 감은 채 한 손을 이마에 집고 뭔가를 중얼거리는 마왕의 몸 주변으로 검은 연기 같은 것이 넘실거리고 있었다. 인간계에 있는 마족들에게 정보를 알아본다고 했던 마왕의 모습이 이상한 모양인지 이스는 연신 고개를 갸우뚱거리고 있었다.

"통신하는 거예요. 쳇, 부럽군."

"통신? 그건 또 무엇인고?"

"저 녀석은, 에 또, 그러니까 여기 마계에서 인간계에 있는 저 녀석 부하들한테 원거리로 의사를 전달하고 받을 수 있죠. 다만 마계가 인간계보다 10배 정도 시간이 빨라서 좀 시간이 걸리는 거예요,"

"흐음, 그것참 놀라운 일이로구나. 공간이 다른데도 아주 멀리 있는 자와 의사를 주고 받을 수 있다니. 대단한 능력이구나."

"이스, 아무것도 아닌 걸 가지고 뭘 그렇게까지 감탄해요. 저건 말이죠, 이스. 마왕이라면 누구나 가지고 있는 능력이라고요, 누구나요. 우리 드래곤 로드한테도 저 녀석이 하고 있는 것이랑 비슷한 능력이 있지요. 뭐, 공간이 다르면 못하지만요."

"호오."

대단하지 않다는 걸 강조하며 리켄이 설명해 주었지만, 이스에게는 여전히 신기한 모양이었다. 처음엔 이상하다는 표정으로 마왕을 보던 이스의 표정에 놀라움이 가득 담겨 있었다.

"으음."

한참 동안 인간계의 마족들과 원거리 통신을 하던 마왕이 미간을 찌푸리며 몸을 바로 했다. 드디어 통신이 끝난 모양이었다.

"어떻게 됐습니까, 마왕님? 아는 녀석이 있던가요?"

이클립스의 물음에 마왕은 곧바로 고개를 저었다.

"아무도 없더군요. 지금 현재 인간계에서 활동하는 마족 전사들과 마물들 중에서 누구도 그런 이상한 놈들을 본 녀석들이 없다더군요. 작은아버지와 리켄 아저씨의 이목을 속일 정도의 실력이라면 그 도둑들 역시 대단한 능력자일 텐데 마족들 누구도 그 정도로 강력한 힘을 가지고 있는 자는 본 적이 없다고 합니다."

"그런!"

기대감이 실망으로 바뀌었다. 마지막으로 남았던 희망이 모두 사라진 것이다. 거대한 세이트란 대륙에 활동하고 있는 마족과 마물들의 숫자도 숫자였지만 그들 각각의 능력은 혼자서 커다란 왕국 하나쯤은 몇 시간만에 조사할 수 있었다. 그런데도 보지 못했다는 것은 이클립스의 상상을 초월할 정도로 대단한 자들이거나 아니면 아주 깊숙이 몸을 숨긴 것, 둘 중 하나일 것이 분명했다. 그렇다면 목걸이를 찾는 것은 더욱 힘들어질 것이고 어쩌면 영원히 찾지 못할 수도 있었다.

"후우."

고개를 흔들며 낮은 한숨을 토하는 이클립스였다. 사건이 더욱 미궁 속으로 빠져드는 느낌이었다.

"너무 걱정하지 마세요, 작은아버지."

한숨을 토하는 이클립스의 모습에 마왕이 듬직한 미소를 지으며 말을 이었다.

"이 마계에 남아 있는 마족들하고 상급 마물들을 모조리 풀어서 인간계에 보냈으니 곧 연락이 올 것입니다. 언제 어떤 일이 있을지 모르는 일이라, 5일 이상 마계를 비워둘 수 없어 5일 정도를 주고 철저하게 조사하라고 했으니 충분할 것이에요. 만약 그래도 못 찾는다면 시일을 연장하면 그만입니다. 하하하."

"가, 감사합니다, 마왕님."

두 눈을 일렁이며 이클립스가 마왕을 향해 깊숙이 허리를 숙였다. 마계에 남아 있는 마족들과 상급 마족들을 합하면 백만이 훨씬 넘는 어마어마한 숫자였으며, 그들은 마왕과 이클립스를 제외한 마계 전력의 90% 이상을 차지한다. 그런 그들 모두를 인간계에 보냈다면 마계는 텅 비었다고 해도 과언이 아니었다. 아무리 가까운 혈족이라도 받아주기 힘든 일을 마왕은 호탕하게 웃으며 들어주었기에 이클립스는 몇 번이고 깊숙이 허리를 숙여 감사를 표한 후 허리를 폈다.

"그런데… 5일간이라면 인간계의 5일간을 말씀하시는 건가요?"

"네, 그렇습니다. 뭐가 잘못됐습니까?"

"아, 아닙니다."

어색한 미소를 지으며 대답한 이클립스가 이스에게 다가갔다.

"지금까지 들어서 아시겠지만 인간계에서 5일간 조사한다면 여기 마계 시간으로는 50일입니다. 이스님, 어떻게 하시겠습니까?"

"허허허, 50일이면 상당히 긴 시간이구나. 그래도 말이다, 진아야. 우리끼리 사람 세상에 가서 찾아보는 것도 좋을 것 같구나. 정보가 들어온다면 마왕께서 그 통신이라는 것으로 네게 알려주면 곧바로 알 수 있지 않겠니?"

마계에서 시간을 보내는 것보다 조금이라도 수고를 더는 것이 좋을 것 같다고 생각한 이스였다. 또 많은 마족들과 마물들이 자신의 일을 위해서 열심히 뛰고 있는데 마냥 앉아 기다리기는 미안한 일이기 때문이다. 하지만 이클립스는 곧 고개를 흔들었다.

"그게… 그럴 수 없습니다. 마왕님의 통신은 마왕님께서 직접 만드신 마족들과 마물들에게만 해당되는 것이라 제게는 할 수 없습니다. 저는 전대의 마왕님이셨던 제 아버지의 혈육이니까요. 그리고 저는 마족들이 내뿜는 특유의 기운이 없습니다. 그렇기 때문에 제가 인간계에 간다면 마왕님과 마족들로서는 여간 찾기 힘든 일이 될 것입니다. 도둑들의 위치에 대한 정보를 알았다고 해도 우리 일행들의 위치를 찾을 수 없다면 좋은 때를 놓칠 수 있을 것 같아서 드리는 말씀입니다."

이클립스의 말은 즉, 이곳에 남아 기다리자는 말을 완곡하게 돌려 말한 것이었다. 마계는 겨울이 돼도 시커먼 눈이 내리는, 사시사철 음산하고 음침한 풍경이 계속되는 곳이기에 사람이라면 누구나 이런 곳이 싫고 한시라도 빨리 벗어나고 싶어한다. 그렇기에 최대한 완곡하게 말한 이클립스였다. 다행히 이스는 곧바로 시원스런 웃음을 터뜨렸다.

"허허허, 그렇다면 잘되었구나. 내 마침 이곳이 궁금하던 차였으니 마왕님께 폐가 안 된다면 조금 쉬어갈 수 있으면 좋겠구나."

"이스님 같은 분이시라면 얼마든지 대환영입니다. 50일이 아니라 5천 일, 아니, 5만 일이라도 상관없습니다. 얼마든지 마음껏 쉬시다 가십시오. 마계는 언제라도 이스님과 여러분들을 극진히 모실 것입니다. 하하하."

흔쾌히 말하는 이스에게 마왕도 웃으며 대답했다. 어찌 되었든 작은 아버지인 이클립스와 동행할 것이다. 마왕 자신도 일행을 따라다니고 싶었지만 마왕은 마계를 비워선 안 되는 마계의 법칙 때문에 그렇게 할 수 없었다.

이제 마지막으로 남아 있는, 그 무엇보다 소중한 혈족인 이클립스를 돕는 일이었다. 또한 2천 년마다 지속되는 천계와의 전쟁도 마왕에게는 지독하고 잔인한 기억이었다. 어떻게 해서든 자신과 같은, 그리고 작은아버지인 이클립스와 같은 불행한 마족을 만들고 싶진 않았던 것이다.

지금까지는 방법이 없었다. 아주 오랜 옛날부터 마왕이라는 명예의 이름을 계승했던 자들도 어째서 2천 년마다 천계와의 전쟁이 벌어지는지, 그것도 대대적이고 어느 한쪽이 완전히 무너지고야 마는 그런 전쟁이 일어나는지에 대해 수단과 방법을 가리지 않고 알려고 했지만 시간만 낭비했을 뿐이었다. 또 앞으로 얼마 뒤면, 마계 시간으로 고작 20년 뒤면 다시 자신에게도 그런 일이 벌어질 것이다.

다가올 천계와의 전쟁은 자신있었지만 언제까지 이긴다는 보장은 없었다. 끔찍한 기억과 아픈 마음을 다음 대까지 물려줘야 한다는 것은 마왕 역시 바라는 바가 아니었다. 아니, 결코 그런 일을 만들고 싶진 않았다. 그렇기에 결정을 내린 것이다. 마계에 종말이 오든 모든 것이 사라지든 간에 마왕은 자신의 대(代)에서 그런 것들을 모두 없애고 싶었다.

"여기서 이렇게 계실 것이 아니라 내실로 가시지요. 거기엔 제법 그럴듯하게 꾸며놓았으니 즐겁게 쉬실 수 있을 것입니다."

"허허허, 고맙습니다, 마왕님."

　마왕의 안내로 일행들은 천천히 내성을 벗어났다. 이스와 일행들도
그리고 마왕의 표정도 모두 밝았다. 이스와 일행들은 일이 쉽게 풀려
기뻤고 마왕은 오래간만에 만나는 이클립스 때문에 즐거운 것 같았다.
　쏴아아—
　곧 그칠 모양인지 빗소리가 점차 가늘어지고 있었다.

이스가 중원에 있을 당시 사람들은 그를 가리켜 철검(鐵劍)이라고 불렀다. 고아 출신으로 이름이 없었던 그에게 '철검'이라는 명호는 어느 틈엔가 이름과 같은 것이 되어버렸다. 또 얼마의 시간이 흐른 뒤엔 '철검무적'이라고 불렀다.

이스는 작은 철검 한 자루로 중원을 누볐었고 자연적으로 생겨 버린 명호가 바로 '철검'이었다. 명호에 검(劍)이 들어가는 사람은 제법 흔했었다. 검성(劍聖), 검마(劍魔), 검귀(劍鬼) 등등 헤아리기도 힘들 정도였다. 하지만 명호에 '무적(無敵)'이 들어간 사람은 이스가 중원을 활보할 때에도 다섯 손가락이 되지 않았다.

철검무적(鐵劍無敵).

그것은 한 자루 철검을 들고 있는 이스에게 절대 덤비지 말라는 무언의 경고이고, 더 이상의 상대가 없다는 최고의 찬사였으며, 또한 절대적인 존경의 상징이었다. 그만큼 이스는 검에 능수능란했었고 검에 있어서 누구에게도 져본 적이 없었다.

"허어, 그것참."

검에 있어서는 누구보다 많이 알고 있다고 해도 과언이 아닌 이스가 앞에 놓여 있는 한 자루 검을 보며 연신 고개를 갸우뚱거리고 있었다. 커다란 검이었다. 5척 반(165㎝)이 조금 넘는 이스에 비해 그의 앞에 놓여진 검은 족히 2미터가 넘을 것 같았다. 두꺼운 검신과 검날이 보는 것만으로도 무게감이 절로 느껴지는 검이었다. 작은 장식이나 문양이 들어가지 않은, 손잡이부터 모든 것이 시커먼 묵빛을 띠는 것이 단순한 모습이긴 했지만, 이스가 보기에도 훌륭한 장인이 오랜 세월 동안 각고의 노력을 기울인 명검임에는 틀림없었다. 그런데도 이스는 연신 탄식을 토하며 고개를 흔들고 있었다.

"그것참, 무슨 놈의 검이……."

"하하하, 작은아버지께서 제 생일에 주신 검입니다."

이스 옆에 있던 마왕이 화통하게 웃으며 다가왔다. 이제 이스를 대하는 것에 익숙해진 마왕이었다. 어느새 이스 일행이 이곳 마계에 온 것도 인간의 시간으로 3일, 마계의 시간으로는 30일이라는 긴 시간이 흘러 있었기에 이스를 대하는 마왕의 행동거지에 어색함이 느껴지지 않았다.

한동안 이스와 리켄, 그리고 에이프릴은 이클립스의 안내로 마계 이곳저곳을 관광(?)하며 시간을 보냈었다. 마계에 대해 궁금해하는 사람은 이스 하나밖에 없었지만 이스가 간다고 하자 에이프릴이 따라나섰고 이클립스가 안내를 자처했다. 혼자서 할 일이 없다며 투덜거리던 리켄도 동행했기에 이스 일행 모두가 그동안 걱정을 잊고 마계를 여행했다.

이스의 기대와는 달리 그렇게 즐거운 관광은 아니었다. 언제나 똑같은 거무튀튀한 대지와 하늘. 이틀에 한 번 꼴로 무섭게 쏟아져 내리는 비는 사람의 기분을 잡쳐 버리기에 충분하고도 남음이 있었다. 그래도 이스는 지난 30여 일 가까이 마계의 가장 대표적인 관광 코스(?)를 돌아다녔다. 마계에 하나밖에 없다는, 얼어붙은 영혼들의 산이라는 무서운 이름을 가지고 있는 작은 산. 역시 하나밖에 없는 계곡과 강 등등, 제법 많은 곳을 돌아다녔지만 기억에 남는 것은 널따란 대지 위를 무리 지어 움직이는 마물들의 모습밖에 없었다.

마계의 넓이는 인간들의 세상, 세이트란 대륙보다 조금 작기는 했지만 20여 일간으로 모든 곳을 보기는 무리가 있었다. 하지만 리켄의 투덜거림이 더욱 심해지고 에이프릴도 조금씩 지루해하자 더 이상 마계를 둘러보는 것을 포기한 이스는 마왕성에서 기거하며 정보가 도착하기만을 기다리고 있었다. 그렇게 시간이 흐르고 마계의 시간으로 30여 일이 흘렀을 때 마왕이 정중히 이스를 찾아 자신의 검을 보여주고 있었다.

그동안 이스에 대한 마왕의 생각도 많은 변화가 있었다. 처음에는 그저 이클립스가 모종의 계획을 세우지 않았을까 하던 마음이 이제는 다른 곳으로 바뀌어 있었다.

이클립스와 단둘이 있을 때 몇 번이나 이스와의 싸움에 대해 물어봤던 마왕은 결국 모든 사실을 인정했다. 그런 이후에도 마왕은 은밀히 리켄과 접촉해 이스에 대해 여러 가지를 확인했다. 다른 차원에서 이 세계로 왔던 일, 그리고 원래 있던 곳에서 그를 강철의 검(철검)으로 불렀던 일 등을 확인한 마왕은 어째서 그런 이름으로 불리게 됐는지 은

근슬쩍 이스에게 물어봤다. 이스의 대답은 '허허허, 그저 검을 조금 잘 쓴다고 붙여준 이름이라오' 였다. 마왕은 순간 속으로 쾌재를 불렀다.

마왕만이 사용할 수 있다는 원혼의 검도 마왕은 사용하지 못해 지금의 검을 이클립스가 오랜 시간을 들여 만들어주었다. 마계 역사상 최고의 힘을 보유한 현 마왕의 힘을 원혼의 검이 이겨내지 못하고 부서졌기 때문이다. 마왕의 주특기이자 가장 자신있는 무기가 바로 검이었다. 하지만 마왕의 힘인 어둠의 힘으로써 검을 사용하는 데에는 한계가 있었다. 이제 곧 일어날 천계와의 전쟁에서는 분명 많은 천계 전사들을 상대해야 할 것인데, 어둠의 힘으로 검을 사용한다면 그만큼 힘의 소모가 더욱 극심하기 때문이었다. 그렇게 생각한 마왕은 오랜 시간 동안 힘의 안배를 할 수 있을 검술을 연마하는 데 온 힘을 쏟았다. 하지만 혼자서, 그것도 아무런 배움이나 도움도 없이 검술을 수련한다는 것은 역대 최고의 힘의 소유자인 마왕에게도 어려운 일이었다. 마왕은 마지막 선택으로 인간계로 마족들을 보내 유명한 검가(劍家)나 최고의 검술가라는 자들의 검술을 훔쳐도 왔었다. 하지만 인간들의 검술은 마왕이 익히기에는 너무나 약했으며 조금도 도움이 되지 않았다.

마왕은 그러나 조금도 포기하지 않고 노력을 게을리 하지 않으며 어떻게 해서든 검술을 익히려 했지만 머리만 아플 뿐 조금도 진척이 없어 벌써 몇백 년 동안이나 혼자서 끙끙 앓기만 했었다. 그러던 차에 이스가 마계에 찾아온 것이다. 드래곤 중 최강인 리켄과 마족 최강의 전사인 이클립스를 단 한 방에 뻗게 하는 어마어마한 능력자인 이스였다. 또한 그의 원래 이름은 워낙에 검을 잘 써 철검이라고 불렀다. 그렇다면 마왕이 그토록 애원하던 진정한 검술에 대한 것을 배울 수 있을 것 같았기에 대수롭지 않은 듯 이스를 불러 어떻게 해서든 검술을 배우고 싶었다.

"허어, 그것참."

이스는 여전히 고개만 흔들며 의아함을 비치고 있었다. 그가 이런 반응을 보이는 것은 대단한 무게감이 느껴지는 것 때문도, 너무도 기다란 검의 길이 때문도 아니었다. 멀리서 봤을 때는 그저 평범한 검처럼 보이던 것이 가까이 다가오자 이상한 기운과 오싹 소름이 듣는 묘한 느낌 때문이었다. 또한 검 속에서 셀 수 없이 많은 사람들의 비명과 원성이 들리는 것 같았다. 마치 영혼들을 검에 몰아넣은 것 같은 착각이 드는 것이다. 이런 검은 난생처음 보는 이스였기에 좀처럼 시선이 떨어지지 않는 모양이었다.

"이보시오, 마왕님."

오랫동안 검을 바라보며 고개를 흔들고만 있던 이스가 천천히 고개를 돌려 마왕을 향해 입을 열었다.

"이 늙은이가 너무 나이가 많아서 그런지 모르나, 이 검에서 느껴지는 것이 꼭 혼령 같소이다. 그것도 상당한 숫자의 원혼이 괴로워서 비명을 터뜨리는 것 같은데… 맞소이까?"

"아!!"

이스의 말이 끝나기 무섭게 마왕이 흠칫 몸을 떨었다. 최상급 마족이 아니고선 알아차리기 힘든 것을 단박에 꿰뚫은 이스의 놀라운 능력도 능력이었지만, 이클립스와 리켄에게 들은 이스의 성격 때문이었다. 하찮은 미물도 귀중히 여기는 이스에게 사실을 그대로 말해 준다면 어떤 일이 일어날지 걱정스러웠다.

"그렇습니다, 이스님. 역시 이스님의 눈은 속일 수 없군요."

당황한 얼굴로 좀처럼 대답을 하지 못하는 마왕의 등 뒤에서 이클립스가 부드러운 미소를 머금으며 다가와 말을 이었다.

"그 검은 인간계에서 만들어진 검입니다."

"흐음, 역시 짐작대로구나. 그런데 어찌해서 한낱 검에서 수많은 사람들의 혼령이 느껴지는 것인지 모르겠구나. 그것도 보통 혼령이 아닌 원한으로 가득 찬 원혼들이 말이다."

언제나 인자하고 너그러운 미소를 잃지 않던 이스의 얼굴이 조금이지만 굳어져 있었다. 따스한 정이 느껴지던 눈도 가늘어져 있었다. 그런 이스의 모습에 이클립스는 잠시 망설였지만 사실대로 말해 주기로 마음먹으며 말을 이었다.

"지금으로부터 마계 시간으로 대략 9천 년 정도 전이었습니다. 검술을 익히고 싶다는 마왕님의 말씀을 전해 들은 저는 마왕님께 알맞은 검을 찾아 여기저기 여행을 했었습니다. 당시 마왕님께는 검이 없었기 때문에 검술을 익히기 위해선 마왕님의 힘을 견딜 수 있는 검이 필요했었지요. 일전에 말씀드렸던 원혼의 검은 마왕님의 힘을 이기지 못하고 부러지는 바람에 새로이 만들어야 할 처지였습니다. 마계에는 뛰어난 전사는 있지만, 장인이 없어서 할 수 없이 인간계로 찾아간 것입니다. 저는 우선 검을 만들기보다 찾는 쪽을 택하고 유명하다는 검들을 찾아다녔습니다. 하지만 아무리 유명한 보검이나 명검도 마왕님의 힘을 견딜 만한 것이 없었지요. 할 수 없이 대륙 최고의 장인이라는 드워프를 찾아보았고 어렵지 않게 드워프 중 천재로 소문난 자를 찾을 수 있었습니다. 괴팍하고 특이한 드워프였지요. 제가 마족이라고 해도 별다른 반응을 보이지 않는 드워프였지요. 그 드워프에게 지금의 검을 만들게 했습니다. 최고의 검을 만들고 싶다는 제 생각처럼 드워프 역시 악마들이나 쓸 수 있는 검을 만들고 싶어했지요. 그자는 최대한 많은 영혼이 들어간 검을 만들고 싶어했고, 저는 그자가 원하는 대로 대략 일만 정도의 인간을 최대한 끔찍하고 잔인한 방법으로 죽여 그 원혼을 지금의 이 검 안에 집어넣었던 것입니다."

"허……."

기다란 수염이 휘날릴 정도로 한숨을 터뜨리는 이스의 미간이 점차 일그러지기 시작했다. 사람들의 영혼을 한낱 검 따위에 집어넣을 수 있다는 것이 놀라웠다. 하지만 그것보다 더욱 가슴 아프게 하는 것은 설마 했던 것이 사실로 다가왔다는 점이었다.

"이, 이스님."

이클립스는 뭔가 부연 설명을 하려 했다. 하지만 점차 무서워지는 이스의 얼굴을 보고 있자니 입이 열리지 않았다. 이스는 이클립스가 지금까지 봐온 생명체 중, 누구보다도 생명을 아끼는 사람이었다. 다짜고짜 파이어 블레스로 공격한 리켄이 인간으로 변했다는 이유만으로 살려준 이스였다. 또, 이클립스가 이스를 만났을 때도 단지 리켄과 아는 사이라는 것 때문에 목숨을 부지할 수 있었다. 그리고 항상 입에 달고 다니는 말이 생명을 해쳐야 하는 일이 생겼을 때에는 반드시 수십 번 이상 생각한 이후에 결정하라는 말이었다. 그런 사람이었기에 지금처럼 무서운 모습을 보이는 것은 너무나 당연한 일이었다.

"죄송합니다, 이스님."

무섭게 변하는 이스의 모습에 이클립스는 결국 바닥에 무릎을 꿇으며 용서를 빌었다. 마족에게 보이는 인간이란 생명체는 힘없고 하찮은 것에 불과했다. 그동안 마족들 손에 죽어간 인간들의 숫자는 이루 헤아릴 수 없을 정도로 많았으며 마족에게 인간을 죽이는 일은 숨을 내쉬는 것과 그다지 차이가 없는 지극히 당연하고 가벼운 일이었다. 하지만 이스에겐 절대 용납되지 않을 일이었기에 어떻게 해서든 용서를 구하고 싶은 이클립스였다.

최고의 자존심으로 뭉쳐진 마족이라는 어둠의 생명체가 종족이 다른 이에게 무릎을 꿇는다는 것은 결코 볼 수 없는 장면이었다. 그러나 이클립스는 무릎을 꿇었다. 이스의 힘이라면 마계 역사상 처음으로 사람에 의해, 그것도 단 한 명의 사람에 의해 마족들 모두가 죽어 나갈 수 있다는 것도 그렇지만, 왜인지 평소의 모습이 아닌 이스가 이클립스에게는 어색하게 다가왔다. 지금까지 느껴보지 못한 따스한 정이 듬뿍 담긴 표정과 말투, 그리고 시선. 반년도 되지 않는 짧은 시간 동안 함께 했을 뿐이었는데도 언제부터인지 이클립스는 이스와 함께 있는 것이 당연한 것처럼 느껴졌다.

"이스님."

무릎을 꿇은 채 이클립스가 조용히 이스의 이름을 불렀지만 대답은 나오지 않았다. 오히려 더욱 눈매가 사나워지는 이스였다. 늘 따스함과 인자함을 잃지 않던 이스였다. 한 번도 지금과 같은 매서운 이스의 모습을 이클립스는 보지 못했다. 잠시 말문을 닫고 이스를 바라보던 이클립스의 얼굴에 긴장이 어리기 시작했다. 이스가 만약이지만 자신들을 처벌하고자 한다면 막을 방법이 없었다.

"잘못했습니다, 이스님. 용서해 주십시오."

처음 에리엘과 마주할 때보다 더욱 지독한 긴장이 이클립스의 전신을 에워쌌다. 에리엘과 만났을 때에는 너무도 두려웠던 마음뿐이었지만 지금은 달랐다. 두려움보다 뭔가 간절한 느낌이 가슴을 꾹 누르는 것 같은, 처음으로 느껴보는 이상한 느낌이었다.

"이클립스라고 했느냐, 원래의 이름이?"

“헉!!”

인간들과 마족, 그리고 드래곤들의 언어를 익히고도 언제나 진아야라고 부르던 이스가 처음으로 본명으로 부르자 이클립스에게서 격한 숨이 토해졌다. 이스가 입을 연 순간, 주변의 공기가 마치 천근이 되는 듯 어깨를 짓눌러 왔다. 그저 몇 마디 말을 뱉었을 뿐인데도 등 뒤로 흐르는 식은땀이 느껴질 정도였으며, 165㎝ 정도밖에 되지 않는 이스의 키가 순식간에 거대한 산맥으로 변한 것 같은 착각도 들었다.

구우우.

이클립스만 느끼는 것이 아닌 모양이었다. 가까운 거리에 있던 마왕도 이클립스와 같은 표정을 짓고 있었고 거대한 내성 전체가 보이지 않는 무거운 것에 눌리는 듯 작은 먼지를 떨구고 있었다.

“이, 이스님.”

일갈을 터뜨리고 오래도록 침묵을 지키는 이스를 향해 이클립스가 다시금 입을 열어 용서를 구하려 했을 때였다.

“이놈!!”

분노가 가득 담긴 이스의 커다란 외침이 터져 나왔다. 이클립스는 이제 끝이라고 생각하며 두 눈을 질끈 감아버렸다.

〈1권 끝〉